KB105218

나그네가 밤에 쓰는 감회
旅夜書懷
언덕의 가녀린 풀 미풍에 나부낄 새
높이 솟은 돛단배에서 홀로 밤을 지샌다
별 드리운 평야 광활하고
달 솟아오른 큰 강물 출렁이누나
細草微風岸
危檣獨夜舟
星垂平野闊
月湧大江流

Fantastic Oriental Heroes

綠林鬪王
녹림투왕

녹림투왕 11

초우 新무협 판타지 소설

초판 1쇄 찍은 날 § 2007년 2월 12일
초판 1쇄 펴낸 날 § 2007년 2월 22일

지은이 § 초우
펴낸이 § 서경석

편집장 § 문혜영
편집책임 § 장상수
편집 § 서지현 · 심재영

펴낸곳 § 도서출판 청어람
등록번호 § 제1081-1-89호
등록일자 § 1999. 5. 31
어람번호 § 제2-1128호

주소 § 경기도 부천시 원미구 심곡1동 350-1 남성B/D 3F (우) 420-011
전화 § 032-656-4452 팩스 § 032-656-4453
http://www.chungeoram.com
E-mail § eoram99@chollian.net

ISBN 978-89-251-0550-5 04810
ISBN 89-5831-402-8 (세트)

Fantastic Oriental Heroes

초우 新무협 판타지 소설

녹림투왕 11 [완결]

綠林鬪王

도서출판 청어람

|목차|

第一章

일촉즉발(一觸卽發)

—누구도 믿지 마라

이번엔 반드시 천문을 없애야만 한다.

환제는 다시 한 번 다짐을 하고 두 남매의 뒷등을 바라보았다.

그의 눈동자에 은은한 살기가 떠올랐다가 천천히 사라져 갔다.

'그래, 내가 언제부터 자비심을 가졌는가?'

스스로 다짐을 하고 나니 마음이 조금 가벼워졌다.

환제가 손에 공력을 모으고 마을을 향해 걸어가는 두 남매에게 다가서려 하였다.

이때 걷고 있던 두 남매가 갑자기 걸음을 멈추었다.

단숨에 두 남매를 죽이려 했던 환제가 자신도 모르게 주춤하고 말았다.

소녀가 뒤로 돌아섰다.

환제는 살기를 들킨 것 같아 움찔하고 말았다.

이것은 상대가 무서워서가 아니었다.

“도상 아저씨.”

참으로 귀여운 소녀였다. 어쩌면 이런 순수한 생명을 죽여야 한다는 것 자체가 죄악일지 모른다. 조금 미안한 생각이 들었다.

그 마음 때문인가? 환제는 최대한 부드러운 말투로 대답하였다.

“무슨 일이냐?”

“소 언니는 잘 계시죠?”

다시 한 번 당황했지만 환제는 침착하게 대답하였다.

“그럼, 잘 있다.”

사실 소가 누구인지 모른다. 그러나 자신이 죽이고 변장한 도상의 딸일 거란 것은 쉽게 짐작할 수 있었다.

“내일 제가 놀러 간다고 전해주세요.”

“그러지.”

“그럼 저흰 갈게요.”

“그래, 잘 가거라.”

소녀가 손을 흔들고 돌아서서 걸어갔다.

잠시 후 소녀는 마을의 골목 안으로 빨려 들어가듯이 사라졌다. 환제는 잠시 동안 멀뚱한 시선으로 소녀가 사라진 곳을 바라보고 있었다.

죽여야 하는데 시기를 놓치고 만 것이다.

그래도 그런 귀여운 소녀를 죽이는 것이 별로 탐탁지 않았던 참이라 어떤 면에서는 마음이 개운하기도 했다.

녹림도원의 촌락 안으로 들어선 관요는 관위의 손을 잡고 천천히 걸어서 약 십여 장을 가다가 왼쪽 골목으로 들어갔다. 그리고 그때부터 관요의 걸음이 조금 빨라졌다.
묵묵히 관요의 손을 잡고 걸어가던 관위가 관요를 부른다.
"누나!"
"쉿."
관요는 급히 관위의 입에 손가락을 대고 아주 작은 목소리로 말했다.
"위야."
"응, 누나."
"지금부터는 어떤 의문도 갖지 말고 나를 따라와야 한다. 그리고 어떤 말도 해서는 안 된다. 알았지?"
관위가 놀라서 관요를 바라보았다.
침착하지만 잔뜩 굳어 있는 얼굴.
무슨 일인가? 의문이 가득한 표정이었지만, 얌전하게 고개를 끄덕이고 있었다.
관위는 누나의 성격을 잘 알고 있었다.
대범하고 겁이 없는 여장부.
조금 덤벙거리는 것 같아도 눈치가 빠르고 지혜롭다.
누나가 그렇게 하라고 하면 반드시 이유가 있을 것이라고 생각한 관위는 꿀꺽, 하는 소리와 함께 마른침을 삼켰다.
분명히 무슨 일인가 벌어지고 있다는 것을 눈치 챘기 때문이다. 관위가 아는 한 도상 아저씨에겐 딸이 없었다.
당연히 소라고 불리는 사람도 있을 리가 없었다.
관요는 지금 상황을 관위에게 말해줄 시간이 없었다.
초조하지만 침착하게 동생의 손을 잡은 관요는 종종걸음으로 골목을 걸어서 천문 쪽으로 가기 시작했다. 관위는 묵묵히 누나의 뒤를 따른다.

'침착해야 한다. 지금은 많은 것을 생각해야 해. 제발 내 생각이 나의 기우이길 바라.'

그녀는 자신의 마음을 달래면서 백리소소가 했던 말들을 차근차근 떠올렸다.

그녀와 언니인 관소는 올케 언니인 백리소소를 친언니 이상으로 따랐다. 오빠의 아내란 것 이외에도 백리소소는 여자들도 반할 만큼 아름다웠고, 모르는 것이 없을 만큼 많은 것을 알고 있었을 뿐만 아니라 두 자매에게 많은 것을 가르쳐 주었던 것이다.

백리소소는 자신의 지식은 물론이고, 무림에 대해서도 많은 것들을 이야기해 주었다.

특히 관요와 관소는 백리소소에게 무림의 영웅들과 무림에서 있었던 수많은 전설과 신화에 대해서 듣는 것을 좋아했었다.

그때가 되면 관삼과 관위도 그녀들 근처에 와서 정신없이 듣곤 하였다.

백리소소는 그 외에도 근래 무림의 정황과 천문을 중심으로 한 각 문파들의 갈등에 대해서도 가감없이 설명해 주었다. 물론 여기엔 전륜살가림과 정의맹이 천문을 공격한 배경과 이유에 대한 이야기도 포함되어 있었다.

정의맹이야 이제 해체된 상황이었고, 전륜살가림에 대해서는 무척 경계의 시각을 지닌 채 말했었다.

"그들의 무공은 무척 강하답니다. 무림 전체가 힘을 합해야 겨우 그들을 상대할 수 있을 것 같은데, 정의맹이 해체되면서 정파무림의 힘이 많이 약해져서 걱정입니다."

관요가 물었다.

"천문과 무림맹이 힘을 합해도 그들을 이길 수 없는 것인가요? 무림엔 기인이사들이 모래알처럼 많다고 들었어요."

"그것을 감안해도 전륜살가림은 그 이상의 힘을 가지고 있는 것 같아서 고민이랍니다."

"그들이 그렇게 강해요? 하지만 언니와 오빠도 강하잖아요. 그리고 이미 한 번 그들과 싸워서 이겼고요."

"그것은 그저 한 번 이긴 것뿐이고, 그들이 전 힘을 기울인 것도 아니랍니다."

관요가 조금 두려운 표정을 지으며 물었다.

"전륜살가림은 다시 천문을 침공해 오겠죠?"

백리소소가 담담한 표정으로 관요를 바라보면서 대답하였다.

"분명히 그럴 거랍니다. 하지만 천문의 무사들은 우리의 터전인 녹림도원과 우리의 꿈을 지키기 위해서 그들과 끝까지 싸울 거랍니다. 그들 역시 마찬가지고요. 두 문파 간의 싸움은 그래서 어쩔 수 없는 것이랍니다. 전륜살가림이 언제 어떻게 우리를 공격해 올지 아무도 모른답니다. 그래서 우리는 항상 조심하지 않으면 안 된답니다."

"그들이 기습해 와도 우린 이길 수 있을 거예요. 그렇지 않나요, 언니?"

"물론 우린 이길 수 있습니다. 그러나 그들은 결코 만만치 않답니다."

듣고 있던 관소가 끼어들며 물었다.

"혹시 그들이 천문 안으로 숨어들어 누군가를 암살하거나 하진 않겠죠?"

"아가씨, 천문은 사방에 기진을 설치하였기에 누군가가 숨어들기는 쉽지 않을 거랍니다. 하지만 절대라는 것은 없습니다. 그러니까 지금처럼 어수선한 시기에는 항상 조심하셔야 합니다."

"그럼 이곳에도 전륜살가림이 숨어들어 올 수도 있다는 말인가요?"

"물론이죠."

관소와 관요의 표정이 굳어졌다.

관요가 걱정스런 목소리로 물었다.

"녹림도원 사방에 펼쳐 놓은 절진들을 뚫고 들어올 사람은 세상천지에 거의 없다고 했잖아요."

"아가씨, 세상은 생각했던 것보다 신기하고 놀라운 기술들이 많답니다. 그리고 뛰어난 사람들도 많지요."

"십이대초인이나 음양섭, 그리고 천음빙한수처럼 말이죠?"

"맞아요. 비록 녹림도원의 사방에 더없이 철통같은 방어진을 구축하였고, 정문으로 들어오는 길목엔 많은 함정을 만들어놓았지만, 나라면 아주 간단한 방법으로 이곳에 들어올 수 있을 거예요."

"어떻게요?"

"이곳에 있는 사람으로 변장해서 들어오면 된답니다."

"금방 알아보지 않을까요?"

"무공 중엔 축골공이란 것이 있고, 내가고수가 성대에 내공을 주입해서 다른 사람의 목소리를 어느 정도 흉내 내는 것은 그리 어려운 일이 아니랍니다. 그리고 모습이야 인피면구를 사용해도 되고, 기환술로 변신해도 되지요."

관요는 당시 백리소소의 말에 빠져들었다.

그날 그녀는 인피면구와 변환공 등에 대해서 많은 지식을 습득할 수 있었다. 그리고 녹림도원도 결코 안전한 곳이 아님을 알게 되었다.

처음엔 조금도 이상하게 생각하지 않았다.

몸살이 걸려 목소리가 이상하게 변하는 것이라면 옛날 수유촌 시절에 자주 겪어보았던 일이고, 조금 낯설어 보이는 것이라면 한동안 보지 못하다가 오랜만에 보는 것이라 그럴 수 있다고 생각했다. 그런데 걸어가다 보니 갑자기 뭔가 잘못되었다는 것을 알았다.

무인이 몸살에 걸린다고?

관요도 오빠인 관표에게 기본적인 내공을 배운 이후로 몸살이란 것을 앓은 기억이 없었다. 그런데 자신보다 훨씬 고수인 도상이 몸살에 걸렸다는 생각을 하자 자신도 모르게 걸음을 멈추었고, 도상을 다시 한 번 바라보게 되었다. 그런데 마침 도상도 자신을 바라보는 것이 아닌가?

관요는 그 순간 빠르게 기지를 발휘했다.

마치 도상에게 딸이 있는 것처럼 물은 것이다.

물을 때의 소 언니란 자신의 언니인 관소를 생각하며 한 말이었다. 언니를 생각하면서 말하자 이상하게 마음이 편안했고, 관요의 말을 의심하지 않은 도상은 그녀가 생각하지 못했던 대답을 하였다.

환제는 도상에게 딸이 있을 거라 짐작했던 것이다.

관요는 겁이 더럭 났지만, 다행히 그녀의 얼굴은 환제가 볼 수 없는 위치였다.

'하후 할아버지나 호 아저씨한테 가야 한다.'

관요는 지금 당장 생각나는 사람이 둘이었다.

오빠의 의형이라는 호치백과 올케 언니인 백리소소의 외할아버지인 투괴 하후금이였다. 일단 하후금은 자신의 저택 별채에 머물고 있었다.

집으로 가려던 관요의 걸음이 멈칫하였다.

"아가씨, 혹시라도 무슨 일이 있어서 힘을 써야 할 일이면 하후 할아버지에게, 판단력과 지혜로 해결해야 할 문제라면 호 시숙에게 의논하세요."

백리소소는 호치백을 항상 호 시숙이라고 부르곤 하였다.

관요는 호치백을 아저씨로 호칭하고 있었는데, 호치백은 오빠라고 우기는 중이었다.

'내가 도상 아저씨가 이상하다고 하면 다른 사람들은 쉽게 믿지 않을 것이다. 그리고 도상 아저씨가 정말 살수라면 혼자가 아닐 것이다. 그렇다면 이건 무조건 힘으로만 할 일이 아니다. 이건 호 아저씨와 의논해야 할 일이다.'

판단을 내린 관요는 관위를 데리고 부지런히 천문 안으로 뛰어갔다. 자신의 기우이기를 바라면서.

서풍검객(西風劍客) 우대영은 녹림도원의 내순찰당 소속의 두 부당주 중 한 명이었다. 섬서성의 성도인 장안에서 서쪽으로 백여 리 정도 떨어진 서화촌이 그의 고향이었다.

그는 어려서 집을 나와 나이 열네 살에 처음 검을 잡고 낭인검객의 제자가 되어 무공을 익혔다. 스물다섯에 사부가 죽은 후 사부의 친구인 구화기검 예소에게 몸을 의탁하여 지금은 천문의 수하가 되었다. 천문의 수하가 된 후 그의 무공은 빠르게 진전을 보이기 시작했다.

보잘것없는 낭인검객의 육합검법은 그의 자질을 채워주지 못했다. 그러다 새로 접한 고급 검술은 그에게 새로운 길을 열어주었다. 그의 발전 속도에 혀를 내두른 동료들은 그가 서쪽에서 불어온 바람이라 하여 서풍검객이란 호를 붙여주었다.

우대영은 천문 내순찰당의 부당주가 된 것을 더없이 자랑으로 여기고 있었다. 오대천 중에서도 수위를 다투는 거대 문파가 된 천문이었다.

그런 천문의 순찰당 부당주라면 그 누구도 부럽지 않은 자리였기에 자랑스러웠고, 천하제일을 다투는 무인의 수하라는 자부심이 그의 가슴을 설레게 만들었다.

그가 세상에서 가장 존경하는 사람을 꼽으라면 당연히 천문의 문주인 관표였다.

무인으로서도 사부로서도 그는 완벽했다.

수하들에게 명령을 내릴 때 큰 소리로 말하는 경우가 드물었지만, 그가 한마디 하면 천문의 제자들은 어떤 의심도 하지 않았고 토를 달지도 않았다.

이전의 녹림도였든, 아니면 정파의 무인이었든 그런 것은 이미 예전의 문제였다. 천문의 제자들이 가지는 자부심과 자신감은 이미 정파의 그것을 넘어선 지 오래였다. 특히 관표의 결혼식 이후에는 과거에 자신들이 속했던 곳을 불문하고 천문의 제자라는 이유만으로 완벽하게 결속될 수 있었다.

우대영은 자신의 뒤를 쫓아오는 수하들에게 명령을 내렸다.

"이제 어두워지고 있다. 주군과 주모님이 안 계신 상황을 전륜살가림이 안다면 어떤 일이 벌어질지 모른다. 각자 두 명씩 흩어져서 마을을 점검하라!"

"충!"

열두 명의 수하가 각각 두 명씩 흩어져 마을 곳곳으로 순찰을 떠났다. 그의 뒤에는 두 명의 수하가 남아 있었다.

"우리도 가자."

"충."

두 명이 복창을 하면서 다시 한 번 자세를 가다듬었다.

우대영과 그의 수하들은 일단 관표의 집 쪽을 향해 걸음을 옮겼다. 관표의 집은 마을 안에 있는 거대한 인공 호수에 있는 섬 위에 지어져 있었다.

그 섬은 마을과 돌다리로 연결되어 있었는데 돌다리 앞에는 외문이 만들어져 있고, 문 앞으로는 작은 광장 하나가 있었다.

누군가가 관표의 집으로 들어가려면 이 작은 광장을 거쳐 외문으로 가야 하고, 다시 외문을 거쳐 다리를 건넌 다음 내문을 열고 안으로 들어가야만 했다.

우대영 일행이 그 광장을 향해 걸어가고 있을 때였다.

작은 골목이 사거리로 겹치는 곳에서 두 명의 사내가 천천히 걸어오고 있었다.

그 골목은 녹림도원으로 들어오는 정문 쪽이었다.

두 사람은 걸어오다가 조금 움찔하는 것 같더니 다시 일행에게 천천히 다가왔다.

아직 초저녁이라 사람이 다니는 것은 그리 이상한 일도 아니었다.

그런데 이상하게 신경이 쓰인다. 그러나 조금 긴장하던 우대영은 다가오는 사람들이 낯익은 것을 알고 어깨를 으쓱하였다.

괜히 긴장한 자신에게 무안했던 것이다.

"거기 왕한 아닌가?"

약간 키가 큰 젊은 무사가 고개를 끄덕이며 다가왔다.

우대영의 얼굴이 순간적으로 굳어졌다.

왕한이 도상의 제자이지만 자신에게 고개만 끄덕일 수 있는 신분이 아니었던 것이다. 그리고 평소 만나면 깍듯하게 인사를 하던 그인지라 지금 상황은 더욱 납득하기 어려웠다.

천문을 떠나 며칠 안 본 사이에 성격이 오만불손하게 바뀌진 않았을 것이다.

우대영은 다시 한 번 왕한의 얼굴을 바라보았다.

표정이 없는 얼굴.

천문에서 흔히 볼 수 있는 강시 같은 얼굴이었다.

우대영은 한 손을 검 자루에 올려놓으며 말했다.

"그 자리에 서라, 왕한."

왕한은 물론이고 함께 오던 또 한 명의 청년이 그 자리에 멈추어 섰다. 우대영과의 거리는 삼 장.

"어디서 오는 길이냐?"

왕한은 우대영을 바라보다가 말했다.

"제법이군. 자네는 누군가?"

확연하게 다른 목소리.

상대는 왕한이 아니었다.

이젠 확신할 수 있었다.

우대영이 검을 뽑자 두 명의 수하 중 한 명 역시 검을 뽑았고, 한 명은 품 안에서 폭죽을 꺼내 들었다. 그리고 그 순간 왕한의 옆에 있는 청년의 신형이 흐릿해지면서 무서운 속도로 다가왔다.

우대영의 표정이 굳어졌다.

삼 장의 거리를 단숨에 좁히면서 다가오는 상대의 실력은 도저히 자신으로서 가늠할 수 있는 실력이 아니었던 것이다.

'위험하다.'

순간적으로 느낀 우대영은 폭죽을 든 수하의 앞을 막으면서 검을 휘둘렀다.

단월검법.

관표가 전수해 준 검법으로 검치 조산호의 절기였다.

날카로운 검기가 다가오는 청년의 목과 어깨를 사선으로 그으며 지나갔다.

파라랏.

우대영은 검기가 청년의 목과 가슴을 가격하는 소리를 들으면서 자신의 손목에 전해지는 기파의 반동을 만끽하였다. 자신의 검법이 제대로 먹히면서 청년의 목을 벤 것이다. 그러나 그 기분은 아주 잠시에 불과했다.

퍽.

둔탁한 소리가 들리면서 우대영은 뒤를 돌아보았다.

막 폭죽을 터뜨리려 했던 수하의 얼굴이 거짓말처럼 터져 나가고 있었다. 그 모습을, 자신이 공격했던 청년의 어깨 너머로 본 우대영은 그제야 자신의 공격을 정통으로 맞은 청년이 멀쩡하다는 것을 알았다.

수하의 죽음도 충격적이지만 청년이 멀쩡하다는 사실도 그에겐 큰 충격이었다.

"어, 어떻게?"

"그는 살아 있지만 죽은 자다."

바로 코앞에서 들려오는 아름다운 목소리에 기겁해서 돌아선 우대영은 자신의 얼굴을 향해 날아오는 아주 작은 주먹을 보았다.

'퍽' 하는 소리와 함께 우대영의 신형이 뒤로 서서히 넘어지고 있었다. 마지막 남은 내순찰당의 수하는 입술을 깨물고 검을 휘두르며 왕한에게 달려들었다.

이미 왕한의 인피면구를 벗어버린 도의 입가가 씰룩한다.

태연한 표정의 도이지만 속으로는 내심 감탄을 하지 않을 수 없었던 것이다.

'일개 일반 문도가 이 정도라니.'

휘두르는 검법도 상당하지만, 지금 이런 상황에서도 끝까지 침착함을 잃지 않는 그 대범함에도 놀라지 않을 수 없었다.

환제가 왜 천문을 제일적으로 생각하는지 알 것 같았다.

'천문은 투왕과 무후만 대단한 것이 아니구나.'

언제까지 감탄만 하고 있을 순 없었다.

도의 손이 완만하게 원을 그리는 순간 달려들던 무사가 피를 뿌리며 그 자리에서 고꾸라졌다.

도는 무사에게 다가가 발로 툭 차면서 말했다.

"나를 원망하지 마. 어쩌겠어, 세상이 다 그런걸. 나도 어쩔 수 없다고."

한마디 한 후 고혹적인 웃음을 머금었던 도는 고개를 들어 관표의 집 쪽을 바라보았다. 그녀는 고수를 찾아가는 가장 탁월한 능력을 지니고 있었다. 아주 작은 기의 흐름조차 파악하는 특별한 무공을 익히고 있었기 때문이다.

그녀는 지금 녹림도원 내에서 가장 강한 기가 흐르는 곳을 향하고 있었던 것이다. 잠시 관표의 집 쪽으로 시선을 주던 그녀는 천문의 내문이 있는 쪽을 바라보며 투덜거렸다.

"탄은 뭐 하는 거지? 빨리 처리하지 않고. 내가 너무 빠른 것인가?"

그런 그녀를 청년은 묵묵히 바라만 보고 있었다.

그는 아직도 인피면구를 그대로 쓰고 있었던 것이다.

도는 그런 청년을 보면서 눈을 찡긋하고 장난스런 말투로 말했다.

"자, 이제 갈까?"

도는 돌아서서 관표의 집으로 향했고, 청년은 묵묵히 그 뒤를 따라 걸음을 옮겼다. 두 사람이 사라진 골목엔 세 구의 시신만이 싸늘하게 누워 있었다.

第二章

돌격창대(突擊槍隊)

—녹림도원의 문안으로 적이
들어오지 못하게 하라!

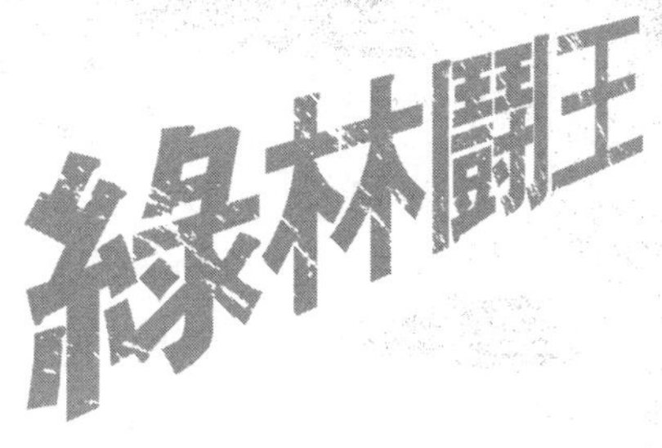

외부에서 녹림도원으로 들어서려면 두 개의 문을 통과해야만 했는데, 그중 하나가 녹림광장 앞의 외문이었고 또 하나는 그 외문으로부터 계단을 통해 산을 올라온 다음 마을로 들어서기 전의 내문이었다.

두 개의 문 중 내문의 오른쪽 옆으로는 인공 호수를 만들기 위해 물길을 막아놓은 커다란 둑이 산과 이어져 있고, 둑 위로는 다시 성벽을 쌓아놓았으며 그 성벽은 내문과 이어져 있었다.

또한 내문과 왼쪽으로 맞붙은 하나의 건물이 있었는데, 이 건물의 이름이 비운각(飛雲閣)이었다.

비운각 안에는 모두 십여 명의 무사가 앉아서 이야기를 나누고 있었다. 이들은 천문수호대 소속의 무사들로 만약의 사태에 대비하는 중이었다.

만약 외문에서 어떤 경보음이 올라오면 이들은 즉시 행동을 개시할 것이다. 이들이 움직이며 신호를 보내면 천문에서 대기하고 있는 무사들이 일거에 몰려오게 되어 있는 것이다.

실상 녹림도원의 경우 내외문만 잘 지키면 제아무리 상대 무사들이 많더라도 충분히 지켜낼 수 있었다. 그것이 아니더라도 열 명의 무사면 외문과 내문 사이에 있는 함정과 기관으로 어지간한 적은 전부 물리칠 수 있었다.

그 기관을 움직이는 곳이 바로 비운각이었다.

똑똑.

누군가가 비운각의 문을 두들기자 현 조장인 소화검(小火劍) 능태는 자리에서 벌떡 일어서며 말했다.

"무슨 일이냐?"

대답이 없다.

"누구냐?"

여전히 대답이 없자 능태의 표정이 굳어졌다.

앉아 있거나 내공을 수련하던 수호대 소속의 무사들이 각자 무기를 들고 일어섰다.

덜컥.

하는 소리가 들리면서 비운각의 문이 강제로 열렸다.

문을 잠그는 걸림쇠가 물리적인 힘에 의해 간단하게 부서지면서 문이 열리는 것을 본 능태의 표정이 굳어졌다. 순간적으로 무엇인가 일이 벌어지고 있다는 생각이 들자 수하들을 돌아보면서 고함을 질렀다.

"신호를……."

그는 그 다음 말을 이을 수가 없었다.

문안으로 뛰어들어 온 하나의 그림자가 그대로 능태의 몸을 부숴놓았기 때문이다.

능태는 대항 한 번 하지 못하고 심장이 함몰되어 즉사하고 말았다. 이어서 또 하나의 그림자가 튀어 들어오면서 신호를 보내려던 수호대 무사의 목을 분질렀다.

툭.

하는 소리가 들리면서 신호를 보내려던 무사가 그 자리에서 고꾸라지자, 이어서 십여 명의 비운각 무사들도 그 자리에서 서서히 쓰러졌다.

그들의 머리엔 하나씩의 침이 박혀 있었다.

먼저 튀어 들어와 능태를 죽인 인물은 천존의 제자인 탄이었다.

탄은 쓰러진 십여 명의 수호대 무사를 보면서 미소를 머금고 말했다.

"역시 갈미화(蠍尾花) 요지봉이군."

신호를 보내려던 무사를 죽인 장정이 손을 털곤 탄을 바라본다.

여전히 철마상단 수하의 얼굴을 하고 있지만, 그가 바로 갈미화 요지봉이었다.

사천당가의 암기술과 능히 필적할 수 있는 암기의 달인으로서 특히 열여덟 개의 갈미침으로 펼치는 암기술은 능히 천하일절이었다. 그는 오십 년 전 백호궁의 전왕에게 도전했다가 패한 백호 중 한 명으로도 유명했다.

그런 그가 전륜살가림의 고수로 천문에 나타난 것이다.

탄은 자신을 보고 있는 요지봉을 향해 씨익 웃으면서 말했다.

"외문은 나 혼자 처리하지. 너는 여기를 지켜라."

명령을 내린 탄이 비운각 밖으로 나가자 요지봉이 묵묵히 그의 뒤를 따라 비운각을 나온 다음 내문을 가로막고 선다.

무엇인가 어색한 관계였다.

갈미화 요지봉의 나이나 지위로 보아 탄의 명령을 순순히 따른다는 것은 이해할 수 없는 일이었다.

탄은 비운각에서 바로 외문을 향했다.

천문의 별채 앞 정원.

낭인검 호치백은 멍하니 서서 하늘을 바라보고 있었다.

이미 어두컴컴해지고 있었지만, 하늘을 바라보는 데엔 지장이 없었다.

'오늘도 하루가 갔구나. 그런데 그녀는 어디로 가서 나타나지 않는 것일까?'

호치백은 텅 빈 하늘처럼 허전한 가슴이 좀처럼 채워지지 않는 것을 느꼈다.

나이 예순이 넘어서 느낀 늦사랑이었다. 그런데 그 사람이 바람처럼 나타났다가 마치 바람처럼 사라졌다.

꼭 허깨비를 본 것처럼.

'정말 내가 꿈을 꾼 것일까?'

고개를 흔든다.

당연히 꿈은 아니었다.

하늘에 별이 없어 어둠인 줄 알았더니,

외로운 내 연인이 그 안에 숨었더라.

그리움이 하늘에 닿아 손을 휘저어 찾아보았더니,

새벽이 내 머리맡에 앉아서 꿈이라고 속삭이더라.

아직 별도 이른 저녁인데,

그냥 그 설움에 묻혀 잊을까?

바람이 내 옷깃을 잡고 그것이 사랑이라 말한다.

웅얼거리듯이 즉흥적으로 시 하나를 만들어내던 호치백이 별채의 문 쪽을 바라보았다.

두 명의 자그마한 그림자들이 문안으로 뛰어들어 오고 있었다.

"할아버지!"

관위가 호치백을 부르면서 뛰어왔다.

호치백의 입가에 미소가 어렸다.

"너희들이 이 시간에 여길 다 오고 무슨 일이냐?"

"누나가요."

관위는 말을 다 하지 못하고 관요를 바라보았다.

관위의 뒤를 쫓아온 관요가 호치백을 보고 인사를 하며 말했다.

"안녕하세요, 아저씨."

"예끼, 오빠라고 해라!"

관요는 기가 막힌 표정으로 호치백을 바라보았다.

아무리 오빠의 의형이라지만 나이 차가 얼마인데.

"생각해 볼게요."

"하하, 좋은 결과를 기대하마! 그런데 지금 이 시간에 여긴 무슨 일이냐?"

관요가 머뭇거리다가 말했다.

"조금 이상한 일이 있어서 왔어요."

"이상한 일?"

"평소라면 별거 아닌 일이지만, 요즘 전륜살가림이란 곳으로 인해 항상 긴장 상태잖아요. 그래서……."

호치백의 표정이 조금 진지해졌다.

그는 눈앞의 작은 소녀가 제법 영리할 뿐만 아니라 눈치엔 여우 이상으로 귀신이라는 것을 잘 알았다.

그녀가 이상하다고 하면 정말 이상한 일일 것이다.

관요의 말대로 지금 같은 시절엔 이상한 일이 단순한 상황이 아닐 수도 있었다.

"무슨 일인지 말해보거라."

"사실은 조금 전에 도상 아저씨를 만났어요."

"도상? 철마상단의 부단주인 도상 그 친구 말이지."

"에, 그런데 그 아저씨가 조금 이상해요."

"뭐가 말이냐?"

관요는 조금 전에 있었던 일을 말해주었다.

듣고 있는 호치백의 얼굴이 딱딱하게 굳어가기 시작했다.

호치백.

무림에서 쌍지가 있다지만 호치백이 결코 그들보다 못한 것은 아니었다. 무림에서 가장 학식이 깊고 지혜로운 사람 중 한 명이 바로 호치백이었다.

그의 머리가 빠르게 상황을 정리하기 시작했다.

'투왕과 무후가 지금 무림맹에 있다. 그 정도는 전륜살가림에서도 알고 있을 것이다. 이곳에는 도종 형님과 마종 아우, 그리고 하후금 대협이 있는 것처럼 꾸며놓았다. 그중에서도 도종 형님과 마종 아우는 어디에 있는지 그 누구도 모를 것이다. 그래서 전륜살가림이 함부로 천문을 도모하지 못할 것이라고 생각했었다. 그런데 지금 요의 말을 들어보면 분명히 도상은 수상하다. 정말 그들이 많은 피해를 감수하고 전륜살가림을 도모하려 한다면, 그보다도 도상 일행이 그들에게 잡혔다면…….'

각종 사술과 기환술, 그리고 강시 제련술 등에 뛰어난 환제가 생각났다. 그라면 사술로 도상 일행의 정신을 지배하여 이 안의 사정을 알기란 어렵지 않았을 것이다.

도종과 마종 일행이 어디에 갔는지는 몰라도 최소한 이곳에 그들이 없다는 것은 알 수 있었으리라. 그렇다면?

그리고 지금은 저녁 식사를 할 시간.

'위기다.'

섬전 하나가 그의 머리를 뚫고 지나갔다.

"요야."

"그는 혼자이더냐?"

"예, 혼자였어요."

혼자일 리가 없었다.

나갔던 도상 일행은 다섯.

그렇다면 지금 녹림도원에 들어온 전륜살가림의 고수도 다섯일 가능성이 구 할 이상이었다.

그럼 그들은 어디로 갔을까?

한꺼번에 몇 가지의 생각이 떠오른다.

"모두 조금만 참아라."

설명할 시간이 없었다.

상황은 급박하게 전개되고 있었다.

호치백은 옆구리에 관요와 관위를 한 명씩 끼고 전력을 다해 달리기 시작했다.

꽝!

하는 소리가 들리면서 천문의 제자들이 식사를 하는 곳인 근해원(根海例)의 문짝이 부서지면서 호치백이 안으로 뛰어들었다.

근해원은 굉장히 넓고 큰 건물이었으며, 근해원이란 뜻은 즐거움의 근원은 먹는 것에 있다는 뜻이었다. 또는 즐거움과 정이 바다처럼 쌓이는 곳이란 뜻이기도 하였다.

근해원 안에서 천문의 제자 중 결혼을 하지 않은 무사라면 누구나 위아래 가리지 않고 정을 다지며 함께 어울려 식사를 하였다.

때로는 관표와 백리소소를 비롯해서 결혼을 한 무사들도 이곳에서 함께 어울려 식사를 하곤 했다.

그런 근해원의 문짝이 부서졌으니 모두 놀라지 않을 수 없었던 것이다. 더군다나 침착하고 지혜롭기로 소문난 호치백이 그랬다면 이것은 쉽게 볼 일이 아니었다. 더군다나 그는 근래 들어 무슨 일인지 항상 자신의 거처에서 혼자 식사를 해왔던 사람이었다.

호치백은 양 옆구리에 관요와 관위를 한 명씩 끼고 있었는데, 몹시 다급한 기색이었다.

"모두 식사를 멈추어라!"

그가 말을 했을 땐 모든 사람들이 놀라서 식사를 멈춘 다음이었다. 실제 이제 막 먹으려는 찰나에 그가 뛰어든 것이다.

호치백의 기색에 놀란 천문의 수뇌들이 일어서서 호치백에게 다가

설 때 호치백은 천문의 무사들이 마실 물이 들어 있는 커다란 통들을 들고 들어오는 여덟 명의 장정을 바라보았다.

물통은 사방에 네 개를 놓고 그 안에 물을 떠마실 수 있는 바가지 몇 개를 놓는 방식인데, 이제 안에 있던 물이 떨어지면서 물통을 교환하러 들어온 것이다.

호치백은 관요와 관위를 바닥에 내려놓으면서 말했다.

"거기 너희들은 물통을 내려놓고 뒤로 물러서라!"

장정들도 놀라서 얼른 물통을 내려놓고 한쪽으로 물러섰다.

천문의 장로인 오대곤과 반고충, 그리고 각 당의 당주들이 호치백에게 몰려왔다.

반고충이 먼저 물었다.

"호 대협, 무슨 일입니까?"

"일이 급하게 되었습니다. 아무래도 전륜살가림의 간세 몇 명이 녹림도원 안으로 들어온 것 같습니다. 지금 녹림도원 내문 쪽과 문주님의 집으로 고수들을 급파하고 그들의 기습에 대항할 준비를 해야 합니다. 어쩌면 내문은 늦었을지도 모릅니다."

길게 말하지 않아도 알아들을 수 있었다.

반고충과 오대곤이 서로를 마주 본다.

일단 지금 천문에서 가장 지위가 높은 사람은 천문의 장로인 두 사람이었다. 천문의 유사시 지휘 체계는 항상 약속이 되어 있었고, 이제 그 약속대로 움직여야 한다.

오대곤은 급히 몇 명의 수하에게 천문 무사들을 전원 동원해 오도록 명령을 내렸다.

그사이에 반고충은 호치백을 보면서 말했다.

"급한 일이 생기면 호치백 대협의 지혜를 빌리라는 문주의 말이 있었습니다. 지금 빨리 호치백님이 생각한 바를 말씀해 주십시오."

양보의 미덕으로 시간을 끌 상황이 아니었다.

만약을 위해서 천문의 체계와 무사들의 무공 수위를 대충 알고 있는 상황이었다.

우선 가장 급한 곳은 녹림도원으로 들어오는 내문이었다.

호치백의 시선이 선풍철기대의 대주인 귀령단창(鬼靈短槍) 과문을 행했다.

"과 대주는 지금 당장 선풍철기대 모두를 이끌고 비운각으로 향해주십시오. 아마도 지금쯤이면 비운각이 적의 수중에 있을 것입니다. 우선 그곳을 탈환해 주시고 그게 안 되면 내문으로 적이 들어오지 못하게 해야 합니다. 한시가 급하니 빨리 가주십시오."

"명!"

고함과 함께 과문이 자신의 수하들과 함께 뛰어나갔다.

이번에는 귀영천궁대의 부대주 중 한 명인 소귀궁 서성에게 시선을 돌렸다.

"서 부대주님은 지금 있는 천궁대의 절반을 데리고 과 대주님을 지원해 주십시오."

"명!"

고함과 함께 서성은 현재 천문에 남아 있는 천궁대의 절반을 이끌고 밖으로 사라졌다. 귀영천궁대의 두 부대주 중 한 명인 철귀궁(鐵鬼弓) 화문이 응원의 시선을 보낸다.

호치백의 시선이 이번에는 천문수호대의 대주인 여광을 본다.

"수호대의 여 대주님께서는 지금 빨리 수하들과 함께 문주의 저택으로 가십시오. 그리고 내순찰당의 예 당주님께서는 녹림도원의 주민들을 모두 천문 안의 안전 장소로 피신시키도록 하십시오."

"명!"

"명!"

두 사람이 뛰쳐나갈 때 천문의 좌우호법인 자운과 대과령이 급히 근해원 안으로 들어오고 있었다.

과문과 백이십의 정예가 타고 있는 강시마들이 무서운 속도로 비운각을 향해 달려가고 있었다.

그들의 선두에는 과문이 단창을 비켜 든 채 자신의 강시마인 적안을 몰아가고 있었다. 붉은 눈동자를 가졌기에 적안이란 이름을 가진 과문의 말은 다른 강시마에 비해서 큰 편은 아니지만, 빠르기로 따진다면 그 어떤 강시마도 쫓아오지 못할 만큼 빨랐다. 그러나 지금은 그 강시마가 더없이 느리게만 느껴졌다.

"제기랄."

과문은 자신도 모르게 거친 말을 토해내고 말았다.

약 삼십 장 밖에 있는 내성의 문이 활짝 열린 채 그 안으로 수많은 경장 무사들이 들어서고 있었던 것이다. 절대 천문의 고수들이 아니었다. 그렇다면 상대가 누구인지는 굳이 고민하지 않아도 알 수 있는 일이었다.

"쳐라!"

고함과 함께 과문은 달리는 강시마에 더욱 박차를 가했다.

침입자들이 마을 안으로 들어오기 전에 막아야 한다.

막지 못하면 시간이라도 끌어야 할 상황이었다.

자칫하면 마을 사람들이 살아남지 못할 것이다.

급하게 달려오는 기마대를 보고 탄의 얼굴이 조금 굳어졌다.

"생각보다 빨리 눈치를 챘군. 하지만 그렇다고 결과가 달라지진 않을 것이다."

작은 목소리로 중얼거린 그는 막 내문을 활짝 열고 들어선 무사들을 보면서 말했다.

"쳐라!"

그의 고함과 함께 '와아' 하는 함성이 들리면서 백여 명의 전륜살가림 무사들이 일제히 몸을 날렸다. 그러나 여덟 명은 여전히 자리에 남아 탄의 뒤에 일렬로 늘어섰다.

그중엔 비운각을 지키고 있던 갈미화 요지봉도 있었다. 그리고 내문을 통해서 수많은 고수들이 아직도 들어오는 중이었다. 이번 천문전에 투입된 전륜살가림의 무사들은 모두 팔백오십여 명이었고, 절대고수들만 하더라도 이십여 명이었다. 그중에서도 탄의 뒤에 늘어선 여덟 명의 고수라면 지금 천문에 도종과 마종이 있다 해도 충분히 이길 수 있을 것이다.

이는 지금 전륜살가림의 전력을 감안하더라도 비정상적으로 많은 수였다.

전륜살가림의 무사들 중에 가장 먼저 달려나간 것은 랑 급 소전사들 중에 한 명인 백랑 모인이었다.

그는 선두에서 달려오는 과문을 향해 달려들었다.

그의 왼손에는 작은 방패가, 그리고 오른손에는 환도 한 자루가 들려 있었다.

"으아아!"

고함 소리와 함께 과문의 창이 '웡' 하는 소리와 함께 대기를 찢고 날아왔다. 과문이 들고 있던 창을 던진 것이다. 그러나 창이 랑 급 전사인 백랑에게 날아온 것은 아니었다.

엉뚱하게도 창은 하늘로 올라갔다가 백랑의 머리 위를 한참이나 지난 다음 포물선을 그리면서 떨어져 내렸다.

달리던 백랑이 의아한 시선으로 날아가는 창을 바라보았다.

백랑의 뒤쪽에 대각선으로 떨어진 창이 두 명의 전륜살가림 무사를 한 번에 꿰어내고 땅에 들어가 박혀 버렸다.

비명조차 지르지 못하고 두 명이 죽은 것이다. 그러나 백랑은 별로 개의치 않았다.

"놈, 제법이다."

백랑이 코웃음을 치면서 그대로 과문에게 달려들었다.

과문이 빠르게 말안장에서 다른 단창을 뽑아 들고 휘둘렀다.

'땅' 하는 소리가 들리면서 과문의 창과 백랑의 방패가 충돌하였고, 환도가 그 순간 대각선을 그리면서 과문의 어깨를 그어갔다. 그러자 과문은 창의 뒤쪽을 교묘하게 틀면서 환도를 막아내었다.

창!

이번에는 창봉과 환도가 충돌하였고, 과문은 충돌한 그 상태로 밀고 들어갔다.

백랑이 말과 사람의 힘에 의해서 한쪽으로 밀리자 과문은 그대로 백랑을 통과하여 달려드는 전륜살가림의 무사들에게 달려들었다.

백랑이 다시 한 번 과문에게 달려들려는 찰나 다섯 개의 단창이 한꺼번에 그의 사혈을 노리고 날아왔다.

백랑은 과문보다도 우선 그 창들을 막아내야 했다.

무시하기엔 날아오는 창들의 기세가 만만치 않았던 것이다.

백랑이 환도와 방패로 날아오는 창을 쳐내는 순간이었다.

무려 백여 개의 단창이 자신을 스치고 날아가는 것을 보았다. 백랑은 그 창들이 자신을 노리고 날아오는 것이 아님을 알고 처음엔 의아해했다가 곧 그 의미를 알아차리고 얼굴이 굳어졌다.

백랑은 자신도 모르게 고함을 질렀다.

"피, 피해라!"

그러나 그의 경고가 끝나기도 전에 단창들은 전륜살가림의 무사들에게 쏟아져 내리고 있었다.

"크아악!"

"커억!"

비명 소리가 연이어 들리면서 무서운 기세로 달려오던 전륜살가림의 무사들이 창에 꼬치처럼 꼬인 채 죽어갔다.

백랑은 허탈한 표정으로 죽은 수하들을 바라볼 수밖에 없었다. 그러나 그것도 잠시, 말을 몰면서 창으로 찔러오는 기마대를 보고 환도와 방패를 휘두르며 그들을 맞이할 수밖에 없었다.

과문은 전륜살가림의 무사들에게 달려들면서 단창으로 귀령십절창법의 절기인 광참형을 펼쳤다.

아릿한 섬광과 함께 두 명의 전륜살가림 무사가 두 쪽으로 갈라져 죽었다. 이때 예리한 섬광이 그의 옆구리를 파고들었다.

'챗' 하는 소리와 함께 상대의 검을 막아낸 과문이 쳐다보니 한 명의 중년 무사가 과문에게 달려들고 있었다. 그리고 그땐 이미 철기대가 난전을 벌이면서 전륜살가림의 무사들과 뒤엉켜들고 있었다.

과문의 창이 십절귀령창의 삼대살수 중 하나인 섬전사혼추를 펼치며 중년 무사의 검공을 마주 공격해 갔다.

차르릉.

하는 맑은 소리가 연이어 터지면서 과문의 창세와 중년 무사의 검세가 충돌하였다.

"우욱."

신음 소리가 과문의 입에서 새어 나왔다.

자신의 창세를 교묘하게 헤치면서 중년 무사의 기세가 압박해 오는 것을 느꼈기 때문이다.

다급한 과문은 삼절낙뢰창법을 펼치기 시작했다.

관표에게 사사를 받은 후 마음껏 이 창법을 펼쳐 본 적이 없던 과문이었다. 처음으로 전력을 다해 펼치는 낙뢰창은 매서웠다.

과문의 단창은 마치 하늘에서 낙뢰가 떨어지는 듯한 기세로 중년 무사의 심장을 찍어갔다. 당장이라도 단창이 중년 무사의 몸을 찔러 들어갈 것 같았다.

이때 중년 무사의 검세도 변하였다.

한 가닥의 실낱같던 검기가 과문의 창을 휘감아오더니, 그 끝이 뱀처럼 살아서 목을 찔러온다.

기겁을 한 과문이 급한 대로 말에서 굴러 내리면서 그 기세를 피해냈다.

아슬아슬한 차이로 검기는 과문의 목을 스쳐 갔다.

과문은 얼른 자리에서 일어선 다음 중년 무사를 바라보았다.

'털썩' 하는 소리가 들리면서 과문이 타고 있던 강시마 적안이 허리부터 반듯하게 잘라진 채 쓰러졌다.

두 동강이 나도 피 한 방울 안 흘리는 강시마의 모습이 기이했지만, 중년 무사는 신경도 쓰지 않은 채 과문을 보고 다시 검을 들어올렸다.

과문의 표정이 딱딱하게 굳어졌다.

인정하기 싫지만 상대가 자신보다 강하다는 사실을 인정해야만 했다. 중년 무사는 조금 전까지만 해도 탄의 바로 옆에 서 있던 여덟 명 중 한 명이었다.

과문은 신중하게 단창을 중년 무사의 미간에 겨누었다.

과문의 얼굴에서 식은땀이 흐르고 있었다.

第三章

검권협공(劍拳挾攻)

—천문이 위험하다

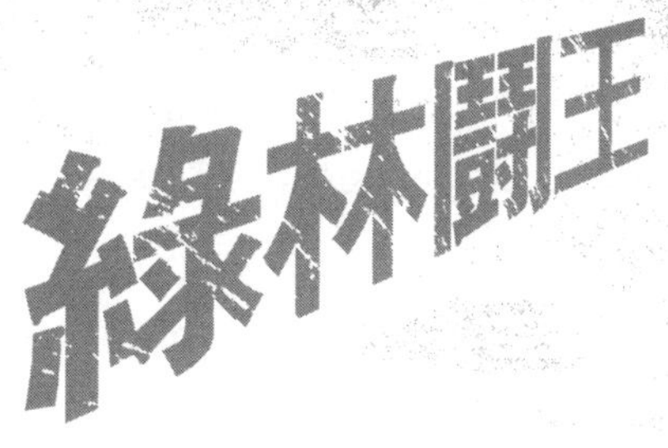

앉아서 운기를 하며 자신의 기운을 다스리던 투괴 하후금이 눈을 번쩍 떴다.

기세.

아주 미미하지만 은은한 살기를 느꼈던 것이다.

자신이 잘못 느끼진 않았을 것이다.

'천문 안에서 문주를 향해 살기를 보내다니. 더군다나 그 살기의 기세로 보아 내공의 화후가 나와 큰 차이가 없을 것 같다. 그리고 두 명인 것 같은데… 전륜살가림에서 살수를 보낸 것인가?

십이대초인 중 한 명인 투괴 하후금과 비슷한 실력이라면 이것만 해도 무서운 일인데 그런 자가 둘씩이나 된다고 한다.

현재 천문에는 그만한 실력자가 없었다.

하후금은 자리에서 일어선 다음 천천히 밖으로 나갔다.

누가 보면 마치 산책을 나가는 것 같은 모습이었다.

하후금이 정원을 가로질러 천천히 정문으로 다가서다 걸음을 우뚝 멈추었다.

저택의 정문이 소리없이 부서져 내리고 있었다. 그리고 부서진 문안으로 한 명의 소녀와 한 명의 청년이 들어서고 있었다.

청년은 하후금도 알고 있는 천문의 수하였지만, 그는 곧 그 청년이 죽고 얼굴 가죽을 빼앗겼다는 사실을 알 수 있었다. 눈앞의 청년은 천문의 수하가 아니라 그 거죽을 쓰고 있는 적이었다. 그것도 아주 강한. 그리고 소녀에게선 청년보다 더 무서운 예기가 느껴진다.

하후금은 자신이 느꼈던 기의 주인공들이 눈앞의 두 사람이란 것을 알았다.

도의 입가에 고소가 어렸다.

"칫, 들켰네. 역시 십이대초인이란 것인가?"

"흠."

하후금은 이미 상대가 자신을 알고 있다는 것을 알았다. 그런데도 저런 여유라면 그만큼 자신이 있다는 말이리라.

"대담하군, 천문으로 숨어들다니."

도가 웃었다.

"조그만 속임수로 가능하더군요. 알고 보면 별로 대단한 일도 아니지요. 오히려 투괴 하후 선배님 앞에서 이렇게 당당한 것이 더 대단한 게 아닐까요?"

하후금 역시 입에 고소를 머금고 말했다.

"그것도 대단하고. 물론 둘만 들어온 것은 아닐 테지?"

도가 어깨를 으쓱하면서 오히려 반문하였다.

"왜 그렇게 생각하지요?"

"둘만이라면 너무 대범하거나 천문을 너무 쉽게 본 것이겠지."

"역시 십이대초인. 그럼 인사는 이 정도로 하고 이만 죽어주세요."

도의 신형이 무서운 속도로 하후금에게 돌진해 왔다.

하후금의 얼굴이 굳어졌다.

정말 무섭게 빠른 속도였던 것이다.

"쉽게 되지 않을 것이다."

투괴 하후금의 신형이 흐릿하게 산화되면서 그의 양손에서 한 가닥의 서늘한 경기가 흘러나왔다.

타다닥.

하는 소리와 함께 둘은 순식간에 십여 합을 겨루었다.

투괴의 사나운 공격에 도는 세 발자국이나 물러서고 말았다.

도의 눈썹이 팔자로 곤두섰다. 동시에 그녀의 손이 은은한 청색으로 변하였지만 하후금은 그저 담담하게 자신의 무공을 펼쳐 낼 뿐이었다.

"찻."

하는 소리가 들리면서 두 사람이 갈라섰다.

투괴는 흔들림없이 제자리에 서 있었지만 도의 표정은 딱딱하게 굳어 있었다. 그녀의 가슴 어림엔 서리가 내려 있었다.

"한음진살(漢音震殺)을 터득하고 있었다니."

한음진살은 십대마공 중에 하나였다.

투괴가 입가에 괴소를 지으며 대답하였다.

"십대마공이라고 해서 내가 익히면 안 된다는 것인가?"

도가 머리를 살래살래 흔들면서 말했다.

"그럴 리가요. 단지 좀 뜻밖이라."

"그래도 청마수라면 한음진살에 뒤지지 않는 무공이지."

도가 가볍게 한숨을 내쉬었다.

하후금의 말대로 청마수 역시 십대마공 중 하나로 한음진살에 뒤지지 않는 무공이었다.

"제 화후가 아직 부족한 걸 깨우쳐 줘서 고맙군요."

"정직한 낭자군. 그런데 대체 나이가 몇이지?"

"어머, 여자의 나이를 묻는 것은 실례라고요."

"노부는 여자가 아니라 적수에게 물은 거라네."

도가 배시시 웃으면서 말했다.

"열아홉 살."

"어리군."

"믿는 거?"

"믿어야지, 적수의 말인데."

"몇십 년째 그 나이에서 멈추어서."

하후금이 피식 웃었다.

"그럴 것 같더군."

누가 둘을 본다면 아주 절친한 사이라고 오해할 것 같은 모습이었다.

"그런데 어쩌죠? 일 대 일로 계속하고 싶지만 날파리도 낄 것 같고 시간도 없어서."

"좋을 대로."

"협공이다."

도의 명령이 떨어지자 청년이 도와 나란히 섰다.

그때 여광이 백여 명의 수하를 이끌고 뛰어왔다.

하후금이 여광을 보고 말했다.

"여 대주, 여긴 나에게 맡기고 문주님의 식솔들을 안전한 곳으로 뫼시게."

여광은 도와 청년, 그리고 하후금을 번갈아 바라보면서 말했다.

"알았습니다. 뭐 하느냐, 어서 뫼시어라!"

여광의 명령이 떨어지자 그의 수하들이 관표의 집으로 뛰어들어 갔다.

도와 청년은 전혀 신경 쓰지 않는다는 표정으로 여광과 천문수호대의 무사들을 무시하였다.

사실 신경 쓸 겨를이 없었다.

조금이라도 신경을 분산하면 그들 같은 고수들에겐 바로 치명적인 실수가 될 수 있기 때문이었다.

하후금은 그만큼 무서운 고수였다.

"이번엔 내가 먼저 가지."

하후금의 신형이 무서운 속도로 도와 청년을 향해 날아갔다.

이미 이들의 무공이 결코 만만치 않다는 것을 잘 아는 하후금이었기에 십성 이상의 공력을 끌어 모은 상태였다.

그의 양 주먹이 무서운 속도로 두 남녀를 가격하려 하였다.

투괴의 사대절학 중 하나인 건원신권(乾元神拳)이었다.

도가 입술을 깨물며 자신의 허리에 찬 요대를 잡아채었다. 순간 요대는 연검으로 변했고, 그녀는 그 검을 휘둘러 하후금을 양단하려 하였으며, 청년은 주먹을 말아 쥐고 투괴에게 달려들며 협공을 하였다.

청년의 손에서 뿜어진 강기가 늑대처럼 변해서 투괴를 공격해 왔다. 그것을 본 투괴가 놀라서 고함을 질렀다.

"귀랑신권(鬼狼神拳)! 넌 귀랑이구나. 이런 후레자식 같으니. 중원의 적자가 어찌 오랑캐를 도와 나에게 덤비는가!"

고함을 지르면서 투괴는, 양 주먹으로 두 사람을 번갈아 공격하였다.

기파가 충돌하는 소리와 함께 세 개의 신형이 무섭게 엉켜들었다.

일 대 이.

귀랑의 권격이 투괴의 공격을 차단하는 순간, 도의 검은 기기묘묘하게 투괴의 공격을 뚫고 들어왔다.

방어와 공격.

투괴 하후금은 두 사람이 연수합격에 대해서 많은 수련이 되어 있다는 사실을 알았다.

'위험하다.'

투괴는 도의 검이 가슴을 파고들자 위협을 느꼈지만, 피할 수는 없었다. 여기서 피하거나 뒤로 밀리면 더욱 위험해질 것이기 때문이었다.

투괴가 이를 악물었다.

그는 도의 공격을 도외시한 채 왼손으로 건원신권을, 오른손으로 한음진살을 펼치면서 도와 귀랑을 동시에 공격해 갔다.

방어는 완전히 무시해 버렸다.

만약 도의 검이 투괴의 가슴을 찌르면 투괴의 한음진살도 도에게 중상을 입힐 수 있는 상황이었다. 귀랑의 주먹은 투괴의 건원신권에 견제를 받아 도의 공격을 방어해 줄 수 있는 여력이 없었기 때문이다.

하후금은 그렇게 판단을 하였다.

수하들을 관표의 집 안으로 보낸 후 지켜보던 여광도 같은 생각을 하고 있었다.

어찌 보면 참으로 절묘한 수였다.

한 사람이 두 가지 무공을 동시에 펼치고 있었지만 전혀 어색하지 않았고, 마치 두 사람이 각자 한 가지씩 펼치는 것처럼 그 조화도 더없이 좋았다.

여광이 그것을 보고 경탄할 때였다.

귀랑은 자신을 공격해 오는 투괴의 건원신권을 아예 무시한 채 몸을 날려 도를 공격하는 한음진살을 막아갔다.

한마디로 자신은 죽어도 좋으니 도만 지키겠다는 마음 같았다.

하후금이 대경실색하는 순간 건원신권이 귀랑의 가슴을 정통으로 가격하였고, 도의 연검은 교묘하게 하후금의 복부를 찔렀다.

도를 공격하던 하후금의 한음진살은 이미 귀랑의 무식한 방법에 제재를 받은 다음이었다.

귀랑의 신형이 뒤로 삼 장이나 날아가 땅바닥에 처박힐 때 하후금 역시 빠르게 뒤로 후퇴할 수밖에 없었다.

그의 복부는 이미 피투성이가 되어 있었다. 그리고 후퇴하는 하후금을 향해 도가 다시 한 번 검을 휘두르며 달려들었다.

놀란 여광이 검을 뽑아 대적하려 할 때였다.

"여 대주, 어서 가라! 여긴 내가 맡겠다!"

고함과 함께 하후금이 다시 한 번 한음진살을 펼치면서 도에게 달려들었다.

하후금은 지금 여광이 달려들면 괜한 개죽음만 당한다는 것을 잘 알고 있었다.

여광의 무공이 약한 것은 아니지만 결코 도의 적수는 아니었던 것이다. 도가 하후금의 필사적인 공격에 주춤할 때였다.

바닥에 뒹굴고 있던 귀랑이 천천히 일어섰다.

아주 멀쩡한 몸으로.

그것을 본 여광의 입이 쩍 벌어졌다.

"어… 어떻게?"

복부의 부상으로 인해 약해진 투괴의 공격을 막으면서 도가 대답하였다.

"호호호, 그는 살아 있는 혈강시가 되었으니 그 정도의 공격으로는 어림도 없을 것입니다. 그런데 투괴 할아범, 공격이 너무 약해진 거 알아요?"

그제야 귀랑이 자신의 공격을 아랑곳하지 않고 몸으로 막은 것을 이해한 투괴의 안색이 창백해졌다. 귀랑이 최소한 중상을 면치 못했을 것이라 생각했던 하후금은 이제 일 대 일로 눈앞의 여자만 처리하면 된다고 판단했던 것이다. 그러나 이렇게 되면 다시 이 대 일이 되었고, 상처까지 입은 자신은 불리해질 수밖에 없었다. 그리고 도의 말대로 그의 공격은 약해져 있었다.

복부에 입은 상처가 작지 않았던 것이다.

귀랑이 접근해 오는 것을 본 투괴가 이를 악물 때였다.

수호대의 무사들이 관표의 식솔들을 데리고 밖으로 나오고 있었다. 여광은 그들을 보고 고함을 질렀다.

"일부는 문주님의 식솔들을 천문으로 모셔라! 그리고 나머진 나와 함께 저자를 공격한다!"

명령과 동시에 여광이 분광사자도법을 펼치면서 귀랑을 공격하였다. 그러자 그의 수하들 중 일부도 각자 무기를 들고 귀랑에게 달려들었다.

먼저 한 명이라도 하후금과 떨어지게 만들려는 여광의 조치였다.

하후금에게 맹공을 가하던 귀랑이 돌연 뒤로 물러서며 돌아섰다.

"크허헝!"

괴이한 고함과 함께 귀랑의 주먹에서 늑대 모양의 강기가 공격해 오는 여광과 그의 수하들을 휩쓸었다.

'꽝', '따당' 하는 소리가 연이어 들리면서 다섯 명의 수호대 무사가 그 자리에서 즉사를 하였고, 여광은 뒤로 다섯 걸음이나 물러서서 가슴이 울렁거리며 토악질이 나오는 것을 겨우 참아내어야 했다.

도가 교소를 터뜨리며 말했다.

"깔깔깔, 모르나 본데 그는 일반 강시가 아니라고."

그녀는 지금 투괴를 상대하면서도 어느 정도 여유가 있어 보였다.

복부에 심한 상처를 입은 투괴가 자신의 실력을 제대로 발휘하지 못하기 때문이었다.

투괴는 수호대의 무사들이 속절없이 죽어가자 마음이 더욱 다급해졌다.

"여 당주, 뭐 하는가? 얼른 가서 지금 보고 들은 것을 전하게! 얼른 돌아가!"

고함을 치면서 한음진살로 도를 공격해 갔다.

여광은 지금 자신과 수하들이 투괴에게 도움이 안 된다는 것을 알았다.

차라리 자신이 없다면 투괴가 도망이라도 칠 수 있을 것이다. 그러나 그렇다고 해도 물러설 수는 없었다. 지금 당장 투괴 하후금의 상태가 좋지 않았던 것이다.

"나에겐 방법이 있으니 어서 물러서게. 자네들이 있으면 내가 마음대로 할 수가 없어."

투괴의 전음까지 받은 여광은 결단을 내렸다.

저 괴물 같은 혈강시를 상대하려면 좌우호법 둘이 힘을 합해야 가능할 것 같았다.

빨리 가서 도움을 청하는 것이 나을 것이다.

"후퇴하라!"

여광의 명령이 떨어지자 주춤거리던 수호대의 무사들이 뒤로 물러섰다.

"모두 나를 따르라!"

고함과 함께 뒤로 후퇴하기 시작했다.

귀랑은 도망가는 여광이나 수호대의 무사들에겐 별로 신경 쓰지 않았다. 그는 여광과 수호대 무사들이 도망가자 천천히 도와 싸우는 투괴에게 다가왔다.

도 역시 여광에겐 신경도 쓰지 않았다. 어차피 두 사람의 임무는 하후금이었고, 하후금을 죽인다면 여광쯤이야 언제든지 죽일 수 있을 것이다. 그러니 지금 도망친 여광이 응원군을 데려오기 전에 투괴를 죽여야 할 것이다.

호치백은 초조해졌다.

상황이 생각보다 더욱 어렵게 돌아가고 있다는 사실을 눈치로 알고 있었기 때문이다. 반고충이 침중한 어조로 호치백을 보면서 말했다.

"참으로 어려운 상황이 될 것 같습니다."

호치백이 고개를 끄덕이며 대답하였다.

"철저하게 준비를 하고 왔을 테고, 내 생각이 틀림없다면 오늘 반드시 천문을 공격해서 완전히 끝을 보려 할 것이기 때문입니다. 그리고 그 이후 자칫하면 관 아우와 제수씨도 위험해질지 모릅니다."

"천문을 완전히 유린한 후 두 사람에게 그것을 알리면 급하게 이리 오겠죠. 그리고 이곳에 함정을 파고 기다리다 기습하면."

"그럴 것입니다. 아무리 냉정한 두 사람이라도 천문이 망했다는 소식을 들으면 이성을 잃고 말 것입니다. 소소가 지혜로우니 그나마 다행이지만, 그래도 쉽지는 않을 것입니다."

"이래저래 최악의 상황이군요."

"우린 최선을 다해야 합니다. 일단 주민들을 모두 천문의 지하에 안전하게 대피시킨 다음, 우린 천문의 내성을 거점으로 그들과 끝까지 싸워야 합니다. 우리에게도 아직 그들을 상대할 수 있는 무기가 남아 있지 않습니까? 거기에 희망을 걸어봐야겠습니다."

반고충 역시 결의를 다지며 대답하였다.

"알겠습니다."

그러나 둘 다 지금 상황이 얼마나 절망적이라는 것을 알고 있기에 얼굴이 딱딱하게 굳는 것을 감추진 못했다.

"크헉!"

신음과 함께 과문의 신형이 뒤쪽으로 이 장이나 날아가 떨어졌다. 그를 도우려고 했던 철기대의 수하들 십여 명이 팔다리가 부러진 채 쓰러져 있는 모습들이 보인다.

거의 모두가 죽은 상태로.

그야말로 처참하기 이를 데 없는 모습들이었다.

이는 단 한 번의 충돌로 벌어진 일이었다.

과문은 고개를 흔들었다.

사태는 자신만 어려운 상황이 아니었다.

그나마 귀영천궁대와 대산풍운대가 제때에 달려오지 않았으면 전멸을 당하고 말았을 것이다. 싸움은 이미 머릿수에서도 밀리고 있었고, 고수의 질과 수에서도 형편없이 밀리고 있었다. 그런데도 아직 적의 수장처럼 보이는 자와 일곱 명의 수하는 싸움에 끼어들지도 않았다.

과문은 침음하며 자신에게 다가서고 있는 중년의 무사를 바라보았다.

도저히 상대할 수 없는 괴물.

오한이 드는 것을 느꼈다.

후퇴를 명령하고 싶었지만 그럴 수도 없었다.

어떻게 해서든지 녹림도원의 주민들이 천문으로 숨어들 때까지 시간을 끌어야 했다.

대산풍운대의 대주인 대풍산 철우가 그의 곁으로 다가왔다.

그는 손에 대도를 단단하게 쥐고 있었다.

과문도 일어서서 단창을 굳게 잡고 철우와 어깨를 나란히 한 채 다가오는 중년의 무사를 바라보았다. 그리고 누가 먼저랄 것도 없이 동시에 달려들었다.

그때 멀리서 그 광경을 바라보던 탄이 고개를 흔들었다.

지켜보는 것도 슬슬 지루해지기 시작했던 것이다.

"한꺼번에 쳐라! 빨리 다 죽이고 술이나 한잔해야지 이거야 원, 지루해서. 상대할 만한 적수도 없고. 쩝."

그가 기지개를 켤 때 남아 있던 일곱 명의 사내가 일제히 몸을 날렸다. 그들이 한꺼번에 달려드는 것은 천문에게 있어서는 한마디로 재앙이나 마찬가지였다.

"크아악!"

비명 소리가 사방에서 들리며 천문의 무사들 사오십 명이 일거에 죽어나갔다.

"크윽!"

"끄으으."

비명성과 함께 철우와 과문도 불과 삼 초를 견디지 못하고 뒤로 물러서고 말았다. 그런데도 중년인은 최선을 다한 것 같지 않았다. 철우는 황당하다는 표정으로 중년 무사를 보면서 말했다.

"대체 어디서 이런 괴물들이……?"

중년 무사는 대답 대신 천천히 다가오기만 하였다.

과문은 혹시 혈강시가 아닌가? 하는 생각도 해보았다. 그러나 상대는 강시라고 말하기엔 무리가 있었다.

아무리 혈강시라도 강시는 강시다.

눈앞의 중년인처럼 인간다울 수는 없었다.

둘은 마른침을 삼키며 다가오는 중년의 무사를 바라보았다.

수하들이 사방에서 죽어가고 있었지만 도와줄 엄두가 나지 않았다.

"뒤로 물러서라!"

갑자기 고함이 터지면서 약 이백여 개의 그림자가 나타났다.

철우와 과문의 얼굴에 조금 안도하는 표정이 떠올랐다.

지금 들려온 목소리는 천기당(天奇黨)의 부당주인 백골서생 조난풍의 목소리였기 때문이다.

조난풍의 고함과 함께 천문 수하들이 급급하게 물러난 자리를 새로

메운 것은 이백의 강시들이었다. 천문이 숨겨놓았던 강시들을 푼 것이다.

조난풍은 과문과 철우에게 다가와 말했다.

"여긴 강시들에게 맡기고 빨리 천문으로 후퇴하라는 반 장로님의 명령입니다."

두 사람은 고개를 끄덕였다.

잠깐 사이에 무려 백오십 명 정도의 천문 수하들이 죽었다. 더 버틴다는 것 자체가 무리였다.

가슴이 아프지만 지금은 어쩔 수 없는 일이었다.

죽은 자들을 위해 산 자가 죽을 순 없었던 것이다.

第四章

환령혈시(換靈血屍)

—천문의 그늘에서 자다

도는 정말 혀를 내두르고 있었다.

오죽했으면 투괴라고 했을까마는 직접 상대하고 보니 하후금은 정말 지독한 노인이었다.

몸에 열세 군데나 상처를 입고 기진맥진해 있었지만 자신과 혈강십팔시 중 한 명인 귀랑의 협공을 이십여 초나 견디어내고 있었다.

지금 이렇게 시간을 끌고 있을 시간이 없었다.

도가 어깨를 으쓱해 보이며 말했다.

"정말 대단해요, 정말 대단해. 호호호, 하지만 이젠 정말 끝내야 해요. 조금 더 시간이 지나면 내 체면이 말이 아니게 되죠. 그냥 죽어주면 안 돼요, 할아범?"

하후금이 입가에 미소를 지었다.

"미안하구나, 아이야. 나는 이제 다시 한 번 시작해 보려 하는데 어찌 그냥 죽을 수가 있겠느냐?"

"휴우, 그럼 그냥 내가 끝내야겠네요. 귀랑, 전력을 다해봐. 지금까지가 다는 아니겠지?"

귀랑의 주먹에 푸른 강기가 덧씌어지고 있었다. 그리고 도의 검이 빳빳해진다.

그것을 본 하후금이 피식 웃으면서 말했다.

"그 검, 마치 총각 놈의 물건 같구나. 아, 내가 말해도 모르겠구나. 누가 너 같은 요물을 사랑하겠는가? 당연히 지금도 처녀겠지."

그 말을 들은 도의 안색이 창백해졌다.

지금까지 웃고 있던 얼굴에 살기가 떠오르고 눈에 새파란 광채가 어리기 시작했다.

"이… 이런 개자식이, 죽이겠다!"

고함과 함께 검을 휘두르며 하후금에게 달려들었다.

동시에 귀랑도 협공을 하며 하후금의 얼굴을 향해 귀랑신권을 펼쳤다.

투괴 하후금의 입가에 괴소가 떠올랐다.

"흐흐, 내가 왜 투괴인지 아는가? 이제 그것을 보여주지."

그의 손이 기묘하게 구부러졌다. 그리고 이상한 투기가 그의 몸을 가득 감싸고 타오르더니 그대로 손을 내밀어 도의 검을 잡아갔다.

도의 입가에 비웃음이 어렸다.

드디어 마지막 발악을 하려나 보다 했던 것이다. 그러나 그녀의 웃음은 오래가지 못했다.

'턱' 하는 소리와 함께 거짓말처럼 도의 검이 투괴의 손에 잡혔다. 그리고 그 검을 통해서 들어오는 강한 한기에 놀라서 검을 손에서 놓고 뒤로 물러서고 말았다. 바로 그 틈을 이용해서 투괴의 신형이 공격해 오는 귀랑에게 쏘아져 갔다.

'타다닥' 하는 소리가 들리면서 순식간에 네다섯 번의 공격을 주고받은 투괴와 귀랑의 사이가 지척지간에 이르고, 서로 스치듯이 겹치려 할 때였다.

투괴의 머리가 그대로 귀랑의 머리를 받아버렸다.

'퍽' 하는 소리가 들리면서 귀랑의 몸이 그대로 뒤로 넘어진다.

그리고 투괴도 쓰러진 귀랑 위에 엎어진 채 꼼짝을 안 하고 있었다. 너무 순식간에 일어난 일이라 도는 멍하니 바라만 보고 있을 수밖에 없었다. 설마 이런 식으로 끝이 날 줄은 몰랐다.

귀랑이 죽은 것보다도 십이대초인 중 한 명인 하후금이 너무 쉽게 죽은 것이다. 그러나 도는 지금 상황을 금방 이해할 수 있었다.

"잠마격발신공을 알고 있었다니, 정말 지독한 늙은이다. 더 부상을 당해 힘이 빠지면 잠마격발신공을 쓸 수 없을 것 같으니까 기회가 있을 때 사용해 버렸구나. 결국 귀랑을 죽이고 자신도 죽었구나. 크윽. 나도 심하게 내상을 입었네. 후후, 하지만 늙은이, 나도 아직 쓰지 않은 비장의 수가 있었다는 것을 몰랐겠지. 써보지도 못하고 끝나다니 아쉽네."

도는 어처구니없다는 표정으로 투괴를 보고 중얼거린 다음 귀랑을 투괴의 아래에서 끄집어내어 들여다보았다.

머릿속에 있는 골이 완전히 으깨진 것 같았다.

활강시는 일반 강시와 달리 머리가 완전히 깨지면 살아나지 못한다. 두골이 강철보다 강하고 강기로 감싸고 있기에 골이 깨지는 일은 거의 일어날 수 없는 일이었지만, 투괴의 철두신공은 그것을 전부 무로 돌리고 귀랑을 죽인 것이다.

물론 이는 투괴가 죽기 전 자신의 모든 잠력을 격발했기에 가능한 일이기도 했다.

도가 귀랑의 죽음을 확인하고 일어서는 순간 앞쪽에서 세 명의 고수가 달려오고 있었다.

덩치가 산만큼이나 큰 장정과 작은 키에 호리호리한 청년, 그리고 위맹해 보이는 노인이었다.

세 명은 각자 손에 무기를 들고 있었는데, 덩치 큰 청년은 쇠몽둥이를, 그리고 청년은 대패를 들고 있었으며 노인은 도끼를 들고 있었다.

이미 이들에 대한 정보를 알고 있었던 도의 얼굴에 미묘한 웃음기가 퍼졌다.

"호호, 죽으려고 오는 것인가? 그럼 죽여주지."

세 사람은 급하게 달려왔지만 이미 투괴가 죽은 것을 보고 안색이 굳어졌다. 좌우호법인 자운과 대과령, 장로 신분인 오대곤은 현재 천문에 있는 고수들 중 투괴를 제외하면 호치백과 더불어 가장 강한 고수들이었다.

그런 그들의 얼굴에 낭패감이 어렸다.

지금 상황에서 오대곤 등은 투괴만 구하면 바로 뒤로 물러서려 했다. 그런데 이렇게 되면 뒤를 보이고 도망가기 어렵게 되었다.

자칫하면 다리를 건너기도 전에 죽을 수 있었다.

절대고수를 등 뒤에 두고 도망가는 것이 얼마나 미련한 짓인지 그들은 잘 알고 있었던 것이다.

그렇다면 공격해야 한다. 그리고 기회를 보아야 했다.

세 사람은 말을 하지 않아도 이미 뜻이 통해 있었다.

"어린 계집애, 당장 죽여주마!"

오대곤이 불같이 화를 내며 도끼를 휘두르고 달려들자, 그 뒤를 이어 대과령과 자운이 동시에 도의 좌우로 달려들었다.

그들의 협공은 도가 생각했던 그것을 훨씬 넘어서고 있었다.

그렇다면 둘 중 하나다.

정보가 잘못되었거나 이들이 천문 혈전 이후 많이 발전을 했거나. 도는 후자일 가능성이 훨씬 높다고 생각을 하였다.

"이것들이!"

나직하게 이를 간 도의 검이 기묘하게 변화하며 세 사람의 공격을 차단해 갔다.

차차창!

하는 소리가 들리며 다시 자운과 대과령이 뒤로 물러섰다.

"죽어라!"

고함과 함께 도의 검이 교묘하게 휘청거리며 세 사람의 급소를 파고들었다. 자운과 대과령, 그리고 오대곤은 조금도 물러서지 않고 마주 공격하였다.

순식간에 시간이 흘러갔다.

자운과 대과령, 그리고 오대곤의 안색은 굳어져 있었다.

아무리 공격을 해도 도는 요지부동이었고, 오히려 셋 모두 한두 곳씩 부상을 당하고 말았다.

세 사람은 초조했다.

이곳에 오기 바로 직전 내문 쪽에서 들려온 소식을 대충 들어서 알고 있는 상황이었다. 빨리 천문으로 철수하지 않으면 이곳에서 세 명이 고립될 수 있는 상황이었던 것이다.

사방에서 들려오는 소리로 보아 이미 천문 안으로 철수를 시작한 것 같았다. 천문 안으로만 들어가면 어느 정도는 버틸 수 있는 여지가 남아 있었다. 그러나 눈앞의 적은 너무 강했다.

도 역시 숨이 턱에 차 오르는 것을 느꼈다.

셋의 무공은 정말 그녀의 상상을 훨씬 상회하고 있었다. 특히 자운의 대패와 대과령의 괴력에 가까운 봉법은 그녀에게 아주 위협적이었다.

자존심이 상했다.

천존의 제자로 천하에 적수가 없다고 생각했는데, 십이대초인도 아닌 일개 문파의 수하 무사들 세 명과 겨루어 아직도 시간을 끌고 있다는 사실이 그녀에겐 씻을 수 없는 치욕이었다.

누가 뭐래도 그녀에게 있어서 자운 일행은 이제 겨우 걸음마를 시작한 무사들일 뿐이었다.

"으드득."

다시 한 번 이를 간 도가 자신의 검을 들어올렸다.

오대곤이 이를 악물었다.

자칫하면 다 죽을 수도 있었다.

지금 녹림도원의 상황은 굉장히 급박하게 돌아가고 있었다.

무공을 모르는 주민들의 피신은 빠르게 이루어지고 있었다.

잠시 후 천문의 문이 닫히면 설사 누구라 해도 함부로 들어갈 수 없게 된다.

자운와 대과령도 그 사실을 알기에 그들은 알게 모르게 뜻이 통하였다. 그리고 도의 검에서 뿜어지는 살기가 예사롭지 않다는 것을 느낀 순간 세 사람은 거의 동시에 움직이고 있었다.

'속전속결!'

"간다!"

그들은 자신이 아는 최고의 절기를 아낌없이 뿜어내었다.

한 명의 여린 소녀를 상대로 세 명의 남자가 무지막지한 무기를 들고 핍박하는 광경은 참으로 기이하고 잔인해 보였다.

"사망절(死亡絶)."

도는 입으로 초식의 이름까지 말하며 자신의 검을 휘둘렀다. 순간 그녀의 검이 정말 요사하게 움직이기 시작했다.

찌르는 것 같기도 하고 휘두르는 것 같기도 한 검의 움직임에 공격을 하던 자운 등은 당황하지 않을 수 없었다.

피하기도 막기도 쉽지 않았던 것이다.

전력으로 펼치던 초식을 거두어야 할 상황이었다. 그러나 그들은 알고 있었다. 지금 상대의 공격을 막거나 회피하기 위해 초식을 거두면 그들에게 승산이 전혀 없다는 것을.

오대곤이 입술을 악물었다.

"이런 썅, 네년을 반드시 죽이고 말겠다!"

고함과 함께 자신의 몸을 그대로 검끝에 밀어 넣으며 붕산월광부법(崩山月光斧法)으로 도끼를 휘둘렀다.

그야말로 내가 죽더라도 너 역시 반드시 죽인다는 자세였다.

만약 평소의 그녀였거나 오대곤 한 명이라면 도는 분명히 코웃음 쳤을 것이다. 그러나 지금은 사정이 달랐다.

우선 그녀는 생각보다 부상, 특히 내상이 심한 편이었다.

마지막에 투괴 하후금이 죽으면서 뿜어낸 한음진살이 그녀의 검을 통해 내부를 진탕시킨 것이다. 마지막 진기까지 다 쏟아 부은 일격이라 어지간한 사람이었다면 즉사를 면치 못했을 것이다.

그런 상황에 오대곤 등 세 명과 겨루었다.

부상은 악화되고 있는데, 오대곤이 승부를 걸어온 것이다.

그가 무서운 것이 아니라 아직 남아 있는 대과령과 자운이 문제였다. 그렇다고 뒤로 물러서는 것은 그녀의 자존심이 허락하지 않았다.

'챳' 하는 소리와 함께 도는 내력을 더욱 끌어올리면서 검으로 오대곤의 도끼를 비껴내면서 비스듬히 오대곤을 찔러갔다.

그 동작이 너무 빨라서 눈으로 보이지 않을 정도였다.

순간 오대곤은 오히려 검 쪽으로 자신의 몸을 들이대면서 가슴으로 도의 검을 받아갔다. 동시에 그의 손에 있던 도끼가 비월참으로 날아가 도의 얼굴을 가격하려 하였다.

도가 고개를 돌려 도끼를 피하였고, 그 순간 도의 검은 오대곤의 가슴을 찌르고 들어갔다. 그러자 오대곤이 기다리고 있었다는 듯이 두 손으로 도의 검을 잡은 다음 몸을 틀어 검이 움직이지 않게 하였다.

그 시간은 아주 잠깐이었지만 대과령과 자운에게 공격할 시간을 벌어주기엔 충분한 시간이었다.

도가 아차 싶어서 검을 당길 때 대과령의 쇠몽둥이가 도의 머리를 향해 찍어 내려왔다.

도가 왼손을 들어 가볍게 휘둘러 쇠몽둥이를 쳐내려 하였다.

'이 계집이 겨우 손으로.'

대과령이 비웃을 때 '땅' 하는 소리와 함께 도의 손과 자신의 쇠몽둥이가 충돌하였다.

'크윽' 하는 소리와 함께 대과령은 쇠몽둥이를 놓칠 뻔하였다. 그러나 이를 악문 대과령은 그대로 몸을 밀고 들어가면서 어깨로 도를 들이받으려고 하였다.

도는 당황하였다.

두 명의 고수가 자신을 향해 목숨을 걸고 덤벼들자 심리적으로 위축이 되었던 것이다. 그러나 그것은 아주 잠깐이었고, 그 잠깐이 그녀의 운명을 바꾸어놓고 말았다.

그녀가 잠깐 당황해서 주춤하는 사이 대과령과 오대곤이 필사적으로 협공을 해왔다. 그녀가 얼른 정신을 차리고 전력을 다해 반격을 가하는 순간 '번쩍' 하는 섬광이 그녀의 얼굴을 훑고 지나갔다.

'쩡' 하는 소리가 들리면서 대과령이 뒤로 주르륵 밀려 나갔고, 오대곤이 바닥에 털썩 무릎을 꿇으며 피를 토해내었다.

피 색깔로 보아 그의 오장육부가 완전히 부서졌음을 알 수 있었다. 그것을 본 자운은 다급했지만 지금 오대곤이나 대과령의 상태를 살필 여유가 없었다.

"꺄아악!"

하는 소리가 녹림도원 전체를 흔들어놓았던 것이다.

도는 한 손으로 자신의 코를 가리고 있었는데 손가락 사이로 피가 흘러나오고 있었다.

자운의 대패가 그녀의 코를 베어낸 것이다.

"이… 이… 개자식!"

도가 악을 쓰며 자운에게 달려들었다.

분노에 찬 그녀의 검은 마치 뱀의 혀처럼 날카롭게 자운의 사혈을 노리고 쏟아져 들어왔다. 자운은 두 개의 대패를 젖 먹던 힘까지 전부 모아 휘둘렀다.

차차창!

쇳소리가 연이어 들리면서 자운이 뒤로 일 장이나 주르륵 밀려갔고, 도의 입에서도 피가 흘러나오고 있었다. 그러나 그녀는 개의치 않고 들고 있던 검을 휘둘러 한쪽에 무릎을 꿇은 채 피를 흘리고 있는 오대곤의 목을 그어버렸다.

"이 개자식!"

그녀의 짧은 외침 속에서 오대곤의 목이 서서히 몸과 분리되어 땅으로 떨어지고 있었다.

그 모습을 멍하니 불 수 밖에 없었던 자운은 얼굴을 부들부들 떨면서 도를 노려보았다.

"호호호! 이리 오너라, 애새끼야. 내 오늘 너희 세 놈을 반드시 죽여주겠다!"

이때.

"빨리 저년을 죽여라!"

고함 소리가 들리면서 여광이 백여 명의 수호대 무사를 이끌고 달려왔다. 그것을 본 도의 눈이 새파란 섬광을 뿜어내었다.

도의 눈빛을 본 자운은 몸을 부르르 떨었다.

지금까지 저렇게 사나운 눈빛은 처음 본 것이다.

도는 입을 꽉 깨물었다.

자칫하면 여기서 죽을 수도 있었다.

일단 살아야 복수도 하는 것이다.

다시 저들을 상대하기엔 내상이 너무 심해져 있었다.

"네놈의 얼굴을 꼭 기억하마."

그 소리를 마지막으로 그녀의 신형이 그대로 인공 호수를 향해 뛰어내렸다.

자운이 놀라서 그녀를 볼 때 그녀는 일위도강 신법으로 물을 차며 천문의 문 쪽으로 사라졌다. 자운은 다리가 풀리는 것을 느끼고 겨우 버틴 채 식은땀을 흘렸다.

죽었다 살아난 것이다. 그러나 장로인 오대곤이 죽고 대과령은 중상을 입었다. 살아날지 죽을지 모를 만큼 큰 중상이란 것을 쉽게 알 수 있을 정도였다. 대과령은 바닥에 쓰러진 채 기절해 있었다.

호치백은 내순찰당 당주인 예소를 바라보며 물었다.

"주민들은 전부 피신시켰습니까?"

"지금 거의 다 됐습니다."

호치백의 얼굴에 언뜻 놀라는 기색이 떠올랐다.

생각했던 것보다 빠르게 일이 진행된 것이다.

"다행이군요."

"이런 경우를 대비해서 훈련을 했던 것이 큰 도움이 되었습니다."

그 말을 듣고 호치백은 고개를 끄덕이며 내심 천문의 준비성에 감탄하지 않을 수 없었다.

그는 반고충을 보면서 물었다.

"방어 준비는 다 되었습니까?"

"거의 다 되었습니다. 이제 오 장로와 좌우호법만 들어오면 기관을 발동시킬 생각입니다."

이때 두 사람의 말을 기다리기라도 한 듯이 여광을 비롯해서 자운 일행이 천문 안으로 들어왔다. 일반 무사들 중 네 명은 기절한 대과령을 들고 들어오는 중이었다. 그런데 투괴 하후금과 오대곤이 보이지 않았다. 대신 두 개의 큰 자루를 든 무사들이 눈에 들어온다.

반고충의 입가가 심하게 떨렸다.

호치백 역시 상황을 눈치 채고 주먹을 쥐었다 폈다.

여광과 자운은 두 사람에게 다가와 상황을 보고하였다.

보고를 들은 사람들은 모두 아연한 표정으로 굳어졌다.

십이대초인 중 한 명인 하후금과 천문의 장로 중 유일하게 무공으로 경지에 이르렀던 오대곤의 죽음은 그들에게 너무 큰 충격이었던 것이다.

반고충의 눈에 물기가 어렸다.

특히 오대곤은 반고충과 더없이 친하게 지내던 사이였던 것이다. 호치백은 조금 허탈한 심정으로 말했다.

"허허, 두 분이나 세상을 떠났구나. 앞으로 얼마나 더 많은 생명이 고혼으로 구천을 떠돌꼬."

반고충이 고개를 흔들며 말했다.

"지금 우리가 잘못하면 천문의 모든 사람들이 다 죽을 수 있습니다. 죽은 사람은 죽은 것이고 우린 산 사람을 위해서 끝까지 싸워야 합니다."

호치백 역시 정신이 번쩍 들었다.

"맞습니다. 우리는 관 아우와 제수씨가 올 때까지 천문을 지키고 있어야 합니다."

호치백은 결연한 표정으로 자신의 검을 꾹 잡으면서 말했다.

"지금 우리는 몇 가지 일을 병행해야 합니다."

반고충이 호치백을 바라보았다.

"우선 이번에 침투한 무리 중 한두 명 정도는 천문의 수하로 변신한 채 천문 내부로 숨어들었을지도 모른다는 생각을 하고 있습니다."

"인피면구를 쓰고 말입니까?"

"제가 보기에 그들 중 한두 명 정도는 변환대법류의 기환술을 익힌 것 같습니다. 아마도 오제 중 한 명인 환제가 아닐까 생각합니다만."

반고충이 몸을 부르르 떨었다.

참으로 사면초가라는 건 이것을 두고 하는 말일 것이다.

환제 그 한 명의 무공만 해도 지금 천문의 고수들 중에는 상대할 수 있는 사람이 없었다. 그가 안으로 들어와서 설친다면 그것만큼 난감한 일은 없을 것이다. 그러나 호치백은 그것보다 더욱 걱정스런 일이 있었다.

'적들 중에 생각이 있는 자가 있다면 천문에 도종 형님과 마종 아우까지 있다는 것을 가정하고 기습했을 것이다. 작전은 항상 최악의 경우를 생각하고 짜야 할 테니. 그렇다면 적의 전력은 상상 이상으로 강하다고 생각해야 한다. 그리고 환제는 그 두 사람을 찾고 있을 확률이 높다.'

그러나 차마 그 말을 입에 담지는 못했다.

수하들이 그 말을 들어보았자 사기만 죽을 것이기 때문이었다.

천문의 정문 앞에 탄이 서 있었고, 양옆에는 중년의 남자와 나이 지긋한 노인 한 명이 서 있었다.

그들 뒤로는 여덟 명의 장년인이 나란히 서 있었으며, 그 여덟 명의 뒤로는 칠백여 명의 전륜살가림 무사가 도열해 있었다.

천문의 정문은 녹림도원의 촌락과 어느 정도 사이를 두고 있었는데, 그 사이에는 제법 큰 광장이 있어서 그들이 도열하는 데 전혀 무리가 없었다.

탄은 찬찬히 녹림도원을 살핀 다음 천문의 정면을 보면서 말했다.

"좋아, 이제부터 본격적인 시작인가?"

중년의 남자가 신중한 어조로 말했다.

"현재 적은 백오십 명 정도의 무사들이 죽었습니다. 그리고 투괴 그 늙은 괴물과 오대곤이라는 고수가 죽었습니다."

"우리 측 피해는?"

"귀랑이 죽고 도님이 큰 부상을 당했습니다. 그리고 일반 무사 백오십 정도가 죽었습니다."

탄이 귀를 쫑긋거리면서 못마땅하다는 표정으로 말했다.

"벌써 귀랑과 백오십의 무사를 잃다니, 그리고 도 사매가 큰 부상을 입었으니 이건 영 이긴 기분이 안 나는군."

"그래도 저쪽은 이백의 강시까지 전멸당했습니다."

"흐흐, 그렇긴 했지. 정말 질긴 강시들이었어."

중년인의 표정도 조금 침중해졌다.

정말 지독하게 달려들던 강시들이 생각났던 것이다.

중년인은 자신도 모르게 뒤를 돌아보았다.

만약 저들이 나서지 않았다면 정말 힘든 결전이 될 뻔하였다.

탄이 자신의 왼쪽에 서 있는 노인을 보면서 물었다.

"모 호법님."

"예! 탄님, 말씀하십시오."

"아마도 환제 사숙님은 천문 안으로 파고드신 것 같습니다. 일단 우리끼리 천문을 공격하는 것이 좋겠습니다. 이미 사숙께서도 자신이 늦어지면 우리끼리 총공격을 감행하라고 했습니다."

"알았습니다."

"길은 뒤에 있는 환령(換靈)들이 처리할 것입니다."

"그럼 부탁드립니다."

탄이 뒤를 돌아보며 말했다.

"문귀, 단황."

환령이라 불리는 두 무사가 앞으로 나섰다.

그들을 보는 중년 무사의 얼굴에 쓴웃음이 어렸다.

환령은 혈강시의 또 다른 이름이었다.

환령은 기존의 혈강시를 더욱 진보시킨 혈강시로 원래의 혈강시에 비해서 만드는 시간이 놀라울 만큼 단축될 뿐 아니라 기존의 혈강시보다 한 수 정도 강했다.

단지 환령을 만들려면 반드시 어느 정도 수준 이상의 고수여야 한다는 제한이 있기는 했다. 그런 면에서 백호궁의 백호들은 환령으로서 제격이었다.

그들이 만들어지는 데엔 자신과 곡기, 누화의 힘이 컸다.

구인촌에서 얻은 강시에 대한 많은 지식이 환령을 만드는 데 결정적인 역할을 하였던 것이다.

산 사람을 강시로 만드는 일은 결코 쉬운 일이 아니었다. 더군다나 그들 자신도 모르게 강시화시키는 작업은 정말 힘들고 고단한 일이라 할 수 있었다.

눈치 챈 많은 백호들이 죽었다.

물론 나중에는 그들을 독으로 제압하고 강제하였지만.

그래도 상당한 성공을 거두었다. 그렇게 백호문의 백호 중 열여덟 명이 진보된 혈강시로 변하였다.

전륜살가림에서는 열여덟 구의 혈강시를 환령이라고 불렀으며 따로 혈강십팔시라고도 했는데, 십팔시는 이제 하나가 죽었으니 십칠시라고 불러야 옳았다.

이제 몇 개월이 지나면 환령의 수는 급속하게 늘어날 것이다.

백호 중에 전륜살가림에 충성을 맹세하고 스스로 산 강시가 된 자들이 있는데, 그들은 강시 같은 신체를 가졌을 뿐 아니라 무공도 턱없이 강해졌고 인간으로서 정신도 그대로 간직할 수 있었다.

전륜살가림에서는 그들 여덟 명을 천령(天靈)이라고 불렀다.

천령의 강함은 끔찍할 정도였다.

진령이 아는 한 천령이나 환령을 상대하려면 최소 십이대초인이나 그들에게 근접할 정도의 고수가 되어야 가능할 정도였다.

구인촌의 생존자 중 한 명인 진령이 이런저런 생각을 하고 있을 때 문귀와 단황이라고 불린 두 명의 환령이 느긋하게 걸어나와 천문의 정문 이 장 앞에 섰다.

만약 강호의 무인들이 있어서 이 두 사람의 이름을 들었다면 안색이 굳어졌으리라. 그만큼 두 사람은 강호의 명숙들었던 것이다.

두 명의 환령 중 조금 우람한 덩치의 남자가 허리에 걸린 작은 퇴(槌)를 꺼내 들었다.

덩치의 장정이 꺼낸 퇴는 손잡이에 약 삼 장 정도의 사슬이 달렸고, 사슬 끝에 철퇴가 달린 형태의 무기였다.

그가 바로 백호 중 한 명으로 벽력탄왕(霹靂彈王)이라고 불리는 단황이었다.

단황이 사슬을 놓았다.

바닥에 떨어질 듯하던 철퇴가 갑자기 화살처럼 천문의 문짝을 향해 날아갔다.

꽝! 하는 소리가 들리면서 천문의 문짝이 부서져 내렸다.

第五章

위기천문(危機天門)

—독이 모여 형을 만들고 기가 모여 영성을 만든다

흑철로 만들어진 천문의 정문이 부서져 내리는 광경은 보는 사람들을 전율하게 만들었다. 그러나 두 명의 환령은 담담한 표정으로 천천히 부서진 문을 향해 걸어갈 뿐이었다. 마치 인형처럼 표정의 변화가 전혀 없는 모습들이었다.

그들이 문 앞 일 장까지 다가섰을 때였다.

'슈욱' 하는 소리가 들리면서 약 백여 대의 화살이 다가선 환령들만을 노리고 날아왔다. 그 순간 단황의 철퇴가 무서운 속도로 회전하며 화살들을 쳐냈다.

화살이 멈추고 철퇴가 멈추었다.

환령들은 머리카락 한 올 다친 곳이 없었다.

비록 귀영천궁대의 화살이 대단하기는 하지만 환령들을 상대하기는 어렵다는 것이 증명된 것이다. 그리고 화살이 멈추는 순간 또 다른 환령인 문귀가 앞으로 뛰쳐나갔다.

어느새 그의 손에는 한 자루의 장검이 쥐어져 있었다.

천문 안에서 환령들을 지켜보던 반고충이 고개를 흔들었다.

"벽력탄왕은 의를 알고 올곧은 사람으로 알려져 있는데, 어떻게 전륜살가림의 주구가 될 수 있단 말인가? 그리고 또 한 사람은 상문쾌검(喪門快劍) 문귀인 것 같은데, 저자 역시 비록 사도의 인물이긴 하지만 서역의 오랑캐에게 몸을 팔 정도의 인물은 절대 아니라고 들었는데."

반고충으로서는 혼란스러울 수밖에 없었다.

백호궁의 백호들이 갑자기 나타나 공격을 해온 것이다.

더군다나 문귀와 단황은 백호들 중에서도 상위에 있던 인물이었다. 그리고 그만큼 자존심도 강한 자들이었다. 그런데 그들이 전륜살가림의 명령을 듣고 있다는 것이 믿어지지 않았다.

백호궁이 세워지고 천군삼성 중에서도 가장 강할지 모른다고 알려진 묵치는 수많은 사람들과 대련을 하며 성장하였다.

누가 도전을 해와도 그는 거절하지 않았다.

많을 때는 하루 열 명과도 싸워서 전부 이긴 적이 있을 정도였다. 그렇게 대련에 대련을 거듭하면서 묵치는 점점 더 강해졌고, 연전연승을 거두면서 그의 명성은 점점 높아졌다. 그런데 이런저런 뜨내기들까지 전부 묵치와 겨루겠다고 나서자 묵치는 방법을 바꾸었다.

백호궁 내에 백호전을 만들고 자신과 싸워서 진 자 중 백 명을 거기에 머물 수 있는 권한을 주었다.

백호들은 자신들끼리 겨루면서 서열을 정하기 시작했고, 상위 십위까지는 언제든지 묵치에게 도전할 수 있는 권한을 주었다. 그리고 백호궁 밖에서 백호에 들고 싶은 자들은 백호 중 누구나 한 명을 이기면 그 자리를 차지할 수 있게 하였다.

묵치는 백호들에게 완벽한 의식주를 제공함으로써 그들이 무공에 전념할 수 있게 하였다.

그러면서 자신의 무공도 증진시켜 나간 것이다.

강호에서 호전적인 무인들이 전부 백호궁으로 몰려들었다.

무인들 중에는 구파일방이나 오대세가의 장로 급 인물들도 적지 않았다.

그렇게 세월이 가면서 백호들은 더 이상 변동이 일어나지 않을 정도로 강자들만 모이게 되었다.

그 후 묵치는 더 이상 백호들에게 타인이 도전하는 것을 허락하지 않았다. 대신 백호들이 무공을 수련하고 스스로 자신이 있다고 생각됐을 때 언제든지 자신에게 도전해도 좋다는 조건을 달았다. 그들 백호들은 비록 묵치를 존경했지만, 자신들의 개성 때문에 묵치의 밑에 들어가지 않던 자들이었다.

그런 무인들이 변방 오랑캐의 주구가 된다는 것은 있을 수 없는 일이었다.

무엇인가 이유가 있을 것이다.

호치백의 말했다.

"아무래도 무엇인가 문제가 있는 것 같습니다. 저들의 얼굴에 표정이 없는 것을 보면 아무래도 약물에 중독이 되었거나 환제가 연구하던 혈강시가 되었을 가능성도 있습니다."

반고충은 가슴이 서늘해지는 것을 느꼈다.

백호궁의 백호들이 생강시가 되었다.

충분히 가능성있는 말이었던 것이다. 그러나 생각은 어디까지나 생각일 뿐이다.

문귀가 검을 뽑아 들고 달려오는 모습이 보이자 호치백이 고함을 질렀다.

"쏴라!"

호치백의 고함 소리에 열 명의 귀영천궁대 무사들이 화살을 날렸다.

문귀의 검이 허공을 사선으로 긋고 지나가자 날아오던 화살들이 모두 동강 나서 바닥에 떨어졌다. 그렇지만 문귀 역시 그 힘에 의해 일단 땅에 착지를 해야만 했다.

문귀의 발이 땅바닥을 박차고 다시 신법을 펼치며 허공으로 비상하였다. 그러나 허공으로 올라간 것은 문귀의 몸뿐이었다.

양다리는 문 안쪽의 돌바닥 위에 붙은 채로 였는데, 완전히 꽁꽁 얼어 있었다.

털퍼덕.

하는 소리와 함께 바닥에 떨어진 문귀의 몸이 부르르 떨리고 있었다. 그의 몸이 급속하게 얼어가고 있었던 것이다. 잠시 후 꽁꽁 언 채로 얼음덩어리가 된 문귀의 얼굴을 대풍산 철우가 쫓아가 발로 밟았다.

뿌드득.

하는 소리가 들리면서 문귀의 얼굴이 산산조각나고 말았다.

천음빙한수와 음양접의 조화가 이루어낸 합작품이었다.

공격해 오는 고수들이 착지할 만한 곳에 음양점과 천음빙한수를 설치해 놓았던 것이다.

"저저……."

탄은 어이가 없어서 숨이 턱 하고 막히는 기분이었다.

진령 역시 놀란 가슴을 쓸어내려야 했다. 그리고 문 안쪽에서 자신을 쏘아보고 있는 시선을 느끼곤 그쪽으로 고개를 돌렸다가 안색이 굳어졌다.

'자운. 말은 들었지만 그래도 혹시나 했는데, 네가 천문에 있는 것이 사실이었구나.'

구인촌의 생존자.

지금은 자신을 비롯해서 네 명에 불과했다.

자운이 자신의 어미와 함께 도망쳤다고 했으니 다섯인 셈인가? 그게 궁금하진 않았다.

혈강시의 비밀이 밝혀질까 봐 전륜살가림에서 마을의 생명들을 전부 죽일 때도 눈 하나 깜짝하지 않던 진령이었다.

더군다나 지금도 전륜살가림의 전력은 압도적으로 강했다.

어떻게 암수로 하나의 환령을 죽였지만 지금 상황이라면 전륜살가림이 질 일이 없었다.

자운이 나타났다 해도 자신이 겁을 먹거나 회피할 이유가 없었다.

오히려 이 자리에 나타나 준 것이 고마울 뿐이었다.

'이 기회에 우환덩어리 하나를 완전히 사라지게 할 수 있겠군.'

진령의 입가에 미미한 미소가 떠올랐다.

전륜살가림의 호법 중 한 명인 모화가 어이없다는 표정으로 말했다.

"관표란 놈 참 별의별 약품이 다 있는 것 같습니다."

"첫 출전에 두 명이나 되는 환령을 잃었으니 사부님이나 사숙님을 뵙기가 무척 무안할 것 같습니다."

"그래도 천문을 완전히 정리하면 그것만으로 충분한 가치가 있을 것입니다."

"그래야지요. 이젠 정말 천천히 해서는 안 될 것 같습니다."

탄이 뒤를 돌아보았다.

아직도 여섯이나 되는 환령들이 그의 뒤에 남아 있었다.

천문의 정문 앞에 있는 단황까지 합하면 일곱이다.

"모두 돌격하라!"

그의 명령이 떨어지자 여섯 명의 환령이 일제히 움직이기 시작했다. 다음 명령을 기다리고 있던 단황 역시 철퇴를 휘두르며 정문으로 뛰어들었다.

뿐만 아니라 대기하고 있던 칠백의 무사들이 일제히 천문을 향해 뛰어갔다. 일부 경공에 자신있는 자들은 신법으로 천문의 담장을 넘어가고 있었다.

"드디어 총공격인 모양입니다."

반고충의 말에 호치백이 침중한 목소리로 대답하였다.

"올 게 왔군요. 모두 맡은 바대로 행동하라!"

호치백의 고함과 함께 천문의 지붕 위에 몸을 숨기고 있던 귀영천궁대의 무사들이 일제히 화살을 날렸다.

담장을 넘어오던 전륜살가림의 무사들이 그 화살에 맞고 맥없이 쓰러진다. 그리고 정문으로 뛰어드는 고수들을 향해서는 화살과 함께 천음빙한수가 든 병을 던졌다.

병이 깨지면서 천음빙한수에 맞은 전륜살가림의 고수들이 얼어서 쓰러지기 시작했고, 환령들도 함부로 접근하지 못하고 주춤거릴 수밖에 없었다.

탄과 모화의 얼굴이 굳어졌다.

모화가 말했다.

“뭐든지 얼리는 저 약물이 참으로 무서운 것 같습니다.”

탄은 굳어졌던 얼굴을 펴며 코웃음을 치고 말했다.

“그래 봤자 일단은 물과 비슷한 액체에 불과할 뿐입니다.”

모화에게 차가운 목소리로 응수한 탄은 환령들을 보면서 말했다.

“환령들은 호신강기로 천음빙한수를 막으면서 공격하라. 그리고 십조는 흙을 퍼다가 천음빙한수와 음양접이 있는 곳에 뿌려라!”

탄의 명령은 분명히 효과가 있었다.

일단 몸에 닿으면 제 위력을 확실하게 보여주는 천음빙한수도 강기에 닿자 제 힘을 잃고 말았던 것이다.

즉, 직접 몸에 닿지만 않으면 사람에게 큰 피해를 주지 못한다는 것이 결정적인 약점으로 작용한 것이다. 그리고 바닥에 뿌려진 천음빙한수도 흙을 덮어버리자 그 역시 무용지물이 되어버렸다. 그렇게 되자 천문의 무사들은 위축될 수밖에 없었고 더욱 밀리는 상황이 되어버렸다.

점차 다가오는 환령들과 전륜살가림의 무사들을 본 호치백이 이를 악물었다.

“기관을 작동시켜라!”

그의 명령에 천문 전면에 설치된 기관들이 한꺼번에 가동되었다.

땅이 꺼지고 땅 밑에서 천음빙한수가 뿜어져 나오며 수백 명의 전륜살가림 무사들이 죽어나갔다. 그러나 환령들은 빠르게 피하면서 호신강기를 펼쳐 피해를 입지 않았다.

호치백은 그것을 보고 아쉬운 표정을 지었지만, 탄은 몸을 부르르 떨어야 했다.

“일반 무사들은 뒤로 물러서고 환령들만 앞으로 나서라!”

탄의 명령에 일반 무사들이 뒤로 빠지면서 환령들이 일제히 공격을 해왔다.

호치백을 비롯한 천문 무사들의 얼굴이 암담해졌다. 그러나 호치백은 아직 자신이 사용할 수 있는 기관이 몇 개 더 남아 있다는 것을 생각해 내었다.

백리소소가 심혈을 기울여 만든 그 기관이 작동하면 그 안에 포함된 천음빙한수와 음양접으로 환령들 중 최소한 두셋은 죽일 수 있을 것 같았다.

‘죽어도 그냥은 안 죽는다.’

“막아라!”

호치백의 고함과 함께 천문의 수하들이 천문수호진을 펼쳤고, 호치백은 기관을 작동시키려고 준비 중이던 천문의 수하들에게 신호를 보냈다. 그러나 신호를 보내고 기다려도 호치백이 기다리던 기관은 작동되지 않았다.

‘뭔가 잘못되었다. 아무래도 숨어들어 온 환제나 그의 수하에게 기관이 파괴당한 것 같다.’

호치백은 마음이 다급해졌지만 태연한 표정을 지었다. 지금 상황에서는 누구를 빼서 안에 들어가 살펴보게 할 수도 없었다. 실력있는 고수를 뺄 수도 없었고, 상대가 어느 정도 고수인지도 모르기 때문에 아무나 보낼 수도 없었던 것이다.

‘차라리 여기서 버티자.’

호치백이 결심을 하고 천문의 무사들을 독려하였다.

그렇게 일각이 흘렀다.

사방은 시체가 산처럼 쌓여 있고, 녹림도원의 무사들은 이제 오백여 명밖에 살아남지 못했다.

거의 절반가량이 죽은 것이다.

그나마도 다행이었다.

천음빙한수와 절진, 그리고 백리소소가 만들어놓은 기관들 중 사용할 수 있는 모든 기관을 전부 동원한 덕이었다. 그러나 이젠 기관도 작동되지 않았고 천문수호진도 와해 직전이었다.

천음빙한수나 천문수호진으로도 어쩔 수 없는 환령들은 그야말로 괴물들이었다.

탄의 입가에 야릇한 미소가 걸렸다.

이제 더 이상 기관도 없고 천문의 무사들이 펼치던 절진도 거의 와해 직전이란 것을 안 것이다.

"일제히 공격하라!"

"와아!"

탄의 명령이 떨어지자 살아남았던 오백여 명의 전륜살가림의 수하들이 일제히 함성을 지르며 천문의 무사들에게 달려들었다. 그에 앞서 일곱의 환령이 먼저 천문수호진으로 달려들었다.

"크아악!"

비명이 연이어 들리면서 천문수호진이 완전히 무너져 버렸다. 그리고 그 사이로 끼어든 환령들은 천음빙한수를 든 천문의 무사들을 향해 무지막지한 살수를 펼쳤고, 쓰러지면서 바닥에 뿌려진 천음빙한수가 오히려 천문의 수하들을 살상하는 사태가 벌어졌다.

그들의 뒤를 이어 밀려오는 전륜살가림의 무사들을 보면서 호치백은 머리가 하얗게 세는 것을 느꼈다.

'이젠 끝인가?'

호치백이 암담한 표정을 지을 때였다.

"멈춰라!"

고함 소리가 들리면서 아수라장 같던 결전이 멈추어졌다.

목소리는 크지 않았지만, 듣는 사람들의 심금을 울리는 목소리였다. 절대 거역할 수 없는 무언의 힘이 모든 무사들의 칼부림을 멈춘 것이다.

소리가 들린 쪽을 바라본 호치백의 안색이 미미하게 떨렸다.

"진 낭자."

천문의 안쪽 지붕 위에 한 명의 여자가 고고한 표정으로 서 있었다. 그녀를 바라본 탄의 표정이 굳어졌다. 겨우 이십대의 여자였지만 그녀에게서 뿜어지는 기세가 만만치 않았기 때문이다.

'저 여자, 이전에 사부님과 도 사저에게 들었던 독종 당진진이 아닐까?'

이미 호치백을 죽이려고 하다가 독종으로 추상되는 여자로 인해 실패했다는 말을 들은 탄이었다. 상대가 정말 독종이라면 문제가 심각해진다.

그녀의 모습으로 보아 이미 절대독종의 경지에 달한 것 같고, 정말 그 상태라면 독공보다도 독술이 더 위험할 수 있었다. 그러나 그는 믿는 것이 있었기에 침착한 표정으로 말했다.

"흐흐, 네년이 멈추라고 한 거냐?"

당진진의 눈에서 뿜어진 살기가 탄에게 쏘아져 갔다.

상당히 먼 거리임에도 불구하고 탄은 그녀의 살기에 가슴이 서늘해지는 것을 느꼈다.

'과연 대단하구나. 그러나 오늘 네년은 반드시 이곳에서 죽을 것이다.'

탄은 피식 웃으면서 말했다.

"내려와라. 네년부터 죽여주마."

탄의 막말에 당진진의 표정이 싸늘하게 굳어졌다.

"어떤 쥐새끼를 쫓아왔더니 시궁창의 쓰레기가 한 더미 쌓여 있군. 네놈은 오늘 내가 청소해 주마."

호치백은 당진진이 쫓아온 사람이 환제란 것을 알았다.

'그렇다면 환제가 이곳으로 도망쳐 왔다는 말인데… 아무래도 결투 중에 숨어들어서 누군가의 모습으로 변신한 것 같구나. 누굴까?'

호치백이 또 다른 고민에 휩싸일 때, 자신의 결심을 독백처럼 중얼거린 당진진의 신형이 무서운 속도로 쏘아져 내리는가 싶더니 탄을 향해 날아갔다. 그녀가 펼치는 도가 비전의 역산단행은 확실히 절세의 신법다웠다.

탄이 환령들을 보고 고함을 질렀다.

"막아라!"

탄의 명령과 동시에 환령들이 일제히 몸을 날려 당진진에게 쏘아갔다.

당진진은 입술을 깨물었다.

처음 나타났을 때부터 이들이 기세를 읽고 일곱 명이 모두 강자라는 것을 알고 있었다. 하지만 막아서는 그들의 기세는 생각보다 더 무서웠다.

일곱의 환령은 아무리 그녀라 해도 무리일 수밖에 없었다. 하나하나가 절정고수 이상의 무공을 지닌 환령들이었다.

혈강시가 되기 전이라도 상대하기 어려운 자들인데, 강시화되면서 더욱 강해진 그들이었다.

물론 당진진은 이들이 강시라는 것을 아직 모르지만.

'일반 독공으로는 이들을 죽일 수 없다.'

그녀의 손이 은은한 묵빛으로 변하면서 그녀의 앞을 가장 먼저 막은 한 명의 환령을 향해 쳐나갔다. 그녀의 앞을 막은 환령은 들고 있던 도를 횡으로 휘두르며 그녀의 목을 치려 하는데 도에서는 한 가닥의 도기가 뱀처럼 꿈틀거렸다.

당진진의 안색이 일변하였다.

"사령환도법(蛇令幻刀法). 네놈은 귀령사도(鬼靈蛇刀) 우문충이구나. 아무리 사파의 무인이지만 서역 오랑캐의 개가 되다니!"

그 말을 들은 호치백이 큰 소리로 말했다.

"진 낭자, 그들은 모두 이지를 상실한 것 같습니다! 아무래도 혈강시가 된 것 같으니 절대로 손속에 사정을 두지 마십시오. 그들의 꼭두각시가 되는 것보다 편히 보내주는 것을 오히려 명예롭다 할 것입니다!"

호치백의 고함을 들은 당진진의 눈썹이 꿈틀거릴 때 이미 우문충의 도가 당진진의 독장과 충돌하고 있었다.

'치지직' 하는 이상한 소리가 들리면서 당진진의 독공이 우문충의 도와 충돌하였다. '타닥' 소리가 들리면서 당진진의 신형이 주춤하였고, 우문충의 신형은 뒤로 주르륵 밀려났다. 그런데 뒤로 물러서는 당진진의 얼굴을 향해 하나의 철퇴가 날아오고 있었으며 복부를 향해서는 한 자루의 단창이 찔러오고 있었다.

벽력탄왕 단황과 양가창의 최고수라는 양요의 공격이었다.

둘의 연수합격은 기가 막히게 호흡이 맞아 아무리 당진진이라고 하여도 함부로 경시할 수 없었다.

"차앗!"

기합과 함께 당진진의 손바닥에서 세 개의 강기가 쏘아져 나갔다. 강기들은 마치 어린아이 같은 모습이었다. 살아 있는 사람처럼 흐느적거리며 두 사람의 무기를 쳐내면서 공격해 들어갔다.

절명금강독공의 절명독인수형이었다.

독이 모여 형을 만들고 기가 모여 영성을 만든다는 절명독인수형은 강호의 전설과도 같은 무공으로, 절명금강독공이 절정에 달하지 못하면 펼칠 수 없는 독공이었다.

'파앗' 하는 기이한 마찰음이 들리면서 두 개의 무기가 독인과 충돌하면서 중간에 멈추었다. 그리고 아직 남은 하나의 독인은 정면으로 돌격해 오는 양요의 얼굴을 향해 날아가고 있었다.

순간 양요가 창을 회수하며 몸을 회전시키더니 땅바닥에 등이 닿을 듯이 뉘었다. 교묘하게 독인의 공격을 피한 것이다. 그러나 독인은 공간을 스쳐 가는 듯하다가 누가 잡아당긴 것처럼 거의 누운 양요의 가슴을 향해 돌격해 갔다.

갑작스런 공격으로 거의 무방비 상태인 양요의 가슴과 독인이 충돌하려 할 때였다.

퍽!

하는 소리와 함께 독인이 튕겨 나갔다.

또 한 명의 환령인 을목 진인이 독인을 쳐낸 것이다. 을목진기의 강기로 독인을 쳐낸 을목 진인은 독인을 쳐낸 후 몸을 부르르 떨고 있었다.

그만큼 독인의 힘이 강했던 것이다.

마치 내공을 싣지 않은 맨손으로 강철판을 치고 난 다음의 모습 같았다.

당진진은 자신의 독인을 쳐낸 중년 도사를 보고 기가 막히다는 표정이었다.

"청성의 대장로인 을목 진인까지 강시가 되어 나타나다니, 나중에 내 입장이 정말 난처해지겠구나. 그보다도……."

중얼거리던 당진진은 슬쩍 호치백을 바라보았다.

당진진의 무공을 본 호치백이 고개를 흔들었다.

그제야 그는 그녀가 누구인지 눈치 챘던 것이다.

가슴이 무너져 내리는 기분이었다.

마치 소중한 무엇인가를 잃은 것 같은 기분. 그러나 그것도 잠시, 호치백은 고개를 흔들었다.

'그녀가 누구인들 그것이 무슨 상관인가? 지금 그녀는 나를 위해 목숨을 걸고 싸우는 중이 아닌가?'

호치백은 그것이 중요하다고 마음을 달래면서 담담한 표정으로 당진진을 바라보았다.

호치백 이외의 반고충 등은 당진진이 왜 자신들을 돕는지 몰라 오히려 어리둥절한 표정들이었다.

그들 역시 당진진의 정체가 너무 뜻밖이었던 것이다.

남들이 어떤 생각을 하든 당진진은 일단 호치백이 충격을 받았다가 담담해지는 것을 보고 적잖게 안심을 하였다.

호치백의 마음을 알 수 있었기 때문이다. 그러나 그녀가 엉뚱한 곳에 시선을 주는 바로 그 순간, 사방에서 그녀의 목숨을 노리고 밀려오는 살수가 있었다.

지금 상황에서 그녀의 감정은 너무 사치한 것이라 할 수 있었지만, 그녀는 십이대초인 중 한 명이었다. 상황은 불리했지만 그녀는 조금도 당황하지 않고 마치 그들의 공격을 기다렸다는 듯이 행동하였다.

당진진의 신형이 미끄러지듯이 환령들 사이로 파고들면서 단숨에 이십팔장을 휘둘렀다. 그녀의 무지막지한 독공이 사방 십여 장을 휩쓸자 근방에 있던 전륜살가림의 수하들이 핏물로 녹아버렸다.

놀란 무사들이 기겁을 하고 도망치느라 잠시 결투가 멈추어졌을 정도였다.

당진진의 공격은 매서웠다. 그러나 일곱이나 되는 환령들의 협공은 그보다 더 무서웠다. 환령 하나하나가 모두 수십 년씩 무공에만 미쳐 살았던 무귀들인 데다, 혈강시가 되면서 무공이 더 강해지고 몸은 금강불괴가 되어 있는 괴물들이었다. 천하 이대초인 중 한 명인 당진진으로서도 감당하기 어려웠다.

불과 십여 합을 겨루기도 전에 당진진은 내상을 입고 말았다.

누가 보아도 당진진이 위급한 상황이었다.

'백호들이 괴물이 되어 나타났구나. 이들 중 셋이면 나도 힘들다. 그런데 무려 일곱이라니.'

당진진은 새삼 백호들의 무공에 놀라지 않을 수 없었다.

호치백은 당진진의 상황이 어려워지자 입술을 깨물었다.

"전원 공격하라! 천문의 긍지를 지니고 끝까지 싸워라! 곧 문주님이 오실 것이다!"

"와아!"

호치백의 고함에 천문의 무사들이 고함을 지르면서 환령들에게 달려들기 시작했다. 그들에게 있어서 문주인 관표는 신앙과도 같은 존재였다.

세상에 아무리 어려운 일이 있어도 문주인 관표만 있다면 다 해결될 것이라 믿는 그들이었다. 이제 곧 문주가 온다고 하자 갑자기 사기가 오른다.

탄의 얼굴이 가볍게 찌푸려졌다.

"환령 중 넷은 저 계집을 죽이고 나머진 천문의 수하들을 공격하라!"

환령들에게 명령을 내린 탄이 뒤로 물러서 있던 수하들을 훑어본 후 모 호법과 진령을 보면서 말했다.

"이제 끝을 낼 때가 된 것 같습니다."

모화의 입가에 살기가 피어오른다.

"맡겨두십시오."

대답한 후 뒤를 돌아보며 고함을 질렀다.

"쳐라!"

"와아!"

모화의 명령과 동시에 수백 명의 전륜살가림 수하들이 환령들을 향해 몰려오는 천문의 무사들을 향해 돌격해 들어갔다.

第六章

독종랑인(毒宗郎人)

—죽어가는 자의 기분을 느끼고

네 잘못을 사죄해라!

"제기랄."

호치백은 검을 뽑아 들고 자신도 모르게 중얼거렸다.

단 세 명의 환령에 의해서 천문의 무사들이 힘없이 쓰러지고 있었던 것이다.

결국 지켜보던 호치백이 검을 뽑아 들 수밖에 없었던 것은 그 이유도 있었지만, 당진진이 위급해 보였기 때문이다. 거기에 더해서 전륜살가림 수하들의 대대적인 공격이 시작되자, 결국 뒤에서 지휘만 하고 있을 수 없는 상황이었다.

현재 천문에서 자운을 제외하면 자신의 무공이 가장 강하다는 것을 아는 호치백으로선 어쩔 수 없는 선택이었다.

"반 장로님, 뒤를 부탁합니다."

말이 끝났을 때 호치백의 신형은 이미 앞으로 달려나가고 있었다.

반고충이 대답도 하기 전에 그는 이미 검을 휘두르고 있었다.

"비켜라!"

고함과 함께 달려온 호치백은 자신의 성명절기인 십삼로난풍(十三路蘭風) 검법을 휘두르며 당진진을 도우려 하였다. 그러나 그의 앞을 환령 중 한 명인 파금절편(破金節鞭) 옥사명이 가로막았다.

백호 중에서도 능히 상위 삼십 명 중에 든다고 알려졌던 전대의 고수, 옥사명이 휘두르는 구절편은 제아무리 강호명숙 중 한 명인 호치백이라도 쉽게 감당할 수 있는 절기가 아니었다.

타다당!

두 사람의 무기가 서너 번 충돌하면서 호치백은 손이 저릿저릿해지는 것을 느꼈다.

'쉽지 않다. 역시 이자도 이전에 비해 훨씬 강해진 것 같다.'

호치백은 상대가 자신보다 훨씬 강하다는 것을 인정하지 않을 수 없었다. 호치백은 슬쩍 당진진을 돌아보았다.

'위험하다.'

자신도 힘겨운 상대를 만났지만, 당진진은 당장 위험해 보였던 것이다. 그뿐이 아니었다.

전체적으로 천문의 무사들 전력이 너무 달렸다.

특히 절대고수들의 숫자에서.

휘익.

하는 소리와 함께 구절편의 편두(鞭頭)가 뱀처럼 꿈틀거리며 호치백의 머리를 찔러왔다.

강호에는 전설처럼 전해지는 세 가지의 편법이 존재했는데 그중 옥사명이 익힌 편법은 파금쇄옥편법(破金碎玉鞭法)이었다. 호치백은 강호에서 가장 아는 것이 많기로 유명한 사람답게 지금 자신의 머리를 향해 찔러오는 초식이 파금쇄옥편법의 사대살초 가운데 하나인 사두망린(蛇頭網鱗)이란 것을 알 수 있었다.

호치백의 머리로 사두망린에 대한 지식이 섬광처럼 스치고 지나갔다. 피한다면 직선으로 찔러오던 편두는 수많은 비늘 같은 환상을 만들어내면서 그물처럼 자신을 조여올 것이다.

환상이되 환상이 아닌 살초.

그 환상 하나하나가 편경(鞭勁)인 것이다.

호치백은 자신의 검법 중 방어 초식의 백미라 할 수 있는 난검산경(蘭劍散勁)의 초식을 펼쳐 옥사명의 편두를 막아갔다. 호치백의 검이 무지개처럼 갈라지면서 원 하나를 만들고 그 안에 수십 개의 검이 들어선 것 같은 방패를 만들어내었다.

멀리서 그 모습을 본 탄이 경탄하면서 자신도 모르게 말했다.

"산검(散劍)으로 검막을 펼치다니! 정말 대단한 자로군."

탄이 감탄하는 사이 옥사명의 편두가 호치백의 검막과 충돌하였다.

타다당!

하는 소리가 연이어 들리면서 사두망린의 초식과 호치백의 난검산경의 검막이 충돌하였다.

'크윽' 하는 신음과 함께 호치백은 뒤로 두어 걸음 물러섰고, 옥사명의 구절편은 기묘하게 호선을 그리면서 호치백의 가슴을 노리고 재차 공격해 왔다.

호치백이 이를 악물고 검광을 뿌리면서 구절편을 쳐내려 할 때, 또한 가닥의 검광이 옥사명을 협공해 들어갔다. 반고충의 명을 들은 여광이 호치백을 돕기 위해 달려온 것이다.

호치백은 여광이 끼어들고 나서야 옥사명과 어느 정도 힘의 균형이 맞아가는 것을 느꼈다. 그러나 그것도 잠깐이고 시간이 갈수록 뒤로 밀리는 것을 느끼자 암담한 생각이 들었다. 그는 비록 시와 문재로서 이름이 높았지만, 무공 또한 결코 자신의 학문에 뒤떨어지지 않을 만큼 높았다. 그래서 강호에서는 그를 일컬어 기인 중의 기인이라고 하지 않던가.

무공만 놓고 따져도 구위 중에서 상위 다섯 명에 들 정도였다.

그런 자신과 천문에서 무공만으로 다섯 손가락 안에 들어간다는 여광이 합세를 하고도 우위를 점하지 못한 것이다.

당진진은 이를 악물었다.

비록 일부가 비켜가긴 했지만 무려 네 명의 고수가 자신을 가로막고 있었다.

벽력탄왕 단황과 양가창의 최고 고수라는 양요, 청성파 최고 고수 중 한 명인 을목 진인, 그리고 마지막으로 그녀의 뒤쪽에는 개벽신장(開闢神掌) 묵경이 버티고 있었다.

개벽신장 묵경은 한때 복건성, 광동성, 귀주성에서 가장 강한 고수라고 소문이 났던 자로, 묘족 출신의 어미와 한족인 아버지 사이에서 태어났다고 알려진 자였다.

한 명 한 명이 모두 강자들이다.

뿐만 아니라 그들은 이미 협공에 대해서 충분한 훈련이 되어 있는 것 같았다.

양요의 창이 가슴을 향해 찔러오는 순간, 그녀의 등을 노리고 섬전 같은 장세가 벼락처럼 밀려온다.

'챗' 하는 소리와 함께 당진진은 몸을 우측으로 틀면서 천독수를 양쪽으로 펼쳐 내었다. '퍽', '퍽' 하는 소리가 들리면서 천독수와 양요의 창, 그리고 개벽신장 묵경의 장세가 연이어 충돌하는 순간 하나의 철퇴가 당진진의 얼굴을 향해 날아왔다.

보통 성인 남자의 주먹 두 개를 합쳐 놓은 정도의 쇠뭉치가 대기를 가르며 날아오는 모습은 보기만 해도 위협적이었다.

거기다가 그 빠르기라니.

단황의 철퇴가 날아오는 속도는 당문에서 가장 빠른 암기 수법인 섬전자황침과 능히 겨룰 수 있을 정도였다. 당진진의 허리가 뒤로 꺾어지면서 철퇴가 아슬아슬하게 그녀의 얼굴 위로 지나갔고, 그 순간 '퍽' 하는 소리가 들리면서 을목 진인의 을목강기가 당진진의 옆구리를 가격하였다. 알면서도 피할 여지가 없는 공격이었다.

당진진이 할 수 있는 일이라곤 절명금강독공의 강기를 끌어 모아 을목 진인의 공격을 방어하는 것이 전부였다.

"크윽!"

하는 신음과 함께 당진진이 주춤거릴 때, 양요의 창끝은 이미 그녀의 목 다섯 치 앞에 도달해 있었다. 당진진은 옆구리의 통증을 참고 양손으로 기묘하게 호선을 그리면서 양요의 창을 후려쳤다.

창은 이미 속도를 더해가는 중이었고, 창끝과 당진진과의 거리도 그녀의 손이 양요의 창까지 다가가는 거리보다 가까웠으며, 이미 을목진인에게 공격을 당한 다음이었다. 그런데 그 상황 속에서도 당진진의 손은 믿을 수 없을 만큼 쾌속한 속도로 양요의 창을 쳐내었다.

이는 사령천독수 중에서도 가장 빠른 광독섬수(光毒閃手)였기에 가능한 일이었다. 창이 옆으로 튕겨지면서 '치이익' 하는 소리가 들려왔다. 천독수의 독이 창대를 타고 들어와 양요의 손을 공격한 것이다.

양요는 독으로 인해 손이 타 들어가고 있었지만 표정 하나 변하지 않고 않았다. 그리고 창을 내려놓으려 들지도 않았다. 만약 두 사람의 대결을 지켜보는 사람들이 있었다면, 양요의 손이 독에 변질되고 있는 것보다 오히려 양요의 그 무표정함이 더 무서웠을 것이다.

당진진이 양요의 창을 쳐내며 겨우 위기를 모면했다 싶었을 때, 개벽신장 묵경은 바로 그녀의 코앞까지 다가와 매서운 장법으로 당진진의 얼굴을 가격하고 있었으며, 묵경의 뒤에서 공격한 단황의 철퇴는 묵경의 옆으로 돌아 그녀의 복부를 향해 날아오는 중이었다.

사람과 철퇴가 완벽하게 연합하여 당진진을 공격한 것이다.

피할 새가 없었다.

한두 번 피한다 해도 넷이서 펼치는 연수합격의 울타리 안에서 빠져나오기는 힘들 것 같았다.

판단이 선 당진진의 얼굴에 독한 표정이 떠올랐다.

"차앗!"

그녀는 기합과 함께 사령천독수의 마지막 초식인 인혼독수령으로 전면의 묵경을 향해 마주 공격하였다.

복부를 공격해 오는 철퇴는 완전히 무시한 채.

탁, 타닥.

하는 소리와 함께 '퍽' 하는 기묘한 소리가 들리면서 당진진의 신형이 뒤로 주르륵 밀려났다. 동시에 당진진을 공격했던 개벽신장 묵경의 신형이 마치 고목처럼 앞으로 고꾸라졌다.

하지만 당진진은 묵경이 쓰러지는 모습을 볼 경황이 없었다.

철퇴로 복부를 공격당하면서 내상을 입었으며 절대독인으로 금강불괴에 가까운 그녀의 신체가 흔들린 것이다.

그녀를 중심으로 주변 십여 장이 초토화되어 있었고, 그들 이외에 다른 싸움은 모두 멈춘 상태였다.

사방 십여 장에 휘몰아치는 독기와 강기로 인해 수십 명의 죄없는 무사들이 죽거나 다치자, 근처에서 결전을 벌이던 무사들은 모두 양쪽으로 허겁지겁 피한 다음 멍하니 그들의 대결을 지켜보는 중이었다.

단지 호치백과 여광만이 다른 한쪽에서 옥사명과 사투를 벌이고 있었다. 그들 셋은 자신들만의 결투에 몰입되어 있었다. 그들 셋 중 누구든지 먼저 평정심이 깨지는 순간 치명적인 공격을 당하게 될 것이다.

"쿨럭."

당진진은 피를 한 사발이나 토해내고 있었으며, 치이익. 하는 소리가 들리면서 개벽신장 묵경의 몸이 한 줌 독수로 타 들어가고 있었다. 절대신체라고 할 수 있는 강시의 몸도 사령천독수의 무시무시한 독기를 정통으로 맞고는 한 줌 독수로 변하고 만 것이다.

묵경이 죽었다. 그러나 당진진은 그것을 느낄 시간이 없었다.

피를 토한 당진진에게 을목 진인이 을목성형장법을 휘두르며 공격을 해온 것이다. 당진진 역시 초식 운용이 가장 쉽고 빠른 오독묵영살을 펼치면서 을목 진인의 공격을 받아내려 하였다. 그러나 그 틈을 이용해서 그녀의 오른쪽으로 양요의 창이 집요하게 협공을 해온다. 그의 손은 어느새 제 모습을 찾고 있었다.

당진진의 독마저도 별 효과가 없는 것이다.

셋이 엉켜들었다.

찌르고, 훑어내고, 피하는 그들의 현란한 동작은 보는 사람들에게 착시 현상을 일으키게 만들 정도로 빨랐다. 물 한 모금 마실 시간도 지나기 전에 세 사람은 무려 이십여 차례나 서로 공격을 주고받았다.

평수.

이 대 일의 결전은 그 누구에게도 저울추가 기울지 않고 있었다.

양요의 신형이 튀어 오르며 허공에서 양가십팔창으로 당진진의 머리를 향해 찔러갔다. 당진진은 오독묵영살에서 절명금강독공으로 초식을 바꾸면서 갑자기 을목 진인의 품속으로 파고들었다.

창이 그녀의 머리를 스치면서 그녀의 잔영이 을목 진인과 겹쳐지는 것 같더니, 당진진의 신형은 환상처럼 을목 진인의 옆구리 사이로 빠져나갔다.

다시 한 번 도가 비전의 역산단행이 펼쳐진 것이다.

그녀가 우연히 구한 이 신법은 능히 강호 최고의 신법 중 하나라고 말해도 충분한 무공이었다. 하지만 그녀는 을목 진인의 뒤로 돌아서는 순간 얼굴이 창백하게 굳어지고 말았다.

호시탐탐 기회만 노리고 있던 벽력탄왕 단황의 철퇴가 그녀의 지척까지 날아와 있는 상황이었고, 아직도 허공에 떠 있는 양요의 창이 교묘하게 방향을 바꾸면서 자신의 뒤통수를 노리고 찔러왔던 것이다.

'내가 죽어도 너희 둘은 함께 죽는다!'

당진진은 독하게 마음을 먹으면서 한 손으론 날아오는 철퇴를 잡아갔고, 다른 한 손으론 허공에 떠 있는 양요의 창을 쳐나갔다. 그런 당진진을 향해 을목 진인이 빠르게 돌아서면서 매서운 강기로 그녀를 공격한다.

셋의 협공은 조화롭고 강했다.

당진진으로서는 을목 진인의 공격까지 막을 수 있는 방법이 없었다.

너무 빠른 그들의 동작 앞에서 반고충이나 자운을 비롯한 천문의 고수들이 어떻게 도와줄 수 있는 상황도 아니었다. 설사 바로 코앞에서 그들이 싸우는 중이라도 그들의 실력으론 함부로 끼어들 수 없었을 것이다.

그때였다.

허공에서 하나의 금빛 섬광이 날아와 막 당진진을 가격하려는 을목 진인의 머리를 스치고 지나갔다.

퍽!

하는 소리와 함께 부서진 을목 진인의 머리가 파편으로 변해 사방으로 비산하였다. 그리고 당진진의 신형이 뒤로 주르륵 밀려 나가고 있었는데, 그녀의 한 손은 완전히 으깨져 있었다.

단황의 철퇴를 손으로 막으면서 심하게 상처를 입은 것이다.

쇠바늘이 거꾸로 박힌 철퇴를 맨손으로 막은 것치고는 그래도 온전한 편이라 할 수 있겠다.

이는 절명금강독공의 덕분이라고 할 수 있었다.

철퇴를 회수한 단황 역시 철퇴를 타고 침투한 독기로 인해 손부터 검게 변해가는 중이었고, 양요는 일 장이나 뒤로 밀린 채 땅에 내려서고 있었다.

단황의 손에 침투한 독은 조금 전 양요의 손을 중독시켰던 독보다도 더욱 독한 독이었지만, 단황 역시 크게 개의치 않는 모습이었다.

정적이 감돌았다.

모두 네 사람을 지켜보는 가운데 '털썩' 하는 소리가 들리면서 머리가 부서진 을목 진인이 땅바닥에 쓰러졌다.

호치백과 여광을 상대로 싸우던 옥사명도 무엇을 느낀 듯 강하게 구절편을 휘둘러 호치백과 여광을 뒤로 물러서게 한 다음 빠르게 뒤로 물러섰다. 여기저기 상처가 심하게 난 호치백과 여광은 겨우 안도의 숨을 쉴 수 있었다.

조금만 더 시간이 지났으면 둘 역시 견디지 못했을 것이다.

"어떻게."

탄이 갑작스런 사태에 놀라서 머리가 부서진 을목 진인을 바라볼 때 금빛 섬광은 하나의 도끼로 변하더니 허공을 선회해서 누군가에게 돌아가고 있었다.

모든 시선이 그 도끼를 따라 눈길을 돌린다.

척.

도끼를 받아 쥔 관표가 이미 부서져 내린 천문의 정문으로 걸어 들어오고 있었다. 그의 표정은 굳어 있었고, 눈에서 뿜어진 살기는 당장이라도 전륜살가림 소속 전 무사들의 목을 잘라놓을 것 같았다.

기세.

세상에 누가 저런 기세를 만들어낼 수 있겠는가?

그것도 이제 약관을 넘은 나이로.

탄은 한 번에 상대를 알아보았다.

"투…… 투왕."

탄이 신음처럼 중얼거릴 때였다.

천문의 수하들이 허리를 숙이면서 그들만의 구호를 일제히 외쳐 댔다.

"천문에 영광을, 무림에 평화를!"

고함 소리에 남아 있던 천문의 전각들이 무너져 내릴 것 같았다. 그들의 표정에 떠오른 절대적인 존경심은 보는 전륜살가림 무사들의 가슴을 무겁게 눌러놓았다.

"예를 거두라!"

관표의 말에 천문의 수하들은 일제히 허리를 폈다.

마치 전륜살가림의 수하들은 지금 천문 안에 없는 것 같았다.

탄은 무엇인가 위축되는 기분을 느끼고 고개를 흔들었다.

분명히 관표가 지금 이 자리에 나타난 것은 뜻밖의 일이었다. 그러나 관표가 나타났다고 해서 달라질 것은 별로 없었다.

우선 절대의 강적 중 하나인 당진진은 심각한 내외상을 입었다.

금강불괴의 일부가 깨졌으니 쉽게 원기를 회복하진 못할 것이다. 그리고 지금 환령은 아직도 다섯이나 남아 있었다. 자신과 지금 어딘가에 숨어 있는 환제를 포함하면 절대고수가 일곱이다.

아쉽다면 도가 지금 이 자리에 없다는 것이다.

거기까지 생각이 미친 탄의 표정이 굳어졌다.

'정문을 지키고 있으라 했는데, 관표가 혼자 나타난 것을 보면 지금도 사매는 백리소소와 겨루고 있겠구나. 그렇다면 도 사매가 위험하다.'

만약 백리소소가 오지 않은 상태에서 관표가 나타났다면 도는 죽은 것이다. 그게 아니라면 여기 일을 빨리 마무리하고 도를 구해야 한다. 판단이 서는 순간 관표를 손으로 가리키면서 환령들에게 명령을 내렸다.

"투왕을 죽여라!"

살아남았던 환령들이 일제히 관표를 향해 쏘아갔다.

호치백과 자운의 협공을 받아내던 파금절편 옥사명까지도 관표를 향해 달려들고 있었다.

천문의 수하들이 움직이려 하자 관표가 명령을 내렸다.

"모두 제자리를 지켜라!"

명령과 함께 손에 들고 있던 한월을 던졌다.

광월참마부법의 비월로 날아간 한월은 위잉, 소리와 함께 맨 앞에서 달려오던 양요의 가슴을 쳐갔다.

양요는 날아오는 도끼를 향해 창을 찔러 넣었다.

양가십팔창법의 비기인 일섬담붕(日閃錟崩)의 초식이었다.

'텅' 하는 소리가 들리면서 한월이 튕겨져 나갔고, 양요도 달리던 신형을 멈추어야 했다. 그러나 뒤로 물러서진 않는다.

그것을 본 관표의 눈동자가 깊고 침착하게 가라앉았다.

'역시 이들 개개인의 무공은 능히 오제와 필적하거나 그 이상이다. 전륜살가림이 정말 괴물들을 만들어냈구나. 그렇다면 이들이 협공하기 전에 속전속결하지 않으면 나라도 힘들 것이다.'

관표는 빠르게 적의 전력을 파악할 수 있었다.

을목 진인의 경우는 비월의 초식에 삼절황의 최고 무공인 광룡부법의 비룡섬을 가미해서 기습적으로 죽일 수 있었지만, 지금처럼 전면전이라면 그런 식의 기습적인 무공은 크게 효력을 발휘하지 못할 것이다.

관표는 땅에 떨어진 한월을 다시 집어 들지 않고, 이번엔 삼절황의 하나인 잠룡둔형보법의 잠룡어기환을 펼쳤다.

잠룡어기환은 보법 속에 가미된 신법이었다.

그것도 아주 빠른.

관표의 신형이 무서운 속도로 환령들과 마주 보고 달려갔다.

양요의 곁을 지나쳐 관표에게 달려들던 귀면랑곤(鬼面狼棍) 철사명과 갈미화 요지봉은 갑자기 관표과 마주 달려왔지만 당황해하지 않았다.

귀면랑곤은 자신의 무기인 낭아곤으로 귀혼명산곤법(鬼魂明山棍法)을 펼치며 마주 공격하였고, 갈미화 요지봉은 열여덟 개의 갈미침을 한 번에 날리며 관표의 전신 사혈을 노렸다.

마치 관표가 쏟아지는 갈미침 사이로 자신의 몸을 던진 것처럼 보였다. 환령들은 처음부터 동귀어진의 수법을 쓰고 있었다.

환령들은 이미 그렇게 훈련을 받아온 것 같았다.

두 환령은 관표의 공격엔 신경도 쓰지 않고 달려들었는데, 어떤 방식으로든 관표에게 치명상만 입히면 된다는 생각인 것 같았다.

몸이 거의 금강불괴에 가까우니 관표의 공격을 당한다고 해도 머리만 아니면 그냥 죽지는 않을 것이라고 판단했는지도 모른다. 어차피 소모용 강시인지라 이들 둘이 죽어 관표에게 치명상을 입힌다면 그것으로 소임은 다하는 것이라 할 수 있었다.

환령들의 무식한 공격에 모두들 '앗' 하고 놀라는 사이에 관표는 오른손을 대각선으로 내려쳤다. 아주 단순한 동작이었지만 사람들은 보았다, 한 마리의 용이 허공에서 꿈틀거리는 것을.

삼절황 중에서도 가장 강하다는 광룡삼절부법의 첫 초식인 광룡참은 이미 이전의 그것에 비해서 훨씬 완숙해진 다음이었다.

한 가닥의 금광은 공격해 오는 두 환령의 몸을 비스듬히 거치면서 사라져 갔다. 갑자기 관표를 공격하던 두 환령이 걸음을 멈추었다.

털썩.

바닥에 떨어진 두 구의 시체가 반듯하게 반으로 갈라지는 모습은 무척 비현실적이었다. 모두들 아연한 표정으로 관표와 바닥에 쓰러진 두 구의 환령을 바라본다.

귀면랑곤 철사명은 들고 있던 낭아곤까지 반으로 갈라져 있었으며, 요지봉의 갈미침은 관표의 사혈 여기저기에 박힌 것처럼 보였다가 맥없이 툭툭 떨어지고 있었다.

동귀어진은 아니라도 관표에게 제법 큰 부상이라도 입힐 줄 알았던 전륜살가림의 무사들에겐 실망스런 모습이었다.

사혼마겸을 들고 있는 백리소소의 모습은 마치 얼음을 조각해 놓은 것 같았다. 무표정하고 차가운 안색은 그림처럼 아름다웠지만 보는 사람을 질리게 만드는 위엄이 그녀의 얼굴에 살얼음처럼 깔려 있었다.

그녀를 바라보는 도의 이마에 식은땀이 흐른다.

우선 백리소소의 기세에 압도당한 면도 있지만, 자운에게 당한 부상의 후유증도 그녀를 위축되게 만들기에 충분한 이유였다.

코가 베어져 나간 곳의 혈을 짚어 지혈한 후 전륜살가림의 영약을 바른 다음 천으로 그곳을 완전히 감싸고 있긴 했지만, 안면에 가해오는 은은한 통증은 그녀의 행동을 상당 부분 속박하고 있었기 때문이다.

평소 제 실력을 다 발휘해도 이기기 어려운 상대가 무후였다. 그런데 심한 외상까지 입은 상태를 감안한다면 아무리 생각해도 이기기 어려울 것 같았다. 그래서 관표가 지나가는 것을 그냥 보고 있을 수밖에 없었다.

자신이 막는다고 될 일이 아니었던 것이다.

차라리 한 명이 가고 한 명만 남는다면 자신에게도 기회가 있으리라 생각했다. 그러나 지금 무후를 보면서 그녀는 스스로 이길 수 없는 상대란 것을 실감하고 있었다.

싸우기도 전에 패배를 인정한 셈이다.

"무후를 만나게 되어서 정말 반가워요. 같은 여자로 항상 존경하고 있었답니다."

코 부분을 중심으로 천을 접어서 묶은 채 나름 웃으면서 말하는 도의 배짱은 정말 대단하다고 말할 수 있었다.

천으로 피가 조금씩 스며 나온다.

백리소소가 그런 도를 담담한 시선으로 바라보면서 말했다.

"너는."

도의 눈이 반짝였다.

"오늘 천문에서 몇 명이나 죽였느냐?"

도가 웃었다.

안면이 깎여서 웃어도 웃는 것처럼 안 보인다. 그러나 그녀의 눈이 웃을 때의 특징을 나타내고 있어서 보는 사람으로 하여금 그렇게 생각하게 만들었다.

"전 사람을 죽이지 않아요."

"그런가? 그런데 피 냄새가 나는군. 내 무기는 피 냄새에 민감하지."

"하지만 나는……."

도는 말을 멈추었다.

백리소소가 웃고 있었던 것이다. 그런데 그 웃음이 너무 섬뜩했다.

"살인을 한 적이 없다. 그렇게 말하고 싶은 것인가? 그런데 하릴없이 천문의 문지기를 하고 있단 말이지? 상처를 보아하니 자 호법에게 코를 베인 것 같은데, 그 정도 상처라면 어차피 세상 살아보았자 재미도 없겠군."

"그게 무슨 말?"

"나는 어려서부터 죽음의 위협 속에서 살아왔지. 그래서 누군가 내

가족을 위협하면 절대로 용서하지 않겠다고 맹세했다. 네년에게서 얼마 지나지 않은 피 냄새가 나니 너는 이곳에서 살인을 한 것일 테고, 그들은 내 가족들이었다."

도의 표정이 굳어졌다.

더 이상 말이 통하지 않을 것 같았다.

백리소소의 몸에서 뿜어지는 살기가 그것을 증명하고 있었다.

"가라!"

짧은 외침과 함께 백리소소의 신형이 무서운 속도로 돌진해 오면서 그녀의 사혼마겸이 허공을 가르고 있었다.

'빠… 빠르다.'

도는 자신이 생각했던 것보다 백리소소가 더욱 무서운 여자란 것을 알았다. 피할 수가 없었다.

이를 악물고 자신의 최고 무공을 끌어올려 마주 대항하였지만, 마치 거대한 해일을 보고 주먹질하는 것처럼 힘이 없어 보였다.

서걱.

하는 소리와 함께 사혼마겸이 도의 양손을 잘랐다.

"끄으으."

신음과 함께 도가 뒤로 비척거리며 물러서는 순간 이번에는 백리소소의 발이 그녀의 베어진 코를 걷어찼다.

"꺄악!"

비명과 함께 뒤로 자빠진 도가 손이 없는 팔로 자신의 얼굴을 감싸려 하였다. 순간 손목에서 쏟아진 피가 그녀의 얼굴을 완전히 뒤덮어 버린다.

백리소소는 그녀의 앞에 다가와 선 채 말했다.

"조금 전 웃음, 보기 좋았다. 수많은 사람이 죽어가도 그 앞에서 웃을 수 있겠더군. 죽으면서 그 사람들이 죽을 때 어떤 기분이었는지 지금이라도 깨우치고 그 사람들에게 사죄해라!"

백리소소가 사혼마겸을 다시 한 번 휘둘렀다.

사사삭.

하는 소리와 함께 사혼마겸이 도의 몸을 스치고 지나갔다.

백리소소는 그녀를 다시 돌아보지 않고 천문 쪽으로 사라졌다.

몸 이곳저곳에서 피가 새어 나오면서 도는 몸을 부르르 떨고 있었는데, 그녀의 눈은 공포에 질려 있었다. 어떤 상황에서든 웃던 그녀였지만, 막상 자신이 죽는다고 생각하자 견딜 수 없는 공포가 치밀어 오른 것이다.

'무, 무서워… 살고 싶어…….'

그러나 그 말은 그녀의 입 안에서만 맴도는 말이었다.

第七章

금룡천부(金龍天斧)

—사랑은 한 줌의 독수로 사라지고

탄은 어이가 없었다.

처음부터 십이대초인을 상대하기 위해 만들어진 혈강시가 바로 환령들이었다. 그들 셋이면 십이대초인 중 누구라도 상대할 수 있을 것이라고 환제는 장담했다.

넷이면 설사 천군삼성이라 해도 이길 수 있을 것이라고 말했다. 그런데 두 명의 환령이 너무 쉽게 쓰러진 것이다.

금강불괴에 가깝다는 환령의 몸체가 단 한 번의 일격에 두 쪽이 났다. 그것도 둘이 한꺼번에.

투왕이란 이름이야 하루에 수십 번씩 듣던 이름이지만, 설마 저렇게 강할 거라곤 전혀 생각하지 않았다.

'이건 위험하다.'

탄은 순간적으로 위기를 느꼈다.

믿었던 환령이 둘이나 죽었다.

이제 남은 것은 셋.

아홉의 환령을 데리고 와서 여섯이 죽은 것이다. 물론 아직 믿을 수 있는 패가 있기는 했다.

'결국 환제님이 나타나셔야 할 텐데.'

탄이 환제를 생각하고 있을 때, 관표는 천문의 수하들에게 명령을 내렸다.

"여기 시체 같은 인간들은 내게 맡기고 모두 공격하라! 형제들의 복수를 하라!"

"와아!"

천문의 무사들이 일제히 고함을 지르면서 전륜살가림의 수하들에게 달려들었다. 그중에서도 가장 빠르게 움직이는 인물이 있었다면 바로 자운이었다.

자운은 이제 더 이상 환령에 대해서 걱정하지 않아도 되는 상황이 오자 진령을 찾아 달리고 있었다. 구인촌의 은원을 해결하기 위해서였다.

'진령, 곡기, 누화, 너희들만은 절대 용서할 수 없다!'

진령은 이미 자신을 향해 달려오는 자운의 기운을 느끼고 있었다.

'흐흐, 자운 네놈이 제법 크긴 큰 모양이구나. 겁없이 내게 달려들다니.'

진령의 기억 속에 자운은 언제든지 마음만 먹으면 죽일 수 있는 강아지에 불과했다. 물론 근래 무면신마라고까지 불리는 자운의 명성을 듣기는 했다. 얼굴을 깎아버리는 대패 앞에서 전륜의 고수들이 모두 치를 떨었던 것이다.

조금 전 환령과 싸우는 모습도 보았다.

확실히 강하긴 했다.

그렇다고 자신에게까지 위협이 된다는 생각은 들지 않았다. 물론 일대 일이면 조금 위험할 것 같긴 했다.

그렇지만 그에게는 조력자가 있었다.

진령은 검을 뽑아 들었다.

자운을 막아서는 수하들이 맥없이 쓰러지는 모습들이 보인다. 그들의 얼굴은 언 채로 반듯하게 대패질당해 있었다.

“모두 비켜라!”

고함과 함께 진령이 자운을 향해 뛰어나갔다.

검과 대패가 허공에서 ‘쩡’ 하는 소리를 내면서 충돌하였다.

진령은 그 충격으로 손목이 뻐근해지는 것을 느끼고 얼굴이 굳어졌다.

‘이놈 강하다!’

이제야 자운이 강하다는 것을 피부로 느꼈다.

불현듯이 밀려오는 불안감을 애써 누르고 고함을 질렀다.

“이 개자식, 감히 숙부에게 검을 겨누다니!”

“네 입을 깨끗하게 밀어주마.”

대답하는 자운의 목소리는 매우 건조했다.

진령은 섬뜩해지는 것을 느꼈다.

그렇지만 진령의 뒤로 한 명의 장정이 다가서면서 그의 마음을 풀어준다.

“후후, 자운 네놈을 기다렸다. 제법 강해졌군.”

‘곡기.’

일반 무사들 사이에 숨어 있던 곡기가 모습을 나타낸 것이다.

이 대 일.

자운의 얼굴이 차갑게 식은 반면 진령의 입가엔 미소가 떠올랐다. 둘이서 자운을 못 죽일 이유가 없었던 것이다.

관표는 자신의 앞을 가로막은 세 명의 환령을 바라보았다.

처음 두 명의 환령은 자신의 무기를 제대로 몰라 그대로 당했다. 손에 아무것도 들고 있지 않았기에 빈손이라고 생각했다가 금룡천부의 예리함에 속수무책으로 당한 것이다.

그렇지만 지금 나타난 환령들은 자신의 몸뚱이를 믿고 함부로 달려들진 않을 것이다. 관표로선 참으로 아쉬운 일이었다. 그러나 아쉬운 것은 아쉬운 것이고, 일단 눈앞의 적은 물리쳐야 한다.

관표가 두 손을 들어올렸다.

벽력탄왕 단황, 그는 이미 얼굴까지 독기로 인해 푸르죽죽하게 변했다가 빠르게 원상태로 돌아가는 중이었다. 그것으로 독종의 독기마저도 직접적인 타격, 그것도 사령천독수의 가장 무서운 살수가 아니면 환령들을 어쩔 수 없다는 사실이 증명되었다.

양가창의 최고수 양요.

그는 백호 중에서 십위권에 들었던 절대고수다.

파금절편 옥사명의 무공이 가장 약한 편이지만 그도 결코 만만한 상대가 아니라 할 수 있었다.

셋이 천천히 움직였다.

양요의 창은 정확하게 관표의 미간을 노리고 있었는데, 그가 관표의 전면을 맡은 듯했다. 그들 중 실력에서 가장 위라고 생각했기 때문일 것이다.

호흡이 멎었다.

순간 양요의 창이 섬전처럼 찔러왔다.

관표가 고개를 옆으로 젖히며 피하려 하자, 얼굴을 향해 가던 창이 기묘하게 꺾이면서 관표의 심장을 노린다.

양요의 창끝에는 섬뜩한 강기가 두 자나 뻗어 나와 창이 도착하기도 전에 관표의 심장을 뚫으려 한다. 양가십팔창의 절기 중 하나인 쌍미갈(雙尾蠍)이란 초식이었다.

관표는 한 손으로 사혼참룡수를 펼치면서 창끝에 서린 강기를 풀어버렸다. 그리고 뒤이어 밀려오는 창끝을 손으로 잡으려 하였다.

그의 손은 이미 철마신공의 금자결이 운용되어 있었다.

턱.

하는 소리가 들리면서 관표가 양요의 창끝을 잡을 때 하나의 철퇴가 관표의 얼굴을 향해 날아왔다.

아울러 하체는 구절편이 쓸어온다. 그러나 관표는 그 자리에서 움직이지 않았다.

대신 한 발을 들어서 자신의 발을 쓸어오는 구절편을 마주쳐 갔고, 상체를 기울여 철퇴를 간단하게 피해내었다. 그리고 한 손으로 철퇴와 연결된 쇠사슬을 잡아버렸다.

쇠사슬에 미세한 독침들이 박혀 있어서 결코 아무나 잡을 수 없었지만 관표는 거침이 없었다.

퍽.

구절편이 관표의 다리를 가격하였다. 그러나 관표의 다리는 미동조차 하지 않는다. 이미 태극신공의 신기결로 구절편의 힘을 약하게 만든 다음이었고, 그의 다리는 금자결로 인해 금강석보다 더 단단하게 된 이후였기 때문이다.

그 위력은 조금 전 갈미침이 뚫지 못했던 것으로 증명해 보인 바 있었다. 관표는 잡은 창대를 도끼처럼 휘두르며 벽력탄왕을 공격해 갔다. 물론 창대의 맞은편엔 도끼날 대신 정말 어이없게도 양요가 대롱거리며 매달려 있었다.

그의 신형은 관표의 손짓에 따라 솜처럼 떠올라 벽력탄왕에게 충돌해 갔다. 양요는 천근추를 펼치고 내공을 전부 끌어 모아 창대를 잡았지만, 그것은 아무 소용이 없었다.

이것은 내공 이전의 문제였던 것이다.

운룡부운신공은 그의 모든 것을 구름으로 만들어 버렸다. 차라리 무기라도 놓았으면 좋았을 것을, 무사는 절대 무기를 버리지 않는다는 강호의 불문율을 기억하는 환령 양요에게 그것은 무리한 생각이었으며, 놓으려 해도 태극신공의 흡자결은 그것을 용납하지 않았을 것이다.

들어서 벽력탄왕을 내려칠 땐 천중기의 무거움과 대력철마신공의 힘이 한꺼번에 가미되어 있었다.

아무리 환령이 되었다고 하지만 무인으로서의 본능은 어쩔 수 없는 것. 무기를 놓은 무사는 이미 죽은 목숨이란 것을 그들은 알고 있었기에 무기를 꼬옥 쥔 채로 둘은 강제 충돌되었다.

'꽝' 하는 소리와 함께 양요와 단황의 머리가 그대로 충돌하였다.

엄청난 힘과 태산 같은 무게로 인해 단황의 몸이 세 자나 땅으로 파고들었다.

이 어처구니없는 광경에 탄은 아연실색하였고, 근처에서 격투를 벌이던 무사들이 입을 딱 벌리고 말았다.

관표는 일단 자신의 일타가 성공하자 조금도 망설이지 않고 창대를 놓으며 들고 있던 철퇴를 휘두르며 달려갔다. 이때 옥사명의 구절편이 관표의 등을 노리고 다시 한 번 날아드는 중이었다.

관표는 옥사명의 공격을 완전히 무시하고 있었다.

그대로 달려가면서 막 일어서는 양요를 몸으로 받아버렸다.

운룡천중기에, 대력철마신공의 금자결이 다시 한 번 절묘한 조화를 이루면서 양요의 몸이 오 장이나 날아가 땅바닥에 처박혔다. 그리고 그 순간 옥사명이 구절편으로 관표의 등을 내려치고 있었지만, 관표는 여전히 요지부동이었다.

다시 한 번 구절편을 무시하고 들고 있던 철퇴를 휘두르며 단황을 공격하였다. 이미 무기를 잃은 단황이 허겁지겁 자신의 철퇴를 피하려 하였다. 그 순간 관표의 몸이 회전을 하였다.

그는 회전하면서 한 손으로 소심맹룡산수의 금나술로 단황이 잡고 있는 철퇴의 손잡이 앞부분 쇠사슬을 잡았다. 그리고 자신의 등을 노리고 다시 한 번 구절편을 휘두르는 옥사명을 향해 다른 한 손으로 잡고 있던 철퇴를 탄자결로 쏘아 보냈다.

거기에 운룡천중기를 보태서.

퍽!

하는 소리가 들리면서 미처 생각하지 못했던 관표의 철퇴 공격을 고스란히 얼굴로 받은 옥사명의 안면이 뭉개져 버렸다.

일단 자신의 공격이 성공하자 관표는 잠룡둔형보법으로 단황의 뒤로 돌면서 철퇴를 던진 손으로 그의 얼굴을 감싸 안았다.

대력철마신공의 괴력이 관표의 팔에 집중되었다.

뚜두둑.

하는 괴상한 소리가 들리면서 단황의 얼굴이 우그러든다.

단황이 두 손으로 관표의 손을 잡고 용을 썼지만 마도제일신공인 대력철마신공의 무자비함을 벗어나기엔 불가능한 일이었다.

오 장 밖에 고꾸라졌던 양요가 비척거리며 일어서더니 동료를 돕기 위해 창을 들고 다시 공격해 왔다. 처음 공격을 당해 오 장이나 뒤로 튕겨졌을 때 환령이 아니었다면 몸이 터져 죽었으리라.

관표는 단황을 감싼 손에 십이성의 공력을 끌어 모으면서 다른 한 손을 들었다. 순간 그의 들려진 손에서 금빛의 도끼가 만들어지더니 그대로 돌진해 오는 양요에게 날아갔다.

뚜두둑.

괴이한 골절음과 함께 단황의 얼굴이 뭉개졌다. 그리고 비룡섬으로 날아간 금룡천부가 양요의 창과 충돌하였다.

관표가 환령과 싸울 때, 자신을 가로막고 있던 옥사명이 사라지자 호치백은 빠른 걸음으로 당진진에게 다가갔다.

당진진은 호치백이 다가오자 얼른 고개를 돌렸다.

가슴이 두근거린다.

'내 정체를 알았을 텐데.'

생각해 보니 자신의 나이는 호치백보다 스무 살 정도가 위였다.

그보다도 자신은 천문의 원수가 아닌가?

갑자기 수많은 생각들이 그녀의 머리를 스치고 지나갔다.

"진 낭자, 괜찮은 거요?"

부드러웠다.

마치 자신의 정체를 모르는 것처럼.

당진진은 호치백이 한없이 고마웠다.

당진진이 고개를 돌려 호치백을 바라보았다.

"나, 나는……."

호치백이 손을 들어 입술에 대었다.

"말하지 마시오. 당신이 누구이든 나에겐 그저 진 낭자일 뿐이오."

당진진의 눈에 물기가 어린다.

"괜찮소?"

다시 한 번 호치백이 묻자, 당진진은 작은 동작으로 고개를 끄덕이며 말했다.

"견딜 만은 해요."

그러나 그 말은 거짓이었다.

호치백 또한 그것을 안다.

결투의 과정을 지켜보았기에 결코 작은 내외상일 수가 없다는 것을 잘 안다.

"내가 지켜주겠소. 그러니 어서 운기라도 하시오."

"저는 괜찮……."

"지금은 내가 시키는 대로 하시오, 어서."

호치백의 강경한 말에 당진진은 건물 한쪽으로 이동해서 운기를 하기 시작했다.

그 앞에 호치백이 선다.

언제라도 검을 뽑을 수 있는 자세로.

호치백이 막 자세를 잡았을 때였다. 한 명의 수하가 허겁지겁 호치백에게 달려왔다.

여기저기 피칠을 한 그는 천문수호대의 조장 중 한 명인 윤칠이었다. 호치백도 안면이 있는 자이다.

윤칠은 호치백의 앞에 오자마자 헉헉거리는 숨을 무겁게 토해내며 말했다.

"호, 호치백님."

그의 표정으로 보아 무언가 문제가 있는 것을 알 수 있었다. 호치백은 자신도 모르게 긴장을 하면서 물었다.

"무슨 일이냐?"

"지금 천문 내부에서……."

말을 하면서 윤칠이 고개를 드는 찰나, 운기를 하고 있던 당진진이 눈을 번쩍 떴다. 윤칠과 당진진의 시선이 정면으로 마주쳤다.

"조심해요!"

당진진은 다급하게 외치면서 뻘떡 일어서며 한 손으로 호치백을 밀어내었고, 다른 한 손으로 윤칠을 공격해 갔다.

호치백이 뭔가 이상하다고 생각하는 순간 윤칠의 한 손이 귀응조(鬼鷹爪)의 초식으로 호치백의 가슴을 공격해 왔고, 다른 한 손은 혈음진력(血陰進力)의 장법으로 당진진의 공격을 정면으로 마주쳐 갔다.

'퍽' 하는 소리가 들리면서 당진진이 뒤로 비척거리며 물러서고 있었다. 호치백 역시 겨우 치명상은 모면하였지만, 윤칠의 손톱경기에 어깨 한쪽의 살이 한 주먹이나 뜯겨 나간 상태였다.

"크으윽, 네놈은 누구냐?"

호치백이 다급하게 물었지만 윤칠은 대답하지 않았다.

그의 신형이 고양이처럼 튀어 오르며 당진진에게 달려들었다.

내상을 치료하려고 운기를 시작하자마자 갑자기 중단하고 독공을 사용한 당진진은 다시 내상이 더해진 상태였다.

당진진 정도라면 언제든지 중간에 운기를 멈추고 위험으로부터 자신을 보호할 수 있는 실력이라 할 수 있었다. 그러나 지금처럼 심각한 내상을 치료하기 위한 운기요상인 상태에선 아무리 당진진이라도 무리가 따를 수밖에 없었다.

더군다나 강제로 운기요상을 끝내자마자 다시 충격을 입게 되자 내상이 더욱 심해지고 말았다.

당진진은 이를 악물었다.

상대가 누구인지는 이미 알고 있었다.

둘은 천문의 내부에서 한 번 충돌한 적이 있었던 것이다.

윤칠이 아닌 다른 천문의 무사로 가장한 환제가 기관을 파괴하고 있을 때 당진진이 나타나 결투가 벌어졌고, 당시 환제는 굳이 독종과 겨루고 싶지 않아 자리를 피해 도망쳤다. 그러나 지금처럼 독종이 내상을 입은 상태가 되자 기습으로 호치백과 당진진을 없앨 수 있는 기회라고 생각해서 윤칠로 가장하고 나타난 것이다.

당진진은 오독묵영살을 펼치며 환제의 공격을 막았다.

환제는 귀응조와 혈음진력을 번갈아 사용하면서 당진진을 사정없이 몰아쳤다.

그 사나운 기세 앞에 당진진이 다시 몇 발자국 물러서고 있었다. 호치백이 검을 뽑아 들고 환제에게 달려들었다.

환제의 얼굴이 제 모습으로 바뀌면서 갑자기 뒤로 물러서는가 싶더니 한 손을 들어 휘둘렀다. 순간 그의 손에서 뿜어진 강기가 하나의 륜처럼 변하면서 호치백을 향해 날아갔다.

환제의 최고 절기인 귀영태양륜이 펼쳐진 것이다.

호치백은 대경실색하여 검을 휘둘러 날아오는 귀영태양륜을 가격하였다.

그것을 본 당진진이 당황해서 고함을 질렀다.

"안 돼!"

귀영태양륜에 실린 힘을 느낀 당진진이었기에 호치백이 절대로 막아낼 수 없다는 것을 알았던 것이다. 그녀의 신형이 움직였다.

마음이 명령을 내리기 전에 그녀의 몸은 이미 주인의 뜻을 알고 움직이고 있었다.

십이성의 공력으로 역산단행이 펼쳐졌다.

호치백의 검과 역산단행으로 다가온 당진진의 천독수가 합세하여 귀영태양륜을 쳐내는 순간 '텅' 하는 소리를 내었다. 호치백이 귀영태양륜의 힘에 뒤로 주르륵 밀려났고, 당진진 역시 비틀거리며 두 발자국이나 뒤로 물러서고 말았다.

"컥!"

소리와 함께 피를 토해낸 호치백의 손에는 귀영태양륜과 충돌에서 부러진 검이 쥐어져 있었다.

당진진은 조심스럽게 호치백을 바라보았다.

크게 다치긴 했지만 목숨에는 지장이 없을 것 같았다. 우선은 안심이 되었다. 그러나 귀영태양륜을 쳐내기 위해 무리를 한 당진진은 내부가 다시 한 번 흔들리고 말았다.

당진진은 환제를 바라보았다.

"강해, 너무 강해서 문제야. 이건 정상이 아니야."

당진진의 말을 들은 환제의 입가에 조소가 떠오르고 있었다.

"당연하지. 나는 사람이지만 또한 사람이 아닐 수도 있으니까. 흐흐."

당진진은 묵묵히 환제를 바라보았다.

그녀는 환제의 무공이 정상적일 때라도 자신의 무공에 비해서 절대로 떨어지지 않을 거라 생각했다. 그것은 그녀가 알고 있는 환제의 무공과는 상당한 격차였다.

"사람이 아니라고 했던가?"

환제의 입가에 조소가 걸렸다.

"너무 많이 알려고 들 필요는 없지. 당진진, 이제 죽어줘야겠다."

환제의 손에서 거대한 륜이 만들어지더니 당진진을 향해 날아왔다. 부상이 전혀 없는 상태라고 해도 정면으로 받아넘기기 어려운 힘이 느껴진다.

당진진은 다시 한 번 역산단행을 펼쳐 피해냈다.

정면으로는 자신이 이길 수 없다고 생각한 것이다. 그러나 륜은 하나가 아니었다. 연이어 날아온 귀영태양륜이 그녀를 덮쳤다.

이번엔 피할 수 있는 시간이 없었다.

사령천독수가 펼쳐진다.

퍽.

하는 둔탁한 소리와 함께 당진진이 뒤로 주르륵 밀려났고, 밀려나는 당진진을 향해 또 하나의 태양륜이 쫓아오고 있었다.

타다닥.

하는 소리가 들리면서 세 개의 륜이 연달아 당진진을 공격하였고, 당진진은 필사적으로 천독수를 펼쳤지만 무려 세 번이나 태양륜에 격중당하면서 주저앉았다.

"진 매!"

호치백이 당진진을 부르면서 환제에게 달려들자 이번에는 태양륜이 호치백을 향해 날아온다.

"호 대가, 피하세요!"

당진진이 안타깝게 소리를 질렀지만, 호치백의 실력으론 태양륜을 막거나 피할 수 없다는 것은 그녀가 더 잘 알고 있었다. 그렇다고 절명금강독공이 완전히 무너진 그녀로선 호치백을 구해줄 수도 없었다.

그저 안타깝게 지켜보는 것이 전부였다.

호치백은 부러진 검을 대각선으로 그으면서 날아오는 태양륜을 내려쳤다.

퍽!

하는 충돌음과 함께 거짓말처럼 태양륜이 튕겨 나갔다.

죽음을 각오했던 호치백은 얼떨떨한 기분이었다.

"괜찮으세요?"

갑자기 들려온 여자의 목소리에 고개를 돌린 호치백의 얼굴이 환해졌다.

소리가 난 곳에 백리소소가 서 있었던 것이다.

"허허, 왔구나."

"제가 좀 늦었군요."

백리소소가 아쉬운 듯이 말하면서 환제를 향해 돌아섰다.

환제는 자신의 태양륜을 쳐낸 것이 백리소소임을 알자 빠르게 태양륜을 거두어들이면서 고함을 질렀다.

"퇴각, 모두 퇴각하라!"

그의 명령이 떨어지자 그렇지 않아도 고전하던 전륜살가림의 수하들이 일제히 뒤로 빠지기 시작했다. 그러나 이미 악에 받친 천문의 수하들은 그들을 쉽게 물러서게 하지 않았다.

곳곳에서 혼전이 벌어졌다.

백리소소는 당장이라도 환제를 쫓아가고 싶었지만, 우선 심한 상처를 입고 있는 호치백과 호치백을 도와주다 심한 부상을 당한 여자가 먼저였다.

특히 환제를 상대로 싸우던 여자의 상세가 너무 위중하다는 것을 그녀는 잘 알고 있었던 것이다.

진령과 곡기, 두 명을 상대로 싸우던 자운에게 여광이 가세하면서 결투의 향방은 자운과 여광 쪽으로 쉽게 기울었다.

여광은 비록 곡기를 이길 수 없었지만 곡기 또한 여광을 쉽게 죽이지 못하였다. 반대로 진령은 십여 초가 지나면서 자운에게 밀리기 시작했다.

몇 번이고 대패가 얼굴을 스치면서 오싹한 느낌이 들곤 하였다.

이때 환제의 퇴각 명령이 떨어지자 진령은 얼른 도망치려고 엉덩이를 뒤로 뺐다. 그러나 마치 그때를 기다린 것처럼 자운의 대패가 허공을 갈랐다.

탈명추혼귀견의 초식이 펼쳐진 것이다.

번쩍.

하얀 섬광이 진령의 얼굴을 스치고 지나갔다.

그의 얼굴이 무면이 되어 언 채 서서히 뒤로 넘어간다.

그의 내부도 얼음덩어리로 변해 있을 것이다.

진령이 쓰러지자 놀란 곡기는 뒤도 안 돌아보고 도망치려 하였다. 그 순간 자운의 대패가 곡기의 얼굴을 향해 날아갔고, 기겁을 한 곡기는 자신의 무기로 대패를 쳐내었다.

땅!

하는 소리와 함께 대패를 쳐내는 덴 성공했지만, 그 틈을 노리고 공격해 온 여광의 검은 그의 어깨를 거쳐 심장을 반으로 쪼개놓고 말았다.

"이이이……."

곡기는 입술을 씰룩거리면서 서서히 앞으로 고꾸라졌다.

진령과 곡기가 죽었다.

자운은 자신의 무기를 품 안에 넣으면서 여광을 바라보았다.

"도와주셔서 감사합니다."

여광이 씨익 웃으면서 말했다.

"고맙긴요, 당연한 일입니다."

자운은 동료가 있어서 다행이라는 생각을 다시 한 번 하면서 죽은 두 명의 시체를 바라보았다.

'이제 누화만 남은 것인가?'

꽝!

관표의 금룡천부가 양요의 창과 충돌하는 순간 기묘한 폭음이 들리면서 양요의 창이 산산조각났다. 그리고 금룡천부는 그대로 날아가 양요를 두 쪽으로 가른 다음, 이미 두 명의 환령을 죽인 관표의 손으로 돌아갔다.

환령 셋이 죽어가는 것을 본 탄은 갑자기 겁이 더럭 났다.

관표가 사람처럼 여겨지지 않았다.

대체 어떻게 하면 혈강시인 환령을 저렇게 만들 수 있는 것인가?

강시의 머리를 힘으로 눌러서 부숴 죽일 수 있다는 사실을 어떻게 믿어야 할까? 그리고 손에 갑자기 생기는 저 도끼는 또 뭐란 말인가? 환제의 기환술로 만들어진 태양륜과 같은 류의 무기란 것은 알겠는데, 어떻게 환령 같은 강시의 몸을 저렇게 쉽게 자를 수 있단 말인가?

'혹시 천령도 한 번에 죽일 수 있는 것 아닌가?'

그러나 이내 고개를 흔들었다.

그것은 있을 수 없는 일이었다.

강시술의 정화라 할 수 있는 천령은 강시지만 살아 있는 사람이었고, 몸은 천강지체다.

어떤 무기로도 파괴할 수 없을 것이라고 환제는 말했다.

무림의 고수가 마치 무공처럼 강시무공을 익히고 환제가 강시술을 더해서 만들어진 천고의 마물.

인간도 아니고 강시도 아닌 자가 바로 천령이 아니던가?

환제는 자신 스스로 첫 번째 천령이 됨으로써 다른 천령들에게 믿음을 주었다.

관표가 천천히 탄에게 다가섰다.

탄은 자신도 모르게 주춤거리며 뒤로 물러섰다.

관표가 탄을 보고 말했다.

"나를 죽이러 온 거 아닌가? 그럼 도망가면 안 되지."

"나… 난……."

"도망치지 말아라!"

관표가 한 발 더 다가섰다.

그 순간 환제의 후퇴 명령이 떨어졌다. 그러나 탄은 도망칠 수 없었다. 관표가 펼친 기의 그물에 걸려 빠져나갈 수 없었던 것이다.

등을 보이고 도망치려는 순간 관표의 손에 들린 금빛 도끼가 자신을 두 쪽으로 만들 것만 같았다.

관표가 다시 한 발을 내디뎠다.

탄이 주춤거리며 뒤로 다시 한 발 물러섰다. 그리고 그 순간 관표의 신형이 무서운 속도로 회전하며 도끼를 휘둘렀다.

타당!

하는 소리와 함께 관표의 금룡천부가 갑자기 날아온 귀영태양륜을 쳐내었다.

"나중에 보자!"

고함과 함께 관표를 암습했던 환제가 탄을 옆구리에 끼고 천문 밖으로 신형을 날렸다. 순간 관표의 금룡천부가 다시 한 번 비룡섬으로 날아갔고, 환제 역시 도망가면서 무려 세 개의 귀영태양륜을 쏘아 보냈다.

타다당.

하는 소리가 연이어 들리면서 세 개의 태양륜이 금룡천부와 충돌하면서 부서져 나갔다. 그리고 그사이에 환제의 신형은 천문 밖으로 사라져 갔다.

비룡섬을 막아낸 것이다.

관표는 어이가 없었다.

상대는 분명히 그가 알고 있던 환제였다. 그런데 어떻게 자신의 금룡천부를 막아낼 수 있었단 말인가? 이전에 관표와 겨루어 불과 몇 초 만에 졌던 그 환제라고 믿을 수 없을 만큼 강해진 그의 무공에 관표는 마음이 무거워졌다.

적이 강해졌다는 것은 결코 기분 좋은 일이 아니었다.

당진진의 진맥을 하고 난 백리소소의 얼굴이 침중하게 굳어졌다.

그녀는 진맥을 하면서 그녀가 누구인지 눈치 챌 수 있었다. 그녀의 피에 섞인 독이 그렇고, 절명금강독공이 깨지면서 원래 그녀의 모습이 돌아왔던 것이다.

백리소소는 궁금한 것이 많았지만 아무것도 묻지 않고 호치백을 바라보았다.

호치백이 다급하게 물었다.

"어떠냐?"

백리소소가 고개를 흔들었다.

"네 힘으로도 고칠 수 없단 말이냐?"

백리소소는 난처한 표정을 지었다.

방법이 없었다.

절명금강독공이 깨졌고, 이미 그녀의 몸은 녹아들고 있는 상황이었다. 그녀가 아니라 세상의 어떤 명의라도 어쩔 수 없는 상황이었다.

"호 대가."

당진진이 힘없는 목소리로 호치백을 불렀다.

호치백은 얼른 당진진에게 다가가 그녀의 손을 잡았다.

그녀는 흐릿한 시선으로 호치백을 바라보았다.

"제 상태는 제가 잘 안답니다. 세상의 누구라도 지금의 저를 고칠 수 있는 사람은 없답니다."

"진 낭자, 나… 나는……."

"압니다. 호 대가와 함께했던 짧은 순간이 제게는 가장 행복했던 시간이었습니다. 그래서 지금 죽어도 큰 여한이 없습니다."

호치백은 격한 감정을 억눌렀다.

가슴이 답답했다.

정말 이렇게 보내고 싶진 않았다. 그러나 이젠 정말 어쩔 수 없다는 것을 호치백은 인정해야만 했다.

그는 흐르는 눈물을 한 손으로 훔치면서 말했다.

"나 역시 마찬가지요. 내 평생 동안 많은 여자를 보았지만 오로지 진 낭자만을 진심으로 사랑했소."

당진진의 얼굴에 맑은 미소가 떠올랐다.

"감사해요. 정말 감사해요."

"진진."

"이제 그만, 저를 편히 보내주세요."

호치백은 대답을 못하고 고개를 끄덕였다.

"호 대가께 마지막으로 부탁이 있어요."

"말해보시오. 무엇이든 말해보시오."

"내가 죽은 다음 당문을 용서해 주고 그들이 자립할 수 있도록 도와주세요. 호 대가와 호 대가의 형제들 힘이라면 충분히 가능하리라 생각합니다……."

호치백의 안색이 굳어졌다. 그러나 그것은 아주 잠시일 뿐이었다.

"꼭 그렇게 하겠소."

"제 품에 있는 유서를 당가에 전해주면 그들도 자신들의 잘못을 뉘우칠 것입니다……."

목소리가 점점 작아진다.

지켜보던 백리소소가 안타까운 목소리로 말했다.

"당가는 반드시 예전의 성세를 되찾을 것입니다."

당진진이 백리소소를 바라보았다.

"감사합니다……."

말끝이 흐려지자 호치백이 가만히 그녀를 자신의 품에 끌어안았다.

흘러내린 당진진의 피가 호치백의 몸에 닿았지만, 절대독인의 경지에 올랐던 독공의 고수인지라 그녀의 피로 인해 중독되는 일은 없었다. 내부에서 독이 완전히 중화되어 밖으로 흘러나왔던 것이다.

절명금강독공은 깨졌지만 그것 자체가 사라진 것이 아니라 당진진의 무공과 금강불괴에 가까운 신체가 깨진 것이기 때문이다.

당진진의 몸이 힘없이 늘어진다.

"으아아아아!"

호치백의 고함 소리가 천문의 하늘을 뒤흔들었다.

지켜보던 백리소소는 고개를 돌리고 말았다.

어느새 수많은 천문의 무사들이 호치백과 당진진을 둘러싸고 있었으며, 그들은 모두 숙연한 표정으로 그녀의 죽음을 지켜보고 있었다.

第八章

무림집회(武林集會)

—스스로 강시가 된 자들이 있다

결전은 끝났다.

살아서 돌아간 전륜살가림의 수하들은 겨우 백오십 정도였고, 천문의 무사들은 약 사백여 명이 살아남았다.

절반 이상이 죽은 것이다.

다행이라면 녹주현에 치안을 담당하기 위해 남아 있던 사십여 명의 무사들과 표풍검 장충수를 따라 상행을 간 백여 명이 더 살아남았다는 정도였다. 그러나 오대곤을 비롯해서 죽은 천문 고수의 수도 적지 않았기 때문에 그 피해를 일일이 지적하기 어려울 정도였다. 무엇보다도 갑작스럽게 강해진 환제와 백호궁의 백호들이 혈강시가 되어 나타났다는 점이 충격적이었다.

'설마 백호들 전부가 혈강시가 된 것은 아니겠지? 정말 그렇다면…….'

관표는 고개를 흔들었다.

생각하기도 싫은 일이었다.

관표가 답답한 마음을 뒤로하고 천문 안에 있는 시체들을 정리하는 수하들을 지휘하고 있을 때 백리소소가 다가왔다.

"가가, 이제 우리가 할 일이 있답니다."

관표가 백리소소를 바라보았다.

"백호궁을 쳐야 합니다."

관표가 놀라서 백리소소를 바라보았다.

"당연히 그들을 공격해야 할 것이오. 이번 일로 그들의 정체가 드러났으니 더 이상 망설일 일이 없소. 하지만 그들이 드러내 놓고 천문을 공격한 것은 그만큼 자신이 있기 때문일 것이오."

"그렇습니다. 그렇지만 시간을 끌면 끌수록 우리가 불리해집니다."

관표가 백리소소를 바라보며 물었다.

"그래, 확인은 해보았소?"

백리소소가 가볍게 고개를 끄덕이며 대답하였다.

"해보았지만 이번 혈강시에겐 통하지 않았습니다."

"그렇다면 이번에 나타난 혈강시는 새롭게 진화된 혈강시가 분명하구려."

"그런 것 같습니다. 하지만 혈강시가 되기 전이라면 통할 수 있을 것 같습니다. 그래서 더욱 빨리 백호궁을 공격해야 합니다. 백호들 전체가 이번에 나타난 환령이란 혈강시로 변하기 전에."

"환령?"

"사로잡은 전륜살가림의 무사들을 취조해 본 결과 이번에 나타난 혈강시들의 이름이 환령이라고 합니다."

"백호들 중 얼마나 많은 숫자가 강시화되었는지도 확인해 보았소? 그리고 어떤 방식으로 만들어진 것인지도?"

"어느 누구도 백호궁 내에 환령이 몇이나 되는지 확실하게 아는 자들은 없었어요. 그러나 환령은 결코 스물 이상을 넘지 않을 겁니다."

"그것을 어떻게 안단 말이오."

"저들은 천문을 공격할 때 도종이나 마종, 최악의 경우 의종 스승님까지 염두에 두었을 것입니다. 그렇다면 그들은 동원할 수 있는 환령들을 모두 동원하려 했을 겁니다. 그것을 감안하고 계산해 보면 이번에 대동한 환령 아홉은 그들이 지닌 환령의 절반 이상에 달할 것이란 추측이 나옵니다."

관표가 고개를 끄덕이며 말했다.

"일리있는 말이오."

"그 외에도 지금 즉시 백호궁을 공격해야 하는 다급한 이유가 있습니다. 그들은 지금도 백호들을 환령으로 만들고 있는 중일 것이기 때문입니다. 그렇다면 하루라도 빨리 그들을 구해주어야 합니다. 그리고 아직 전륜살가림의 전 힘이 증원으로 들어오지 못한 상황입니다. 그들이 백호궁과 힘을 합하기 전에 공격을 해야 합니다."

맞는 말이다.

"하지만 우리 힘만으로는 어렵지 않겠소?"

"어차피 많은 숫자가 필요한 것은 아닙니다. 그리고 지금 당장이 아니라 며칠 후가 좋을 것 같습니다. 우리는 오 일 안에 천문 수하들의 위령제를 끝마치고, 그 안에 무림맹의 정예 고수들을 모아야 합니다. 그리고 오 일 내로 남쪽으로 떠났던 도종 어른 일행이 도착할 것입니다. 그 정도면 백호궁을 칠 수 있을 것입니다. 다행인지 불행인지 이전의 혈강시들은 백호궁 내에 없는 것 같습니다."

"알겠소. 그렇지만 형님들이 쉬지를 못하겠구려."

"지금은 어쩔 수 없답니다."

관표도 고개를 끄덕였다.

"그보다도 소소, 괜찮은 거요?"

다부지게 고개를 끄덕이던 백리소소의 눈에 이슬이 맺혔다가 결국은 넘쳐흐른다. 외조부의 죽음을 잊기 위해 정신없이 바쁜 척하던 백리소소가 관표의 한마디에 결국 제 감정을 이기지 못한 것이다.

관표는 천천히 다가가 그녀를 감싸 안았다.

백리소소는 관표의 품에 안겨 그동안 참았던 격정을 풀어낸다.

사 일 후 무림맹 고수들 백여 명이 도착하였다.

이들은 관표와 백리소소의 전서구를 받자마자 사태의 심각성을 깨우치고 달려온 것이다.

그들에겐 쌍괴 중 투괴가 죽었다는 말도 충격이었지만, 백호궁의 백호들이 혈강시화되었다는 말은 더 큰 충격이었다.

백호들 중에는 무림맹에 속한 문파들의 전대 장로도 다수가 있었던 것이다. 특히 청성파의 경우 전대 장로인 을목 진인이 실제로 혈강시가 되어 나타났다는 말에 아연질색하고 말았다.

오 일째가 되는 날 도종 일행이 배를 타고 녹림광장으로 들어왔다. 그러나 천문에 나타난 그들의 형색은 정말 말이 아니었다. 그리고 그들은 상당수의 백리세가 식솔들을 대동하고 있었다.

백리화와 백리광은 백리소소를 보자 그 자리에서 무릎을 꿇고 통곡을 하였다. 그들을 통해 조부인 백리장천이 죽었다는 말을 들은 백리소소는 충격을 받고 그 자리에 털썩 주저앉았다.

외조부인 투괴의 죽음으로 인해 큰 상처를 받았던 백리소소에게 백리장천의 죽음은 정말 견디기 어려운 충격이 아닐 수 없었다.

관표는 그녀를 가만히 보듬어 안고 다독였다.

무림맹의 고수들도 천군삼성 중 유일한 중원인으로 인정하던 백리장천이 죽었다는 말을 듣자, 충격에서 벗어나지 못하였다. 더군다나 백리장천을 죽인 자가 백호궁의 백호들이란 말에 더욱 놀랐다.

"백리장전과 묘선이란 말이죠?"

백리소소가 웅얼거리듯이 묻자 십대가신들 중에 수석인 유천현이 가볍게 한숨을 쉬면서 말했다.

"맞다. 바로 너의 작은할아버지라고 할 수 있는 백리장전이 범인이다. 그리고 그 곁에는 여전히 묘선이 함께하고 있었다."

백리소소의 눈에 살기가 돌았다가 사라진다.

백리장전.

들은 기억이 있다.

원래 백리장전은 백리장천과 배다른 형제였다.

둘은 처음부터 사이가 좋지 않았다.

항상 백리장천에게 뒤지기만 하던 백리장전은 자격지심과 열등감으로 인해 백리장천을 좋아하지 않았고, 언제나 사고만 치는 백리장전을 백리장천은 당연히 좋아하지 않았다.

백리장천뿐이 아니라 두 사람의 아버지인 백리문성도 백리장전을 좋아하지 않았다. 그리고 백리장전이 묘선이란 여인을 사귀면서 그 관계는 악화일로를 걷기 시작했다.

묘선은 사파의 대표적인 문파 중 하나인 음화문(陰花門) 문주의 장녀였던 것이다. 음화문은 전통적으로 여자들의 문파로서 그들의 무공은 사이하고 독했다. 또한 그녀들은 정조 관념이 없는 것으로도 유명했다. 그런 문파의 여자이다 보니 아비인 백리문성이나 백리장천이 좋아할 리가 없었다.

더군다나 묘선은 백리세가 내에서 백리장천을 유혹하다가 망신을 당했다. 그러나 묘선은 오히려 백리장천이 자신을 욕보이려 했다고 백리장전에게 말했다.

백리장전이 그 일을 백리장천에게 따지자 화가 난 백리장천이 묘선을 죽이겠다고 검을 뽑아 들었고, 놀란 묘선은 도망치고 말았다.

백리장천에게 큰 상처를 입은 백리장전은 그날 이후 백리장천을 원수 대하듯 했고, 역시 화가 난 백리문성은 백리장전을 백호궁에 집어넣어 버렸다. 그런데 육십 년이 지난 지금 백리장전이 묘선과 함께 나타나 백리세가를 멸문시킨 것이다.

취의청 안은 조용했다.

눈이 약간 부어 있는 백리소소의 창백한 표정을 바라보는 좌중의 인물들은 몹시 침중한 분위기를 만들고 있었다.

백리소소는 차분한 목소리로 말했다.

"지금까지 상황을 종합해 보았습니다. 그리고 몇 가지 결론을 내릴 수 있었습니다. 우선 백호궁은 이제 더 이상 자신들을 숨기려 들지 않는다는 것입니다. 그것은 그들이 그만큼 자신이 있기 때문에 그런 것이라고 생각해야 합니다."

종남의 유광이 말했다.

"흥, 그놈들, 혈강시들을 너무 믿는군."

"어느 정도는 맞습니다. 그들은 지금까지 백호들을 이용해서 환령이란 생강시를 만들어왔고, 지금도 만드는 중일 것입니다. 그러나 그 혈강시들은 이전에 우리가 알고 있던 그 혈강시들이 아닙니다. 조금 더 사람에 가깝고, 어떤 면에선 강시라고 말하기도 조금 애매한 면이 있습니다."

송학 도장이 물었다.

"그렇다면 이 환령이라고 불리는 강시가 기존의 혈강시와 다른 점은 무엇입니까?"

"기존의 혈강시는 만드는 시간이 무척 오래 걸렸습니다. 산 자를 잡아다가 처음부터 강시공을 익히게 만들면서 약물을 이용하여 그의 내공을 높이는 방법인데, 이 강시들은 사용하는 무공이 모두 처음 익힌 강시공에 바탕을 둔 무공으로 정해져 있다는 것입니다. 그러나 지금 만들어지는 환령은 무림고수들을 어떤 수순을 통해 강제로 강시화시키는 것입니다. 이렇게 하면 강시를 만드는 데 걸리는 시간도 아주 빠르고, 기존의 혈강시에 비해서 강할 뿐만 아니라 그 무림고수가 가진 경험을 그대로 인지하기 때문에 실전에서 더욱 위력적이라는 것입니다. 모두 알다시피 백호들은 실전 경험이 모두 풍부한 무림의 고수들입니다."

송학 도장이 표정이 딱딱하게 굳어졌다.

"전륜살가림은 참으로 무서운 곳입니다. 벌써 몇십 년 전부터 이런 상황에 대비해서 백호궁을 만들었다니."

백리소소가 고개를 흔들었다.

"처음부터 혈강시를 생각한 것은 아닐 것입니다. 아마도 백호들을 모아놓았다가 일부는 회유하고 일부는 죽여서 강호의 전력을 약화시키려고 했을 것입니다. 그리고 그 와중에 강호에 숨어 있는 기인들을 찾아서 척살하려는 의지도 있었으리라 생각됩니다. 결과적으로 그들은 필요 이상의 소득을 얻은 셈입니다."

"무량수불, 이렇든 저렇든 참으로 큰 문제입니다. 백호들 중엔 강호 무림문파의 전대 장로들도 상당수 있었으니 말입니다."

청성파 장로들의 얼굴이 노화로 붉어졌다.

그들은 죽은 을목 진인을 생각하자 울화가 치민 것이다.

상황을 충분히 이해하고 있었기에 백호궁과 전륜살가림에 대한 그들의 분노는 지금이라도 당장 터지기 직전이었다. 청성파의 문제가 그들만의 문제는 아닐 터, 모든 무림맹 고수들의 분위기가 급격하게 긴장되어 갔다.

백리소소는 가볍게 한숨을 내쉬었다.

"그래도 다행이라면 백호궁 내에 이전의 혈강시들이 없다는 점입니다."

"그건 다행이긴 하지만, 어째서 기존의 혈강시들이 백호궁에 없는지 모르겠습니다."

"백호궁에서 혈강시를 만들 순 없었겠죠. 백호들이 있을 시 그들에게 들키기라도 하면 문제가 커질 테니까요. 그 외에 사령혈교에 있던 혈강시들은 이전에 구인촌에서 죽었고, 전륜살가림의 혈강시들은 아직 중원에 배치되지 않은 것 같습니다. 사실 환령만 해도 충분하다고 생각했기 때문인지도 모릅니다. 한데 문제는 환령들이 아닙니다. 제 생각엔 환령보다 더욱 무섭고 강한 자들이 있는 것 같습니다. 그들을 강시라고 해야 할지 아니면 마인이라고 해야 할지 모르지만 말입니다."

모두들 놀라서 백리소소를 바라본다.

"무량수불, 지금 군사는 환령 말고 그 위에 또 다른 강시가 있다는 것입니까?"

"그렇습니다."

좌중은 아무도 없는 것처럼 조용했다.

그들은 모두 백리소소를 바라보고 있었는데, 상당히 큰 충격을 받은 모습들이었다. 혈강시와 환령만 해도 부담이 큰데 그보다 더한 괴물들이 있다고 한다.

생각만 해도 가슴이 울렁거리는 말이었다.

"지금까지 나타난 혈강시는 크게 세 가지로 나눌 수 있습니다. 우선 기존에 나타나던 혈강시와 이번에 나타났던 환령인데, 미리 말했듯이 환령은 완전히 인간에 가까운 생강시였고, 그 능력은 십이대초인에 거의 근접한 수준이었습니다. 그런 생강시가 적어도 아홉 정도는 현재 더 있을 것이라고 생각합니다."

소림사의 계율원주인 정호 대사가 자신도 모르게 염불을 외면서 말했다.

"아미타불, 환령들이 아홉 정도인 이유는 이미 들어서 알고 있습니다. 그런데 환령의 무공이 십이대초인에 거의 근접해 있다면 또 다른 생강시는 어느 정도나 강하고 몇이나 있단 말입니까?"

"저도 정확하게는 모릅니다. 그러나 그 강시들의 능력은 능히 십이대초인과 겨룰 수 있지 않을까 생각합니다. 지금까지 확인된 바에 의하면 셋 이상 되는 듯합니다."

십이대초인에게 거의 근접한 수준과 겨룰 수 있는 것은 차이가 크다. 한마디로 근접한 수준은 비록 강하긴 하지만 십이대초인을 이길 수 없다는 말이고 겨룰 수 있다는 말은 십이대초인과 비슷하게 강하거나 더 강하다는 뜻이 포함되어 있는 것이다.

정호 대사는 고개를 흔들면서 말했다.

“아미타불, 조금 더 자세히 설명해 주십시오.”

“우선 이자들은 혈강시의 가장 발전된 형태인 것 같습니다. 이는 누가 강제하는 것이 아니라 스스로 강시가 되는 방식인 것 같습니다. 그리고 그런 강시가 백리세가엔 적어도 두 명 이상이 나타났던 것 같습니다. 그리고 천문에 나타난 자들 중 환제가 그런 경우에 속한다고 말할 수 있습니다.”

“무량수불.”

송학 도장은 자신도 모르게 도호를 외치고 말았다.

팽대현이 믿을 수 없다는 표정으로 말했다.

“스스로 강시가 되었단 말입니까? 그리고 그 환제란 자나 백리세가에 나타난 두 사람이 강시라고 생각하는 이유는 무엇입니까?”

“사실 저도 확실한 것은 모릅니다. 단지 짐작을 할 뿐입니다.”

“무량수불, 군사가 그렇게 짐작하는 이유를 조금 더 상세하게 설명해 주십시오.”

“우선 백리세가에 나타난 백리장전이나 묘선, 그리고 환제의 경우 괴이할 정도로 무공이 강해졌다는 것입니다. 그리고 그들의 무공은 지금 환령들이 강해진 것과 조금 비슷합니다. 사실 환령들은 무공이 크게 강해졌다기보다는 강시처럼 몸이 단단해지고 시체와 같이 혼이 제압되었다는 것 정도에 지나지 않았습니다. 그러나 위에 언급한 세 사람은 환령들에 비해서 무서울 정도로 무공이 강해져 있었고 혼도 제압되어 있지 않았습니다. 그런데 제가 살펴본 바에 의하면 환제에게서 환령이 익힌 무공의 기운이 감지되었습니다. 그래서 그들이 갑자기 강해진 이유가 환령들이 익힌 강시공과 관련이 있을 거라고 생각한 것입니다. 그래서 일단 강시라고 분류를 해놓았습니다. 단지 이 강시공을 익히게 되면 무공이 강해지는 것 이외에 또 어떤 효능이 있는지 그것을 모르겠습니다. 그러나 분명한 것은 전륜살가림의 또 다른 고수들은 분명히 환령과 같은 무공을 익히지 않았다는 점입니다. 특히 이번 공격을 진두지휘한 탄이나 나의 손에 죽은 도의 경우 이전 환제에 비해서 무공이 떨어지지 않았다는 점을 고려하면 이 부분이 무척 의아합니다."

듣고 있던 호치백이 말했다.

그는 불과 며칠 사이에 십 년은 더 늙은 것 같았다.

사랑하던 여인의 죽음은 그에게 너무 많은 시련을 준 것이다. 그러나 지금은 많이 냉정해져 있는 상황이었다. 특히 연인을 죽인 전륜살가림에 대한 분노와 복수심은 그를 더욱 빨리 제정신이 들게 하는 원동력이 되었다.

현재 천문의 몇몇 사람들 이외에는 당진진과 호치백의 관계를 전혀 모르고 있었다. 그녀의 명예를 위해서 비밀로 한 것이다. 그리고 그녀가 환령 셋을 죽인 것으로 인해 그녀는 이미 영웅시되어 있었다.

"지금 군사의 말을 들으면 간단하게 다음과 같이 말할 수 있습니다. 하나, 환령이 아니면서 환령과 같은 강시공을 익힌 자가 적어도 셋 이상 있고 그들의 무공은 십이대초인과 비등하거나 높다. 둘, 위의 결과로 유추하건대 환령과 같은 무공을 익히면서 정신이 강시화되지 않은 자들의 무공은 환령들보다 훨씬 강해진다. 이는 백리장전이나 묘선의 무공이 원래 양가창의 양요와 비슷한 수준이었던 것으로 짐작할 수 있다. 셋, 전륜살가림엔 오제 급의 고수가 더 있는데, 그들은 환제가 익힌 강시공을 익히지 않았다. 그것으로 보아 강시공은 무엇인가 문제가 있는 것 같다. 넷, 환령은 십여 명 이하로 남아 있다. 중요한 것은 이 정도인 것 같습니다."

듣고 있던 팽대현이 백리소소를 보면서 물었다.

"환제나 백리장전이 환령들과 같은 강시공을 익힌 것은 어떻게 안 것입니까? 그리고 오제와 비슷한 정도의 실력자가 강시공을 익히지 않은 것은 어떻게 안 것인지 궁금합니다."

"저는 기를 느끼고 판별하는 데 아주 특별한 능력을 발휘하는 무공을 익히고 있습니다. 물론 십이대초인 정도의 능력이면 어느 정도 그것을 판별할 수 있습니다. 그러나 저의 경우는 그보다 좀 더 특별한 능력입니다. 그래서 환제가 환령들과 같은 무공을 익혔다는 것을 알 수 있었습니다. 그리고 나에게 죽은 도라는 여인이나 적의 수장 중 한 명이었던 자의 내공은 분명히 이전의 환제에 비해서 떨어지지 않았습니다. 그리고 그들은 환제가 익한 강시공을 익히지 않고 있었죠. 일단 환령이나 환제가 익힌 강시공이 무공 수준이 어느 정도 이상 높은 자들만이 익힐 수 있다고 가정할 때, 강해지는 것이라면 목숨을 걸고 달려드는 무사들이 그 무공을 익히지 않았다는 것은 분명히 무슨 문제가 있을 것이라고 생각합니다. 그래서 그 무공을 익힌 자는 아무리 많아도 열을 넘지 않을 것이란 게 제 생각입니다. 환제의 경우는 조금 특수한 경우지만요. 그리고 백리장전이나 묘선의 경우는 갑자기 무공이 강해진 것으로 보아 강시공을 익혔을 것이라고 추측한 것입니다."

모두들 납득하는 표정들이었다.

백리소소가 잠시 숨을 돌리고 말을 이었다.

"환제처럼 강해지려면 일단 강시공을 익히는 자가 자발적이지 않으면 안 되는 어떤 제한이 있는 것 같습니다. 그래서 백호 중 회유가 된 자들만이 스스로 강시공을 익히게 하였고, 다른 자들은 환령이 되었거나 환령으로 만들어지는 중일 것입니다. 제가 아는 백호들이라면 스스로 강시공을 익히고 전륜살가림의 주구가 될 사람들은 많지 않습니다. 그래서 환제와 같이 정신을 지닌 채 강시공을 익힌 자가 열 명 이하라고 말한 것입니다."

모두들 굳어진 표정으로 고개를 흔들었다.

강해질 수 있다면 뭐든지 할 수 있는 게 강호의 무인들이라곤 하지만 이것은 아니다 싶었다.

백리소소는 가볍게 한숨을 쉬면서 말했다.

"사실 그들은 강시라고 말하기도 그렇고 아니라고 말하기도 조금 애매한 부분이 있습니다. 자세한 것은 조금 더 알아보아야 할 것 같습니다. 분명한 것은 그들이 스스로 전륜살가림에 충성을 맹세했고, 그 대가로 강해졌을 거란 것입니다. 물론 환제의 경우는 스스로 본을 보여 다른 사람들을 끌어들인 것이 아닌가 싶습니다. 물론 어떤 식으로든 그들에게 안전장치는 해놓았을 것입니다. 그리고 백호궁엔 이전 사망혈교의 무리들까지 포함되어 있을 것이란 것을 미리 알고 계셔야 할 것입니다."

이미 그 부분은 어느 정도 예측한 사람들이 많았다.

두 파가 어차피 전륜살가림 소속이고 사망혈교의 수장이 죽었으니 백호궁으로 흡수, 통합될 수 있다고 짐작한 때문이었다.

송학 도장이 물었다.

"무량수불, 지금 군사께서는 사망혈교가 백호궁에 예속되었다고 하시는 것입니까?"

"그랬을 것입니다. 어차피 둘 다 전륜살가림의 주구들이었고, 이젠 그것을 굳이 숨기려 들지도 않는데, 머리가 없어진 사망혈교를 그대로 놔두었을 리가 없습니다. 그들 수뇌부는 서로 통하고 있었을 테니 큰 무리는 없었을 것이라 생각합니다. 물론 반대하는 자들은 있었을 겁니다. 그러나 그들이야 이미 죽임을 당했겠죠."

모두들 조용했다.

백리소소는 잠시 사방을 둘러본 다음 말을 이었다.

"이제 우리는 백호궁을 공격해야 합니다. 앞서 말했듯이 백호들이 전부 환령으로 변하기 전에 그들을 구해야 하며, 전륜살가림의 고수들이 그들과 합치기 전에 공격해서 그들을 각개격파해야 하기 때문입니다."

"이길 수 있겠습니까?"

강북의 명문 칠검문의 문주인 하후정의 갑작스런 물음이었다.

모두 백리소소를 바라본다. 사실 그들은 불안했다.

지금 백리소소에게 들은 백호궁의 전력은 그들이 생각한 것보다 훨씬 강하고 무서웠던 것이다. 더군다나 그것은 최하로 가정한 것이기에 얼마나 더 강한지는 아무도 모른다.

백리소소는 가볍게 미소를 지었다.

그녀의 웃음을 본 무림맹의 명숙들은 답답했던 가슴이 조금 가벼워지는 것을 느꼈다. 한 번의 웃음으로 많은 무인들에게 용기를 준 그녀는 차분한 목소리로 말했다.

"사실 지금 우리들의 전력은 백호궁보다 약하다는 것을 인정할 수밖에 없습니다. 그래서 더욱 그들을 기습해야만 합니다. 만약 전륜살가림의 천존이 백호궁과 하나로 합해지면 상황은 더욱 어려워집니다. 우리는 선택의 여지가 없습니다."

송학 도장이 물었다.

"무량수불, 군사께서는 어떤 고견을 가지고 계신지 말해주십시오."

"우선 백호궁 안으로 누군가가 침투해 들어가야 합니다. 그 안에서 살아남은 백호들이 있는지 확인해야 합니다. 그리고 그들이 있다면 그들을 먼저 구해야 할 것입니다."

모두들 고개를 끄덕였다.

"그들을 구한 후 신호를 하면 일제히 백호궁을 치는 것으로 하겠습니다. 그리고 우리는 만약을 대비해서 많은 준비를 해야 합니다. 그중 일부분은 이미 천문에서 준비해 두었습니다. 우리는 이길 수 있을 것입니다."

백리소소의 목소리는 크지 않았지만 자신감이 넘쳤다. 그 자신감은 취의청 안을 순식간에 전염시키고 있었다.

그렇게 백호궁의 공격이 결정되었다.

종남의 유광이 물었다.

"먼저 백호들이 잡혀 있는 곳, 그리고 강시를 만드는 곳도 알아야 하지 않겠습니까?"

"이미 오래전부터 백호궁을 조사해 왔습니다. 그래서 의심이 가는 곳을 이미 짐작하고 있습니다. 문제는 그 정보가 정확하지 않다는 점입니다. 그래서 많은 부분을 직접 침투하는 침투조에게 맡기는 수밖에 없습니다. 일단 침투만 제대로 한다면 그곳을 찾는 것은 그리 어렵지 않을 것이라고 생각합니다."

유광은 고개를 끄덕이며 말했다.

“일단 침투하는 것이 쉽지 않을 것이고, 찾는다 해도 그 건물 안으로 들어가는 것이 쉽지 않을 것이라 생각합니다. 그것도 미리 대비하고 가는 것이 좋을 것 같습니다.”

“당연히 그래야 합니다. 그리고 침투는 최정예 멤버로 해야 합니다. 그래야 백호궁 안까지 무사히 침투할 수 있기 때문입니다.”

“최정예라면?”

“저와 관 대가를 포함한 십이대초인들이 침투조로 편성될 것입니다. 그래야 확실하게 일을 처리할 수 있을 거란 생각입니다.”

모두 고개를 끄덕였다.

오대천 중 가장 강하다는 백호궁이다.

사실상 일반 무사들이 침투한다면 일각도 지나기 전에 잡히고 말 것이다. 백리소소는 좌중을 둘러보며 다시 말을 이었다.

“우린 전력을 하나로 모아야 합니다. 우리는 이번 전투에 모든 것을 걸어야 합니다. 현재 상황이 아주 좋지 않습니다.”

모두들 표정이 굳어졌다.

더 이상 생각할 여지가 없었던 것이다.

유광이 다시 물었다.

“상황이 아주 안 좋다는 말은 지금 우리가 들은 말 이외에 더 안 좋은 소식이 있다는 말입니까?”

“천축과 서장에서 전륜살가림에 끝까지 대항하던 새외 세력들이 완전히 평정되었다고 들었습니다. 그리고 현재 천존이 전륜살가림의 고수들과 함께 중원으로 오고 있다고 합니다.”

“그게 사실입니까?”

“천문이 상업을 본격적으로 하면서 가장 심혈을 기울인 것이 정보망입니다. 특히 전륜살가림이 있는 천축국과 서장 근교엔 더욱 많은 간자들을 은밀하게 심어놓았습니다. 그들의 보고니 틀림이 없을 것이라고 생각합니다."

모두들 새삼 감탄한 표정으로 백리소소를 바라본다.

"그래서 우리는 백호궁을 공격한 후 바로 전륜살가림의 본대와 겨루어야만 합니다. 즉, 이번 원정에서 모든 것을 끝내야 한다는 것입니다. 반대로 그들이 오는 것이 아주 나쁜 소식만은 아닙니다. 어쩌면 이것이 기회일 수도 있습니다."

모두들 숙연한 표정들이었다.

비록 그들의 표정이 어둡기는 했지만, 겁을 먹고 있지는 않았다.

유광이 물었다.

"기회라는 것은 무슨 뜻입니까?"

"이번 한 번에 그들을 일망타진할 수 있기 때문입니다."

송학 도장이 물었다.

"자신있게 말씀하시는 것으로 보아 복안이 있으신 것 같습니다?"

"우선 우리가 백호궁을 공격한 다음 전륜살가림의 주축이라고 할 수 있는 기존의 혈강시들을 따로 분리시키면 우리가 이길 가능성이 있습니다."

모두들 솔깃한 표정으로 백리소소를 바라본다.

"그래서 백호궁을 공격하는 시기가 중요합니다. 그 부분은 잠시 후에 설명하기로 하고, 한 가지 좋은 소식이 있습니다."

모두들 다시 한 번 그녀를 바라본다.

"내일이나 오늘 저녁쯤 소림의 원각 대사께서 우리를 돕기 위해 오실 것입니다."

'와아' 하는 함성이 터져 나온다.
모두들 한층 밝아진 표정들이었다.
드디어 불종이라 불리는 원각 대사가 움직인 것이다.
송학 도장이 두 손을 모으면서 말했다.
"무량수불. 참으로 다행한 일입니다."
백리소소가 가볍게 웃는다. 그날 회의는 늦게까지 계속되었다.

第九章

천인공노(天人共怒)

—백호들을 구하라!

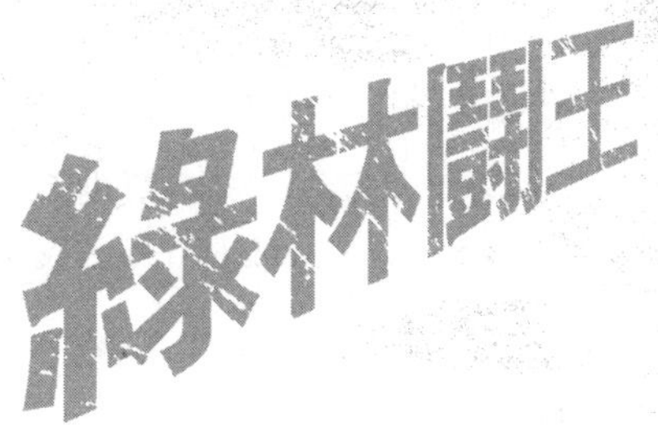

무림에서 강한 다섯 개의 세력을 일컬어 오대천이라고 불렀다. 그 오대천 중에서도 가장 강하다고 알려진 곳이 바로 백호궁이다.

강서성의 백리세가와 함께 북궁남가라고도 불리는 곳.

십이대초인 중 가장 강하다는 전왕 묵치가 궁주로 있는 곳.

전왕 묵치에 대한 전설은 수없이 많았다. 그중에서도 그의 이름 앞에 가장 항상 붙어 다니는 말을 몇 개 꼽아보면,

강호에서 싸움을 가장 잘하는 사람.

가장 강한 자.

소무림이라 불리는 백호를 만든 자.

그 묵치의 백호궁은 규모 면에서 무림맹보다도 더 컸다.

봉우리와 봉우리 사이에 거대한 성이 있고, 그 안에 백여 개에 달하는 전각들이 줄지어 서 있었으며, 전각들 중 중요한 곳에 만들어진 인

공 호수가 삼십여 개나 된다는 곳이 바로 백호궁이다.

백호궁의 정문엔 거대한 백호가 조각되어 놓여 있었는데, 보는 것만으로도 사람들에게 위압감을 주기에 충분했다. 그리고 백호 조각상 앞쪽에 십여 명의 무사가 일렬로 도열해 있었다.

이들이 바로 백호궁의 정문을 지키는 선위무사들이었다.

백호궁에 밤이 찾아왔다.

자정 말엽.

다섯 개의 그림자가 백호궁의 담장을 넘고 있었다.

그들의 모습은 순식간에 백호궁의 누각들 지붕 위를 거쳐 중심부로 날아가고 있었다. 그들의 신법은 마치 유령이 움직이는 것 같았다. 그들은 약 반 시진 동안 백호궁 안을 숨어 다녔는데 아무도 그들의 기척을 알아채지 못했다.

백호궁의 무사들이 모자란 것이 아니라 그 다섯 사람이 대단하다고 할 수 있었다. 십이대초인 중 다섯 명이니 사실 어지간한 무사들이 이들의 기척을 눈치 채긴 힘들 수밖에 없는 일이었다.

그들 다섯은 관표와 백리소소, 그리고 도종과 마종, 의종 소혜령이었다.

다섯 명은 움직임을 멈추고 작은 탑이 세워진 누각을 바라보고 있었다. 그들이 있는 곳은 그 누각으로부터 약 삼십여 장 떨어진 어떤 전각의 지붕 위였다.

탑과 마주 보고 있는 지붕 위 구석에 앉은 다섯 사람 중 백리소소가 말했다.

"지금까지 조사한 몇 곳 중 가장 의심스런 곳이에요."

한 번에 다섯 명에게 동시에 전하는 전음이었다.

이는 전음 중에서도 가장 어렵다는 밀음이었다. 밀음은 다수의 사람에게 한꺼번에 전음을 보낼 때 사용하는 고급 무공이었다.

실제 밀음을 할 수 있을 정도의 고수는 강호에서도 그리 많지 않았다. 하지만 지금 이 자리에 있는 다섯은 조금 달랐다. 그들에게 밀음은 그다지 어려운 무공이 아니었던 것이다.

백리소소의 말을 받은 것은 소혜령이었다.

"별다른 기관장치도 없는 것 같은데 절정의 고수들이 사방에 숨어 있군. 그리고 전각을 둘러싸고 기진이 설치되어 있는 것 같고."

"그렇습니다, 스승님. 지금까지 살핀 바로는 이곳의 경비가 가장 삼엄합니다."

마종이 말했다.

"제수씨, 그렇다면 더 이상 망설일 필요가 없지 않을까요?"

"하지만 전각의 기진은 좀 살펴봐야 해요."

소혜령이 물었다.

"파해할 수 있겠느냐?"

"잠시만 기다려 주세요."

백리소소는 탑이 있는 전각과 그 전각을 둘러싸고 있는 다른 전각들의 위치, 그리고 마당과 전각 주변에 놓은 물건들을 자세히 살핀 다음 말했다.

"소혼금쇄진(消魂禁鎖陣)이군요."

마종이 백리소소를 보고 말했다.

"소혼금쇄진… 들어본 이름이군요."

"사라졌다고 알려진 기문진이죠. 강호에서 가장 까다롭다는 십대절진 가운데 하나로, 백 년 전 신강의 별이라 불리던 기혼노자의 최고 절진입니다."

"기혼노자. 그래서 제 귀에 익었군요. 기혼노자는 우리 존마궁의 전전대 궁주님인 제 사조님과 대결을 벌인 적이 있던 고수지요."

"그는 무공보다도 기문진이 더욱 뛰어난 사람이었습니다."

"저도 그렇게 들었습니다. 당시 사조님은 기혼노자의 절진을 하루만에 뚫고 그 대결에서 승리할 수 있었다고 했습니다."

소혜령이 걱정스런 표정으로 물었다.

"소소야, 시간이 많지 않은데 저 절진을 뚫을 수 있겠느냐?"

"가능은 합니다. 그러나 저 진을 뚫으면서 지금 저 누각을 지키는 고수들의 눈과 귀를 속이는 것은 불가능할 것입니다."

도종이 담담한 표정으로 말했다.

"그럼 먼저 사람을 처리해야겠군."

모두 같은 생각이었다.

모두들 공력을 모아 전각 주위를 살피기 시작했다.

약 일 다경의 시간이 지나자 도종이 말했다.

"모두 열다섯 명이군. 제법 실력있는 무사들이지만 우리들이라면 그리 어렵지 않을 것 같은데."

관표와 의종, 그리고 마종 역시 동의한다는 표정으로 고개를 끄덕였다. 그러나 백리소소만은 조금 난감한 표정으로 도종을 바라본다.

도종이 살짝 미소를 지으며 말했다.

"제수씨는 다른 의견이 있는 것 같습니다."

"모두 열다섯 명은 맞습니다. 그러나 그 외에도 둘이 더 있는 것 같습니다."

도종과 마종이 놀라서 백리소소를 바라보았다.

두 사람은 열다섯 명의 기만을 감지했던 것이다. 그렇다면 백리소소는 자신들보다 무공이 훨씬 뛰어나단 말인가?

의종이 두 사람을 보면서 말했다.

"소소는 특수한 무공을 익혔기 때문에 상대의 기를 감지하는 능력이 굉장히 탁월합니다. 그것은 무공의 고하와는 다른 것이랍니다."

두 사람은 그제야 이해한 듯 고개를 끄덕였다.

도종은 새삼스럽게 백리소소를 바라보면서 말했다.

"제수씨는 참으로 다양한 능력을 지니고 있어 사람을 계속 놀라게 하는군요."

백리소소가 조금 민망스런 표정으로 말했다.

"남보다 조금 더 운이 좋았을 뿐입니다."

"그것은 겸손입니다. 허허, 이거 참. 새삼 관 아우가 부럽습니다."

관표는 멋쩍은 표정으로 말했다.

"형님도… 이 아우를 그만 놀리십시오. 지금은 그보다 더 중요한 것이 있잖습니까?"

"허, 그러고 보니 그렇군. 제수씨, 나머지 두 사람은 어디에 있는 겁니까? 우리를 속일 수 있을 정도면 우리 못지않은 실력자일 텐데, 누구인지 궁금합니다."

"두 사람은 기의 성질로 보아 아무래도 천문에 출몰했던 환령인 것 같아요. 그들은 정말 숨조차 쉬지 않고 있습니다."

그 말에 모두들 고개를 끄덕였다. 이제야 그들이 두 사람의 기를 감지하지 못한 이유를 알 수 있었던 것이다.

강시가 귀식대법을 펼치면 정말 숨마저 죽일 수 있을 것이다. 더군다나 이 강시들은 실력도 십이대초인과 큰 차이가 안 난다. 아무리 오랫동안 그러고 있어도 인간처럼 생리 작용도 없을 것이고 인내력과 체력적 한계도 없을 것이다.

마종이 기가 차다는 표정으로 말했다.

"허, 정말 기가 막히군. 제수씨가 아니면 큰 낭패를 당할 뻔했습니다. 이제 저들을 어떻게 처리하는 것이 좋겠습니까?"

"제일 중요한 것은 두 명의 환령입니다. 그 환령들을 다른 사람들이 모르게 처리하는 문제는 결코 쉽지 않습니다. 우선 접근하기가 쉽지 않고, 접근한다고 해도 소란스럽지 않게 단 일격에 죽이는 일도 쉬운 일이 아닙니다. 그렇다고 다른 열다섯을 먼저 처리하는 것도 쉽지 않습니다. 환령들의 실력을 감안했을 때 아무리 우리들이라도 그들의 이목을 속이고 열다섯이나 되는 고수들을 죽이는 것은 불가능하기 때문입니다."

모두들 침묵하였다.

백리소소의 말대로 두 환령 앞에서 먼저 다른 경계무사들을 죽이는 것은 분명히 무모한 일이었다. 환령들 개개인만 따져도 자신들과 겨루어 크게 떨어지는 실력이 아니기 때문이었다. 그렇다고 두 환령을 먼저 처리하는 일도 쉬운 일이 아니었다. 더군다나 다른 경계무사들이 눈치 채지 않게 소리없이 처리한다는 것은 더욱 어려운 일이었다.

실제 불가능한 일이라고 할 수 있었다.

도종이 백리소소를 보고 말했다.

"제수씨가 기를 감지하는 능력이 탁월한 무공을 익히고 있다면 반대로 감추는 능력 또한 탁월하지 않겠습니까?"

"무슨 말씀을 하시는지 알 것 같습니다. 그렇지만 제 무공은 기를 감추는 능력이 있긴 하지만, 생각보다 탁월한 것은 아닙니다. 그리고 제가 설혹 한 명에게 접근한다 해도 일격에 환령을 죽이는 것은 어려운 일입니다. 그러면 또 다른 환령이 눈치를 챌 것입니다. 그들의 위치로 보아 서로를 지켜주고 경계하는 역할도 함께하는 것 같습니다."

모두의 안색이 굳어졌다.

어차피 쉽지는 않을 것이라고 생각했기에 십이대초인이 다섯 명이나 움직인 것이다. 조금 시간이 지나자 도종이 백리소소를 바라보면서 말했다.

"제수씨라면 이 정도의 일은 예상했으리라 생각합니다. 이 경우를 생각해서 준비한 것이 있다면 말해보십시오."

모두들 백리소소를 바라보자 그녀는 가볍게 한숨을 쉬면서 말했다.

"저를 너무 높게 봐주셔서 감사합니다. 하지만 조금 난감합니다."

"그렇다면 일단 어느 정도 예상은 했었고, 준비한 것이 있기는 있단 말이군요. 비록 어려운 방법일지라도."

모두들 기대 어린 시선으로 백리소소를 바라보았다.

백리소소는 조금 부담스런 표정으로 대답했다.

"누구라도 이런 중요한 곳이라면 환령으로 하여금 지키게 했을 것입니다. 그렇기에 조금 예상은 하고 있었습니다. 그러나 내 예상이 틀리길 바랐지만, 예상대로 환령들이 지키고 있네요. 그래도 조금 어렵긴 하지만 방법은 있습니다."

마종이 물었다.

"방법은 무엇입니까?"

"환령들을 완벽하게 제거하는 일은 정말 쉽지 않은 일입니다. 그렇지만 그들에게 몰래 접근해서 제가 준비한 천음빙한수를 그들의 머리

위에 뿌릴 수 있다면 가능합니다. 이 천음빙한수는 조금 특수하게 제조하였기에 머리에 닿기만 한다면 환령을 단숨에 얼려 버릴 것입니다. 그러나 그전에 환령이 눈치를 채고 강기로 방어를 한다면 무용지물이 됩니다. 그래서 쉽지 않은 일입니다. 더군다나 먼저 열다섯 명의 시선을 피해야 하고, 둘을 동시에 죽여야 하는 일입니다."

마종이 고개를 흔들었다.

"정말 쉬운 일이 아닌 것 같습니다."

"그래도 시도해야 합니다. 일단 저와 관 가가는 기를 죽이는 데 능한 무공을 익히고 있으니, 각자 두 명의 환령에게 접근해서 어떤 신호를 기점으로 동시에 공격을 하면 가능할 것 같긴 합니다. 미리 이런 일을 대비해서 어떻게 기습을 할지도 생각해 두었습니다. 그러다 실패하면 정면돌파를 할 수밖에 없습니다. 그 경우 저와 사부님, 그리고 관 대가는 안으로 들어가 백호들을 구하고, 남은 두 분은 여기서 적들을 막으면서 공격 신호를 보낼 수밖에 없습니다. 별로 대단한 방법이 아니라서 죄송합니다."

모두들 고개를 끄덕였다.

현재로선 그 방법 외에는 없었던 것이다.

도종이 조금 심각한 표정으로 말했다.

"제수씨, 천음빙한수를 사용하기 전에 그 약품의 한기로 인해 들키지 않겠습니까? 내공으로 그 한기를 막으려면 그 역시 상대가 감지하기 좋을 테고요."

"그 점을 감안해서 천음빙한수를 정제하였습니다. 뚜껑을 열어도 그 액체 자체에서는 한기가 일지 않게 했습니다. 그리고 원래부터 천음빙한수의 장점 중 하나가 액체 자체에서 이는 한기가 별로 없다는 점입니다. 그것 때문에 모르고 만졌다가 큰일이 날 수도 있지만요."

"그렇다면 이젠 어떻게 들키지 않고 접근하느냐 하는 문제만 남았군요."

"천음빙한수를 떨구기만 하면 되니까 공력을 모으거나 무기를 휘두르지 않아도 되니 자신의 기를 숨기기엔 상당히 용이한 점이 있긴 합니다. 그리고 또 한 가지 쇠나 나무, 그리고 땅이라면 이 천음빙한수를 흘려보내도 됩니다. 흐르는 동안 빙결되지 않을 것입니다. 우리가 가진 이점은 그것뿐입니다. 그래서 저와 관 대가는 원거리 공격으로 그들을 공격하려고 합니다. 좀 전에도 말했지만, 그 부분에 대해선 미리 상의한 것이 있으니 일단 그렇게 시도해 보겠습니다."

도종과 마종은 고개를 끄덕였다.

지금으로선 백리소소와 관표를 믿고 기다릴 수밖에 없었다.

백리소소는 품 안에서 천음빙한수가 담긴 병 네 개를 꺼내 들었다. 만약을 대비해서 충분히 준비한 것이다.

그것을 보고 마종이 말했다.

"제수씨, 정말 조심하시오. 관 아우, 자네도 조심하게."

모두 두 사람을 바라보며 격려의 마음을 전했다.

모두들 백리소소와 관표가 나서는 것은 찬성하고 있었다.

백리소소는 사대마병 중 하나인 빙혼요궁의 기본 심법인 요안기령심공(妖眼氣靈心功)을 배운 탓에 자신의 기를 숨기는 것은 물론이고 요안으로 상대의 기를 읽는 능력 또한 탁월하니 당연히 이 일에 가장 적합하다고 할 수 있었다.

관표 또한 도가제일신공이라는 건곤태극신공을 익히고 있으니 이 일에 적합했다.

건곤태극신공의 경우 자신의 기를 안으로 갈무리하는 데 탁월한 능력이 있기 때문이었다. 특히 건곤태극신공의 초자결은 자신의 기를 감추고 다른 자의 기를 감지하는 데 어느 신공보다 탁월해서 그 부분도 능히 백리소소의 요안기령심공과 쌍벽을 이룰 만하였다.

관표 역시 두 환령의 기를 느끼고 있었기에 백리소소가 말했을 때 태연할 수 있었던 것이다. 물론 백리소소의 요안기령심공에 대해서 잘 알고 있었기에 굳이 자신이 말하지 않았던 것이기도 했다.

백리소소는 천음빙한수가 든 옥병 두 개를 관표에게 주었다. 그리고 천음빙한수 하나를 품 안에 넣으면서 말했다.

"관 가가, 우리는 병의 마개를 미리 빼고 가야 합니다. 환령 근처에 가서 마개를 열려고 하면 뚜껑이 빠지는 소리 때문에 들킬 수 있습니다. 혹시 중간에 엎지를 수도 있는 경우를 생각해서 예비용으로 하나씩 더 품 안에 넣고 가야 합니다. 만약 들키게 되면 관 가가는 금룡천부로 상대를 일격에 죽여주십시오."

관표는 고개를 끄덕이면서 천음빙한수 한 병을 품 안에 넣고 손에 든 옥병의 뚜껑을 열었다.

백리소소는 도종을 보면서 말했다.

"일 다경 정도의 시간이 흐른 다음 환령들의 시선을 끌어주십시오. 물론 세 분이 들키지 않는 범위 내에서입니다. 그리고 시선을 끌기 위해서 내는 소리를 신호로 우리는 행동을 개시하겠습니다. 그리고 신호 후엔 바로 열다섯 명의 경계 무사를 처리해 주십시오. 환령들을 처리 후 우리도 합세를 하겠습니다."

"무슨 말인지 알았습니다. 그럼 일 다경 후 이쪽에서 시선을 끌 테니, 그것을 신호로 동시에 처리하는 것으로 하겠습니다."

"그럼 관 가가께서 왼쪽을, 제가 오른쪽을 처리하겠습니다."

"알겠소. 그럼."

관표의 신형이 소리없이 누각의 뒤쪽으로 사라졌다.

이미 환령이 있는 곳은 알고 있었기에 거침이 없었다.

관표가 노리고 접근하는 환령의 위치는 누각의 마당 한가운데였다. 마당 한가운데 땅속에 숨어 있었던 것이다.

누각 곳곳에 숨어 있는 경계무사들의 시선을 피해서 접근하기가 어찌 보면 불가능한 곳이기도 했다. 그리고 백리소소가 접근하는 환령은 탑이 있는 누각의 지붕 안에 숨어 있었다.

그곳 역시 환령의 감각은 물론이고 사방에서 지켜보는 시선을 피해 접근하기가 쉽지 않은 곳이었다.

일 다경(약 오 분 정도)이면 차 한 잔을 다 마실 수 있을 정도의 시간을 말한다.

그 안에 접근해서 기습할 수 있는 곳에 도착해야만 할 것이다.

백리소소는 반대편 누각으로 돌아가 그 누각의 지붕 아래 그늘로 스며들었다. 그곳에서 그녀는 잠시 기다렸다가 다시 지붕 위로 올라갔다.

지붕 위 반대편으로 숨어든 백리소소는 요궁을 꺼내 들고 심호흡을 하면서 자신의 기를 조절하기 시작했다.

천음빙한수가 든 옥병은 그녀의 옆에 놓여 있었다.

잠시 후 옥병의 액체가 저절로 허공에 떠오르더니 하나의 화살처럼 변하였다. 화살처럼 변한 액체가 시위에 걸리자 백리소소는 검지를 펴서 시위 가까이 대었다. 물론 그녀의 손가락은 시위에 걸린 액체엔 닿지 않은 상태였다.

그녀가 손가락을 편 채 뒤로 당기자 시위가 손가락을 따라 서서히 당겨진다. 손으로 잡지 않고 내기로 시위를 당긴 것이다. 만약 손가락이 닿으면 그대로 얼어버릴 것이다.

요궁에 걸린 액체 화살의 끝에는 투명한 강기막이 형성되어 있었다. 이제 준비는 끝난 셈이다. 나머지는 하늘이 도울 일만 남았다.

관표는 잠룡둔형보법을 펼쳐 담장의 그늘 속으로 숨어들고 있었다. 그는 그 담장 한 켠에 바싹 붙어서 환령이 숨어 있는 정원의 가운데를 바라보고 있었다.

그의 손에는 천음빙한수가 든 옥병이 들려 있었다.

약속한 시간이 되자, 도종은 손에 들고 있는 돌을 회선표의 암기 수법으로 던졌다. 도종의 손을 떠난 한 개의 돌은 누각의 탑까지 날아가 탑 위쪽 모서리를 '탁' 하고 친 다음 바닥으로 떨어졌다. 공격 개시 신호를 보낸 것이다.

신호음과 함께 백리소소의 요궁에서 날아간 화살이 누각의 지붕을 뚫고 들어갔으며, 관표의 손에 들린 옥병에서 천음빙한수 몇 방울이 허공으로 날아갔다.

발자결로 밀어내고 탄자결로 쏘아 보낸 천음빙한수 몇 방울은 허공으로 올라갔다가 바닥으로 낙하하였다. 금자결로 인해 쇠처럼 딱딱해진 천음빙한수 방울은 운룡천중기의 무거운 힘을 고스란히 지닌 채 땅으로 떨어져 내렸다.

그것은 언뜻 보기에는 이슬방울이 떨어져 내리는 것 같았다.

'폭' 하는 아주 미세한 소리와 함께 천음빙한수는 마당의 흙을 뚫고 안으로 들어가 흙으로 살짝 자신을 가리고 있던 환령의 이마에 떨어졌다. 물론 흙에선 천음빙한수의 한기가 위력을 발휘하지 못했고, 환령의 머리에 떨어지는 순간 그 머리는 그대로 얼음덩이가 되어버리고 말았다.

백리소소가 쏜 천음빙한수의 화살 역시 화살 끝에 걸린 강기가 지붕을 뚫었기에 강기 안에 보호되어 있던 천음빙한수는 지붕의 기와를 얼리지 않고 지붕 속에 있는 환령의 머리에 맞을 수 있었다.

그와 동시에 마종과 도종, 그리고 소혜령의 신형이 그림자처럼 움직였다.

그들은 이미 약속한 곳으로 이동하며 열다섯 명의 경계무사를 공격하기 시작했다. 관표와 백리소소도 다음 상대를 향해 신형을 날리고 있었다.

요궁의 화살과 천음빙한수의 액체가 사방으로 날아갔고, 도종과 마종의 내가중수법이 경계무사들의 목숨을 끊어놓았다.

유일하게 소혜령만은 세 무사의 혈도에 금침을 꽂아놓음으로써 전신을 마비시켜 그들을 죽이지 않았다.

그것도 그들의 운이리라.

생각보다 손쉽게 환령과 경계무사들을 처리한 후, 일행은 백리소소의 안내로 기진을 뚫고 누각 안으로 들어설 수 있었다.

그들은 얼마 지나지 않아 지하로 내려가는 비밀 통로를 찾을 수 있었다.

안에 있던 다섯 명의 무사를 처리하는 건 그들에게 큰 문제가 아니었다.

백리소소는 도종과 마종을 보고 말했다.

"아무래도 오랫동안 고문을 당하거나 다친 사람들이 있을 것 같으니 처음 말한 대로 저와 스승님, 그리고 관 대가가 함께 들어가는 것이 좋을 것 같습니다. 두 분은 이곳을 지켜주셨으면 합니다."

도종이 고개를 끄덕였다.

"걱정 마십시오, 제수씨. 여긴 나와 여 아우가 책임지고 막을 테니 안의 일을 처리해 주십시오."

"그럼."

관표와 백리소소, 그리고 소혜령은 지하로 통하는 비밀 통로 안으로 들어갔다.

어둡고 음침한 통로 안은 계단이 줄지어 있었는데, 끝이 보이지 않았다. 그러나 관표 일행은 그 누구도 화섭자를 꺼내 불을 켜려 하지 않았다.

세 사람에겐 아무리 어두운 어둠 속이라 해도 꿰뚫어 볼 수 있는 무공이 있었기에 큰 불편함이 없기도 하였고, 불을 켜면 이쪽의 행동이 적에게 들킬 염려도 있었기 때문이다.

백리소소는 계단의 여기저기를 살펴본 다음 말했다.

"이 계단에는 아주 간단한 경보 장치가 설치되어 있어요. 그러니까 우리는 조심해서 걸어 내려가지 않으면 안 됩니다."

관표가 말했다.

"그럼 앞장서시오."

백리소소가 생긋 웃고는 신법을 펼쳤다.

두 계단에서 세 계단, 그리고 한 계단.

관표와 소혜령은 백리소소의 뒤를 따라 신법을 펼쳤고, 어느새 세 사람은 백여 장이나 내려가고 있었다.

그러다 어느 순간 백리소소가 갑자기 제자리에 섰다. 뒤에 쫓아오던 관표와 소혜령도 그 자리에 섰다.

백리소소가 선 곳은 계단이 끝나는 곳으로 그 앞에서 통로는 오른쪽으로 꺾여 있었던 것이다.

백리소소가 뒤를 돌아보며 전음으로 말했다.

"아무래도 환령이 있는 것 같아요."

잠시 내공을 끌어올리고 기척을 살피던 관표의 손에 허공으로 올라갔다. 순간 그의 손에 도끼 한 자루가 걸렸다 싶더니 갑자기 통로에 뛰어들어 오른쪽으로 돌아섰다. 그리고 그 순간 그의 손에 있던 도끼가 날아갔다.

비룡섬이 펼쳐진 것이다.

'서걱' 하는 소리가 들리고 금룡천부가 돌아온 후 십 장 앞에 있는 거대한 돌문 앞에서 한 환령이 머리가 중간에서 날아간 채 서서히 쓰러지고 있었다.

관표가 도끼를 손에 들자 백리소소와 소혜령이 모퉁이를 돌아섰다. 관표는 성큼성큼 걸어가서 돌문을 활짝 열어젖혔다.

이제부턴 힘으로 뚫고 들어가려는 속셈이었다.

문이 열리고 안을 들여다본 관표가 뒤를 돌아보고 말했다.

"소소, 그리고 의종 선배님, 이곳은 제가 맡을 테니 이곳에서 계십시오. 그리고 안을 들여다보지 마십시오."

관표의 일그러진 표정을 보면서 백리소소와 의종 소혜령은 궁금했지만 일단 걸음을 멈추었다. 그러나 관표의 어깨 너머로 언뜻 문 안쪽이 보였다.

소혜령과 백리소소의 얼굴이 창백해졌다.

관표가 얼른 돌아서서 문을 닫으며 안으로 들어갔다.

"개자식들, 이건 정말 인간들도 아니구나."

관표는 눈앞에 펼쳐진 광경을 보고 이를 부드득 갈았다.

문 안쪽에는 수십여 개의 작은 방이 양쪽으로 연이어 늘어서 있었다. 문은 모두 쇠창살로 만들어져 있었고, 각 방에는 많게는 두세 명, 적게는 한 명씩의 사람들이 쇠사슬에 묶여 있었는데, 그들 중 온전한 사람은 한 명도 없었다.

팔다리가 하나씩 없는 사람, 심줄이 뽑혀 있는 사람 등등, 그중 상당수는 배가 갈라진 채 해부되어 있었다.

특히 벽에 걸어놓은 장기와 신체 각 부위들은 마치 걸레를 걸어놓은 것 같았다. 다행이라면 어떤 약품 처리를 했는지 시체와 장기가 썩지 않고 냄새가 나지 않는다는 것 정도였다.

관표는 가볍게 한숨을 내쉬었다.

그나마 살아 있는 사람 중에서도 제정신을 가진 사람은 없어 보였다. 방 앞에는 각종 약통들이 놓여 있었고, 온갖 괴이한 도구들이 사방에 널려 있었다.

'이들은 아마도 혈강시를 연구하기 위해 잡혀온 자들인 듯하구나. 인체를 해부해서 몸의 구조와 혈의 위치, 그리고 그들이 필요한 각종 정보를 얻었겠지. 이곳엔 백호들이 없는 것 같은데, 혹시 그들을 이곳 말고 다른 곳에 숨겨둔 것은 아닐까?'

그러나 관표는 고개를 흔들었다.

들어오기 전의 엄중한 방비를 생각하면 단순히 죽은 시체들 때문이라고 말하기엔 너무 과중한 방비였다. 이곳과 관련해서 죽은 환령만 해도 벌써 셋이었다.

그 정도면 십이대초인 중 한두 명이 이곳을 지키고 있었던 것이나 마찬가지라 할 수 있었다.

단순한 혈강시가 아니라 환령 셋이 지켜야 하는 곳.

그러나 아무리 보아도 지금 보이는 방 안에는 자신이 찾고자 하는 자들이 없었다. 관표는 안으로 걸어 들어가며 양쪽 방 안에 있는 사람들의 모습을 하나씩 자세히 살펴보았다.

혹시 자신이 찾는 사람이나 온전하게 살아 있는 사람이 있는가 해서였다. 그러나 어디에도 백호 비슷한 사람은 물론이고 제대로 이성을 가진 사람조차 보이지 않았다.

그 외에는 모두 처참하게 죽은 시체였다.

살아 있는 사람들도 사실은 시체나 마찬가지였다.

관표는 그나마 살아 있는 사람들도 뭔가 조금 이상하다는 것을 느꼈다. 살아 있는 것 같기도 하고 아닌 것 같기도 했던 것이다.

관표는 능력의 한계를 느끼고 한숨을 내쉬었다.

사랑하는 여자에게 이런 잔인한 모습은 보이고 싶지 않았지만, 어쩔 수 없는 상황이었다.

"아무래도 소소, 당신과 소 선배님이 와서 보셔야 할 것 같습니다."

문이 열리고 안으로 들어온 두 여자의 얼굴은 다시 한 번 창백하게 변했다. 그러나 의원답게 두 여자는 침착한 표정으로 관표가 있는 곳으로 왔다. 관표는 손가락으로 거의 시체와 동일할 정도로 몸이 굳은 채 누워 있는 사람들을 가리켰다.

그들은 숨을 쉬고 있는 것으로 보아 분명 살아 있는 것 같은데 전혀 움직이지를 않고 있었다.

산송장과 같은 사람을 자세히 살핀 소혜령이 고개를 흔들면서 말했다.

"이들은 혈강시로 만들어지다가 실패해서 버려진 자들 같네. 버려졌지만 강시 특유의 끈질긴 생명력으로 지금까지 살아 있는 것 같군. 강시가 되기 전이면 고칠 수 있겠지만, 이렇게 실패한 강시가 된 상태로는 방법이 없네."

관표는 반대편 방의 해부된 시체를 보고 말했다.

"소 선배님, 저기 해부한 시체들에게서 얻은 정보를 가지고 이들을 그들이 원하는 혈강시로 제조하려고 했던 것일까요?"

소혜령이 고개를 흔들었다.

"아닐세. 반대일세. 실패한 원인을 찾으려고 혈강시들을 해부한 것일세. 그래서 해부되었지만 시체들이 쉬이 썩지 않는 것이지."

관표는 한숨을 쉬면서 다시 말을 이었다.

"이들이 누구인지 모르지만 백호궁은 너무 잔인하군요. 아이들부터 시작해서 노인까지, 정말 해도 너무한다는 생각입니다."

"그들은 그에 상응하는 대가를 반드시 치러야 할 것입니다. 아마도 여기가 만들어진 것은 오래되지 않은 것 같습니다. 그리고 여기 실험을 토대로 환령들이 만들어진 것 같습니다."

소혜령이 고개를 끄덕였다.

"소소 말대로 여기가 만들어진 것은 결코 오 년이 넘지 않은 것 않군."

관표가 죽어 있는 한 아이의 모습을 물끄러미 바라보다가 말했다.

"아직 살아 있는 자들을 구할 수 있는 방법은 없을까요?"

대답을 한 것은 백리소소였다.

그녀는 고개를 흔들며 말했다.

"불가능해요. 이들은 이미 죽은 거나 마찬가지입니다. 차라리 이들을 위해 죽이는 것이 나을 거예요. 구인동에서 얻은 것으로도 불가능한 것입니다."

관표의 표정이 굳어졌다.

그들이 이전 구인동에서 얻은 것은 두 가지였다.

그중 하나가 혈강시의 저주를 풀 수 있는 단약을 만드는 방법과 거기에 필요한 몇 가지 약제였다. 소혜령과 백리소소는 완전히 혈강시가 된 자가 아니라면 원상태로 되돌릴 수 있는 단약을 이미 만들어서 가지고 온 상황이었다.

관표는 아직 죽지 않은 실험체들 앞으로 다가갔다.

'미안하오.'

관표는 일일이 돌아다니면서 혈강시가 되기 직전에 놓은 사람들을 전부 죽이면서 다시 한 번 안을 면밀하게 조사해 보았다. 그렇게 마지막 방까지 왔다. 관표는 마지막 방에 있는 자들의 사혈을 짚어주다가 벽 한쪽에 약간 튀어나와 있는 것을 보고 그것을 눌렀다.

'스르륵' 하는 소리와 함께 벽 한쪽이 열리면서 아주 작은 골방이 나타났다. 그리고 그 안에는 한 명의 여자가 꽁꽁 묶여 있었는데, 처음으로 발견한 버려진 생강시가 아닌 산 사람이었다.

관표의 뒤를 따르던 백리소소가 얼른 안으로 들어가서 여자의 기혈을 치고 맥을 짚어보았다.

"지독하군요. 오장육부가 전부 깨진 상태라서 도저히 살릴 수가 없을 것 같아요. 그런데 이런 상태로도 살아 있다니, 정말 대단한 정신력이군요."

소혜령이 여자의 안색을 살피면서 말했다.

"아마도 무엇인가 미련이 남아서이거나 풀지 못한 한이 맺혀서 그런 것 같은데 일단 깨워보자. 단 몇 마디라도 들을 수 있을 것 같다."

소혜령은 번개처럼 여자의 혈 몇 군데를 찌른 다음 손을 복부에 대고 내가진기를 불어넣었다.

"쿨럭."

피를 토한 여자의 얼굴에 생기가 돌았다.

여자가 정신을 차리고 백리소소와 소혜령을 바라보다가 관표를 바라보았다.

그녀의 눈이 반짝였다.

"투… 투왕 관표."

"나를 알다니, 나를 본 적이 있소?"

"후후, 전륜살가림에서 투왕과 무후의 얼굴을 모르는 사람은 없을 거랍니다."

"당신은 누구요?"

"누화."

관표와 백리소소가 조금 놀란 표정으로 누화를 바라보았다.

누화.

분명히 들었던 이름이다.

관표가 물었다.

"설마, 구인촌의 그 누화?"

"절 아시나요? 그렇군요. 자운에게 들었겠죠. 맞아요. 제가 바로 구인촌의 그 누화랍니다. 저지른 죄에 대한 벌을 받아서 이렇게 되었지만. 후후."

누화의 눈이 물기가 어리더니 결국 주르륵 흘러내렸다.

"어찌 된 일이오?"

누화는 망연한 표정으로 질문을 한 관표의 얼굴을 바라보았다.

관표는 그녀의 시선이 노회한 노인의 그것처럼 죽어가고 있다는 것을 알았다.

"여기 죽은 사람들의 대다수는 구인촌 사람들입니다. 우리는 전륜살가림의 달콤한 말을 믿고 새로운 삶을 살 수 있다고 생각했는데… 결국 종말은 실험용 강시가 되고 말았군요. 배신에 대한 대가치고는 너무 비싼 값을 치른 거지요. 후후."

웃고 있는 것인지 울고 있는 것인지 분간이 안 가는 모습이었다.

백리소소가 물었다.

"그런데 당신은 어째서 이곳에 있지요? 마을 사람들과 당신은 조금 다르지 않았나요?"

"그랬지요. 하지만 환령을 만들기 위해서는 마지막 실험으로 무림고수가 필요했던 모양입니다. 나야 전륜살가림의 고수가 아니었고, 자고 일어나니 이곳에 있더군요. 쿨럭."

다시 한 번 피를 토해낸 누화의 얼굴이 급격하게 수축되고 있었다. 백리소소가 급하게 물었다.

"여기 백호들은 어디에 있나요?"

"벼… 벽… 벽에 비밀 통로가… 자운에게 미안하다고……."

누화의 고개가 툭 떨어졌다.

백리소소는 그녀의 눈을 감겨주었다.

第十章

천기상인(天氣常人)

―배신자는 검선이었다

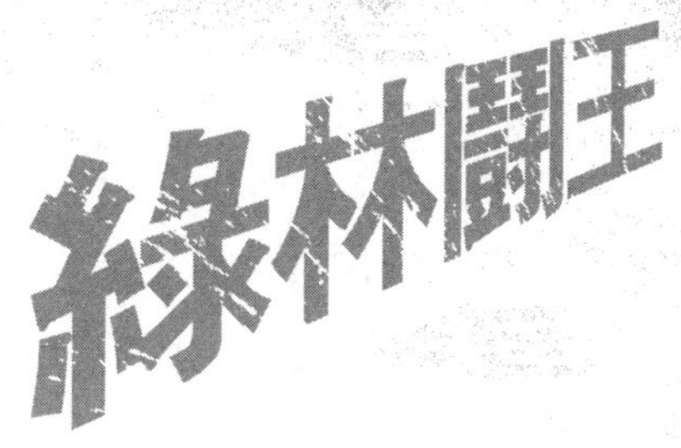

'꽝' 소리와 함께 관표의 진자결에 의해서 벽 한쪽이 와르르 무너져 내렸다. 막힌 곳이라 생각했던 벽의 저편으로 커다란 구멍이 입을 벌리고 있었다.

관표와 백리소소, 그리고 소혜령은 거침없이 그 안으로 들어갔다.

"흠."

안으로 먼저 들어갔던 관표가 짧게 한숨을 내쉬었다.

약 사십여 명의 사람들이 가부좌를 하고 앉아 있었던 것이다. 그런데 그들이 있음에도 불구하고 사람의 온기가 제대로 느껴지지 않았다.

관표 일행이 안으로 들어가자 사십여 명의 사람들 중 한 명이 눈을 번쩍 뜨고 관표 일행을 노려보며 말했다.

"개자식, 네놈은 또 누구냐? 네가 누구든 더 이상 우리를 모욕하지 말고 당장 죽여라! 어떤 일이 있어도 우린 스스로 강시가 되지 않을 것이고, 네놈들의 일에 협조하지 않을 것이다!"

관표는 한숨을 내쉬며 말했다.

"나는 당신들을 해치려고 온 사람이 아닙니다."

"흥! 나더러 그 말을 믿으란 말이냐?"

"나는 이곳의 문을 열고 들어온 것이 아니라 부수고 들어왔습니다. 무엇을 더 설명하란 말입니까?"

노인의 눈가가 부르르 떨린다.

협박하러 왔다면 벽을 부수고 들어올 이유가 없을 것이기 때문이다. 그 말은 지금 들어온 세 명은 백호궁과 전혀 관련이 없다는 말과 같았다. 그리고 함께 들어온 두 명은 여자였다. 지금까지 이곳에 여자가 들어온 일은 한 번도 없었다.

"그, 그럼 너는 누구란 말이냐?"

노인의 말을 받은 것은 나중에 들어온 두 여자 중에 나이가 많아 보이는 여자였다.

"혹시 천기상인(天氣常人)이 아니십니까?"

노인의 얼굴이 굳어졌다.

"나를 아는 당신은 누구시오?"

"저를 벌써 잊어버리다니. 이전에 흑살교검(黑殺驕劍) 나칠득과 싸운 다음 큰 부상을 당했을 때 저를 찾아오지 않았던가요?"

천기상인의 눈에 기광이 스쳤다.

어둠 속에서 자신의 내력을 눈으로 모아 나타난 여자를 자세히 바라보던 그의 표정에 희열이 스쳤다.

"의종 소혜령!"

"아직 저를 기억하시는군요."

"어찌 잊을 수 있겠소."

'그때 이후로 한 번도 잊은 적이 없는데…….'

물론 뒷말은 입 밖으로 나오지 않았다.

한편 관표와 백리소소는 노인이 천기상인이란 말을 듣자 깜짝 놀랐다. 천기상인은 일인전승으로 전해지는 소요검문의 전인으로 백호들 중에서도 가장 강한 인물이었다. 그의 무공은 거의 십이대초인에 필적하는 것으로 알려져 있었다.

소혜령이 천기상인을 보고 미소를 지었다.

"저를 기억하시다니 다행이군요."

천기상인은 관표와 백리소소를 보면서 말했다.

"그렇다면."

"이젠 안심하셔도 됩니다."

소혜령의 말에 한동안 반가워하던 천기상인의 안색이 다시 굳어졌다. 그는 고개를 흔들면서 말했다.

"이미 늦었소. 지금 거의 모든 사람들이 혈강시가 되어가는 중이오. 우리들은 이제 곧 죽거나 환령이라고 불리는 혈강시로 변하고 말 것이오. 내공과 무공은 그대로지만 우리는 이 자리에서 전혀 움직이지 못하오. 나는 그나마 가장 늦게 암수에 걸렸고 내공도 조금 강한 편이라 지금까지 버티고 있지만, 그것도 이제 얼마뿐이오. 그 찢어 죽일 놈만 아니었어도……."

천기상인은 누군가를 생각하면서 몹시 분한 표정을 지어 보였다.

관표가 천기상인에게 다가가 말했다.

"어찌 된 일인지 말씀해 주십시오. 저는 지금 이 상황을 조금 이해하지 못하고 있습니다. 어떤 식으로 당했는지 모르겠지만, 이 많은 분들이 너무 쉽게 당한 것 같아서."

관표의 물음에 천기상인의 얼굴이 흉하게 일그러졌다.

"그 개자식 때문에, 으드득."

관표와 소혜령, 그리고 백리소소는 누군가에게 이들이 배신당했다는 것을 쉽게 눈치 챌 수 있었다.

세 사람은 노인의 마음이 안정되기를 기다렸다.

잠시 후 숨을 돌린 천기상인이 말했다.

"우리를 배신한 자는 검선, 그 호랑말코 개자식이오."

"검선!"

관표와 백리소소, 그리고 의종 소혜령이 모두 놀란다.

특히 관표에게 있어서 검선이란 이름은 조금 특별했다.

어찌 보면 지금의 관표는 검선이 만들어준 것이라고 해도 과언이 아니었다. 물론 검선 자의에 의한 것은 절대 아니지만.

처음 녹림행을 나서서 만났던 검선.

사기꾼이라고 생각했던 그 노인이 구의 중 한 명인 검선으로 불리는 무당의 송명 도장일 줄을 생각도 못했다. 후에 알고 나자 상당히 당황했던 관표였다. 그러나 백리소소가 그 당시 일을 철저하게 조사하고 난 후 관표는 안심할 수 있었다.

당시 검선이 같은 구의 중 한 명이자 소림삼원승 중 한 명인 혜원 대사를 죽인 자란 것을 알아낸 것이다. 그리고 그의 뒤를 캐고 있던 개방의 노가구도 어느 정도 그 일을 눈치 채고 있었다. 그런데 그 이후 행방불명이 된 검선 송명 도장이 백호궁에 있었을 줄이야…….

"우리 백호들은 무공을 수련하는 것 이외에 다른 것에는 관심이 없었소. 그러다가 동료들이 한두 명씩 실종되고 있다는 것을 알았고, 우리는 은밀하게 그 원인을 찾고 있던 중 검선이 무공 하나를 들고 나타났소. 그는 그 무공을 백호들에게 공개한 후 함께 연구하자고 제의를 하였소. 그 무공은 정말 뛰어났을 뿐만 아니라 어떤 무공을 수련한 자라도 익히고 배우는 데 전혀 지장이 없는 독특한 무공이었소. 뿐만 아니라 세상의 어떤 무공도 적절하게 보완해 주는지라 누구든지 배우면 실력 향상에 큰 도움이 될 수 있는 그런 무공이었소. 우리들 중 상당수가 무당의 전대 장로라는 그의 신분을 믿었기에 설마 무공에 이상이 있으리란 생각은 전혀 하지 못했소. 그렇게 시간이 흘렀고, 처음 망설이던 다른 백호들도 그 무공의 뛰어남을 알면서 모두 그 무공을 연구하게 되었소. 물론 나는 자존심 때문에 망설이다 결국 맨 마지막으로 그 무공을 익히게 되었소. 그렇게 이 년이 흐르면서 백호들은 그 무공을 어느 정도 이상씩 터득할 수 있었소."

천기상인의 말을 듣던 관표가 놀라서 물었다.

"이 년 만에 말입니까?"

이 년이면 아무리 무공의 달인들이라고 해도 너무 빠른 진전이었다.

"그 무공은 다른 무공에 비해서 속성이 가능한 무공이었소. 사실 먼저 그 무공을 터득하기 시작한 몇몇 사람들은 아주 상당한 경지까지 그 무공을 익힐 수 있었소. 우리가 그 무공에 아주 만족하고 있을 때였소. 오랫동안 폐관수련하던 묵치가 나타나 백호들과 잔치를 하게 되었소. 모두들 새로운 무공을 터득한 후 묵치와 겨루고 싶어했을 뿐만 아니라, 아주 오랜만에 폐관수련을 끝낸 전왕을 보고자 백호들 모두가 그 자리에 참석했었소. 그리고 우리는 그날 한꺼번에 약물에 중독되어 이곳으로 잡혀 들어오게 되었고, 나중에서야 그 무공에 이상이 있었다는 것을 알았지만 방법이 없었소. 허허. 한데 그게 알고 보니 스스로 강시가 되는 무공이었다니…….”

천기상인의 말을 들은 소혜령이 말했다.

“말은 나중에 하시고 상태를 좀 봐야 할 것 같아요.”

“소용없는 일이오. 우리는 검선이 전해준 무공으로 인해 살아는 있지만 이미 시체나 마찬가지인 상황이오.”

관표가 물었다.

“이 안에서도 그 무공을 계속 익혔단 말입니까?”

“이 안에 갇힌 얼마 후 묵치가 나타났었소. 그는 검선을 비롯해서 처음 무공을 배우기 시작한 여덟 명을 대동하고 있었소. 그제야 우리는 검선이 우리를 속였다는 것을 알았지만 이미 늦은 다음이었소. 중독된 우리는 내공을 끌어 모을 순 있어도 움직일 수가 없었소. 흐흐, 더군다나 우리는 여기에 갇힌 후 음식은커녕 물 한 모금 마시지 못하고 있는 실정이오. 우리가 익힌 강시공은 그 상태에서 우리를 강시화시켜 가는 중이고, 알면서도 우린 그것에서 빠져나갈 방법이 없소. 내가진기도 마음대로 운기할 수가 없어 자살도 할 수 없는 실정이오. 으드득. 개자식, 무당의 장로라는 놈이 오랑캐에게 빌붙어 동료들을 팔아먹다니. 의종, 제발 우리를 죽여주시오.”

관표가 고개를 흔들며 말했다.

“검선은 오래전 보물에 눈이 어두워 친구마저 죽인 자입니다. 그런 자가 무슨 짓인들 못하겠습니까?”

천기상인이 놀란 표정으로 관표를 바라보며 물었다.

“검선을 잘 아시오?”

“저하고 악연이 조금 있습니다. 그보다도 그 이후에 어떻게 되었습니까?”

"묵치는 우리에게 자신의 명령에 따르면 당장 중독을 풀어주고 지금 새롭게 배우고 있는 무공도 완성하게 도와준다고 하였소. 그러나 우리는 그에게 욕설을 퍼부었고, 그와 함께 나타난 검선과 그의 동료들에게도 욕설을 하면서 완강하게 거부를 하였소. 특히 묵치가 전륜살가림의 삼존 중 한 명이라는 것을 알고는 더욱 그의 뜻에 따르는 것을 거부하였소. 묵치는 냉랭하게 비웃으며 말했소."

천기상인은 잠시 숨을 몰아쉬고 마른침을 한 번 삼키며 다시 말을 이었다.

"'너희들이 익힌 무공은 저절로 강시가 되어가는 무공이다. 전혀 의식이 없는 생강시가 되고 싶지 않으면 내 말을 따르라'. 우리가 냉랭하게 웃으면서 그 무공을 더 이상 익히지 않겠다고 말하자 묵치가 웃으면서 말했소. 너희들이 익힌 무공은 이제부터 저절로 운기될 것이라고. 뿐만 아니라 스스로 목숨을 끊으려 해도 불가능한 것이라고. 그 말을 끝으로 그들은 이곳을 떠났고, 그의 말은 틀림없는 사실이었소. 그가 떠난 후부터 우리는 새롭게 배운 무공이 제멋대로 운기되는 것을 느꼈지만 도저히 그것을 멈출 수가 없었소. 그 이후부터 우리는 산 채로 강시화가 되기 시작한 것이오. 그렇게 열여덟 명이나 환령이란 강시가 되어 이곳을 나간 것으로 기억하오. 그리고 의식을 지닌 채 전륜살가림의 개가 된 자들을 일컬어 천령이라 부르는 것으로 알고 있소. 그중 한 명은 거짓으로 그들의 말을 따르는 척하며 우리를 도우려다 살해당하고 말았소."

"환령이 열여덟, 천령이 일곱."

"그렇소."

"그런데 나머지 백호들은 어디에 있습니까?"

천기상인의 입가에 허탈한 미소가 어렸다.

“그들은 어딘가로 끌려갔는데, 그들의 무공이 약해서 환령이 될 수 없다며 그냥 일반 혈강시로 만든다 했으니 아마 천축으로 끌려갔을 것이오.”

그 말을 들은 백리소소가 고개를 끄덕이며 말했다.

“맞을 것입니다. 제가 알기로도 혈강시를 만드는 모든 제반 시설은 천축국의 전륜살가림 본거지에 있고, 여기는 구인촌에서 얻은 지식을 바탕으로 환령을 만드는 것에만 주력을 한 것 같아요. 이는 제가 조사한 것과 같습니다. 우리에겐 불행 중 다행스런 일이기도 하구요.”

천기상인이 물었다.

“불행 중 다행이라니, 그것이 무슨 뜻이오?”

“만약 환령을 천축에서 만드는 중이었다면 우리는 여러분을 이렇게 만나지 못했을 겁니다. 그리고 혈강시가 천축국에서 만들어졌기에 전륜살가림의 본진과 천존을 따로 분리시킬 수 있게 되었구요.”

천기상인이 무슨 뜻인지 모르겠다는 표정으로 백리소소를 보다가 갑자기 이를 악물었다.

“으윽. 이제 또 시작되는 모양이오. 내가 정신을 차릴 수 있는 시간은 겨우 일각. 그 후엔 다시 저절로 혈강시공이 운기되오. 그나마 이제 이 정도로 정신을 차릴 수 있는 것은 나뿐. 의종, 제발 부탁이오. 이들을 전부 죽여 이들의 명예를 지켜주시오. 전륜살가림의 꼭두각시가 되지 않게 해주시오. 그리고 우선 나부터…….”

천기상인은 갑자기 조용해졌다.

마치 선인처럼 앉아서 운기에만 열중하고 있는 모습을 보면서 관표는 의종에게 물었다.

"의종 선배님, 방법이 없겠습니까? 우리가 구인촌에서 얻은 약물과 방법으로 이들을 구할 수 없을까요?"

소혜령이 천기상인의 얼굴을 자세히 살핀 후 그의 가슴에 손을 대고 가만히 진기의 흐름을 살핀 다음 말했다.

"완전히 환령으로 변했다면 어쩔 수 없었겠지만 지금 이들은 그런 상황은 아닌 것 같으니 의외로 쉽게 고칠 수 있지 않을까 생각하네. 어차피 어느 단계까지는 혈강시와 환령을 만드는 법이 같을 것이기 때문일세. 다행히도 구인촌에서 얻은 약물이 충분하니 이들을 거의 전부 고칠 수 있을 것이네."

관표의 얼굴이 밝아졌다.

"다행입니다."

소혜령과 백리소소가 바쁘게 움직이기 시작했다.

도종 귀원이 마종 여불휘를 보면서 말했다.

"드디어 오는군."

"안에서는 시간이 좀 걸리겠죠?"

"그렇겠지."

"어차피 아우가 나오기 전에 들킬 것이라 예상은 하고 있었습니다."

도종은 어깨를 으쓱하는 마종을 보면서 말했다.

"이럴 때 여 아우는 별로 마종 같아 보이지 않는군."

"형님, 마종은 내가 지은 별호가 아니고 강호의 친구들이 붙여준 이름일 뿐입니다."

"흠, 생각해 보니 그렇군. 그런데 생각보다는 좀 빨리 들킨 것 같군."

"그래도 이 정도면 어느 정도 시간을 번 셈입니다."
"한데 그리 많은 숫자는 아니군."
"저들이야 어차피 시작에 불과하겠죠. 그럼 이제 우리가 들켰으니 제가 신호를 하겠습니다."
"그렇게 하게."
도종의 허락을 받은 마종은 품 안에서 폭죽을 꺼내 하늘로 쏘아 올렸다.
'펑' 하는 소리가 들리면서 녹색의 불꽃이 하늘에 수를 놓았고, 그 순간 사방에서 백호궁의 무사들이 모여들어 두 사람을 완전히 포위하였다. 그들 가운데서 한 명의 노인이 걸어나와 앞에 서며 말했다.
"너희들은 누구냐?"
마종이 피식 웃으면서 말했다.
"나도 모르겠는데. 그런데 저 소리가 들리는지 모르겠군."
노인이 흠칫해서 귀를 기울이자 사방에서 고함 소리와 함께 칼부림 소리가 들려왔다.
노인이 눈살을 찌푸렸다. 그러나 그다지 걱정하는 기색은 아니었다.
"무림맹인가? 아님 천문?"
"둘 다지. 아니군, 모두 무림맹 아래 뭉쳤으니 무림맹 하나지."
도종의 말에 노인의 안색이 굳어졌다.
"좋지 않군."
마종이 빈정거리며 말했다.
"당연히 그럴 거야. 더군다나 지금 당신 앞에 서 있는 우리 두 사람도 꽤 만만치 않거든."
노인의 눈에 살기가 어렸다.

"네놈들이 누구인진 모르겠지만 오늘 여기서 반드시 죽을 것이다."

"늙은이, 무척 자신만만하군."

"그거야 당연하지. 이곳은 바로 백호궁이다! 죽여라!"

노인의 명령과 함께 백호궁의 수하들이 일제히 무기를 들고 달려들었다. 마종 천마제 여불휘가 말했다.

"내가 바로 천마제다!"

고함과 함께 그의 검이 수평으로 그어졌다.

칠극천마공공검법이 펼쳐진 것이다.

번쩍.

섬광이 지나가고 단 일검에 무려 십여 명의 백호궁 무사들 허리가 잘라졌다.

"마, 마종."

노인은 그제야 상대가 누구인지 알자 얼굴이 굳어졌다.

"나만 있는 것이 아니라 여기 내 의형이신 도종 불패도 형님도 계신다, 이 바보 늙은이야!"

마종의 고함에 노인의 안색은 더욱 창백해졌다.

십이대초인 중 두 명이었다.

일반 무사들로 이길 수 있는 자가 아니었다. 자신 역시 이들의 상대는 아니다. 노인은 품 안에서 폭죽을 꺼내 쏘아 올렸다.

'펑' 하는 소리와 함께 붉은색 불꽃이 터져 나갔다.

그와 동시에 폭죽을 쏘아 올린 노인의 목이 떨어져 나갔다.

노인의 목을 친 도종이 고개를 흔들며 말했다.

"내가 조금 늦었군."

말은 그렇지만 죽은 노인은 만만한 자가 아니었다.

노인은 백호궁의 내순찰당 당주였고, 그의 수하들은 모두 순찰당 소속의 무사들이었다.

노인의 수하들이 놀라서 당황하고 있을 때였다.

"모두 물러서라!"

고함과 함께 두 명의 노인과 한 명의 중년인이 나타났다.

중년인이 앞으로 나서며 도종과 마종에게 포권을 했다.

"백호궁의 묵뢰라고 합니다. 두 분은 당당하게 자신의 이름을 밝혀주시기 바랍니다."

도종이 피식 웃으면서 말했다.

"제법 묵직하게 나오는군. 나는 불패도 귀원이고, 여기 내 아우는 천마제라 불리는 여불휘라 하네."

묵뢰와 두 노인의 여유있어 보이던 표정이 굳어졌다.

칠종의 두 명이면 누구라도 이들을 만만하게 볼 수 없는 일이었다. 그러나 묵뢰는 곧 침착하게 다시 물었다.

"두 분께서는 야심한 이 시각에 이곳엔 무슨 일이십니까?"

마종이 피식 웃으며 말했다.

"지금 와서 이유를 묻다니, 백호를 강시로 만들어서 천문을 기습한 배짱에 어울리지 않는군. 당연히 우리는 아직 강시가 되지 않은 백호들을 구하러 왔지."

마종의 말에 묵뢰는 오히려 홀가분한 표정으로 말했다.

"하긴, 이제 더 이상 숨기려는 생각도 없긴 했습니다. 두 분을 이렇게 만나게 되어 참으로 유감입니다."

도종이 무표정한 표정으로 묵뢰를 보면서 말했다.

"무슨 유감씩이나. 그건 그렇고, 자네 우리 앞에서 무척 태연하군.

저 두 명의 노물을 믿고 그러는 것 같은데. 아무래도 둘 중 한 명은 내가 아는 자 같군. 그렇지 않은가, 왕죽?"

두 명의 노인 중 마르고 키가 큰 노인이 움찔하더니 곧 히죽거리며 웃었다.

"귀원, 살아 있었군 그래. 흐흐."

"보아하니 전륜살가림에 붙어서 얻은 게 좀 있는 것 같군 그래."

왕죽은 모호한 표정으로 말했다.

"그거야 잠시 후면 알게 되겠지. 사실 나는 자네를 꼭 한 번 만나고 싶었네. 내 평생 소원이 자네를 꺾는 거였으니. 흐흐."

마종은 새삼스런 표정으로 왕죽을 바라보고 있었다.

철절마도(七絶魔刀) 왕죽.

강호에 그의 이름을 모르는 사람이 있을까? 그는 비록 십이대초인은 아니지만 그들과 자웅을 겨룰 수 있는 몇 안 되는 고수 중 한 명으로 알려진 자였다.

제아무리 산골에 처박혀 있던 마종이라고 해도 모를 수 없는 이름인 것이다. 도로 치면 강호에서 세 손가락 안에 들어간다는 고수 중의 고수로 불패도 귀원에게 세 번 도전해서 세 번 다 진 것으로도 유명했다.

도종이 그런 왕죽을 무시하며 말했다.

"이번엔 이길 수 있으려나."

왕죽이 입가를 씰룩거리며 말했다.

"궁주, 도종은 나에게 맡기시게."

그의 강한 의지를 느낀 묵뢰가 고개를 끄덕이며 한쪽으로 물러섰다. 도종 역시 왕죽을 향해 나설 때, 왕죽과 나란히 서 있던 노인도 천천히 앞으로 나서며 말했다.

"그럼 마종이란 저자는 내가 맡아야겠군."

마종은 담담한 표정으로 노인을 보면서 물었다.

"신분부터 밝히는 것이 예의일 것 같은데."

노인이 피식 웃으면서 말했다.

"그거야 싸워보면 알겠지. 하지만 자네는 오늘 무척 운이 없다는 것을 곧 알게 될 거야."

"흠."

마종은 짧게 신음하면서 노인을 다시 한 번 보았다.

칠종 중 한 명을 앞에 놓고도 저 정도의 자신감을 보인다는 것은 그만큼 강자란 뜻이었다. 그러나 노인의 모습은 무인이라기보다는 선비 같았다.

소위 말하는 선풍도골의 모습이란 바로 이 노인을 두고 하는 말일 것이다. 노인의 허리에 걸린 한 자루의 철검이 아니었으면 꼼짝없이 학자로 오인할 뻔한 모습이었다.

마종은 검을 뽑아 들고 노인에게 다가선 다음 가볍게 웃으면서 말했다.

"누구 운이 나쁜지는 두고 봐야지."

"흐흐, 그럼 시작할까?"

노인은 말을 끝내기가 무섭게 선공을 하였고, 마종은 검으로 반월을 그리면서 자신의 가슴으로 날아오는 한줄기 섬광을 막아내야 했다.

'챙' 하는 소리가 들리면서 마종이 뒤로 한 걸음 물러섰다.

그의 표정이 심각하게 굳어졌다.

어느 틈엔가 마종의 가슴 언저리 옷이 예리하게 베어진 채 팔락거리고 있었던 것이다. 조금만 늦었으면 옷이 아니라 심장이 갈라졌을 것이다.

반대로 노인은 여전히 제자리에 서 있었는데, 다르다면 그저 검을 뽑아 들고 서 있다는 것뿐이었다.

'빠르다.'

마종은 노인의 쾌검이 극상승에 이르러 있다는 것을 인정했다.

상대는 능히 칠종을 이길 수 있는 실력자인 것이다. 물론 그 능력은 강시공을 익히면서 얻은 것일 터이다. 그러나 강시공을 익히기 전에 어느 정도 이상의 실력을 가진 자가 아니라면 지금 같은 위력적인 쾌검은 불가능할 것이다.

마종은 물러섰던 한 발을 앞으로 내디디며 말했다.

"멋진 수. 누구인지 모르지만 정말 대단한 쾌검이오. 하지만 이제 내 검을……."

"말이 많은 자군."

노인의 검이 말을 하는 마종의 얼굴을 향해 찔러왔다.

두 번째 공격이었다.

슈욱.

하는 소리와 함께 찔러오던 검에서 검기가 직선으로 뿜어져 나왔다. 마종이 고개를 한쪽으로 꺾었지만, 뺨을 살짝 스치고 지나간다.

'이건 빨라도 너무 빠르다.'

마종은 가슴이 서늘해지는 것을 느꼈다. 그러나 그 정도에 기가 죽을 마종이 아니었다. 마종의 검이 무서운 속도로 회전하며 노인의 목과 어깨를 노리고 반격을 가하기 시작했다.

번쩍.

하는 섬광이 일면서 노인의 검이 마종의 검을 감아갔다.

탕!

소리와 함께 검과 검이 충돌하는 순간, 마종은 자신의 검이 옆으로 밀리는 것을 느꼈다.

'이건 말도 안 된다! 전혀 보지도 듣지도 못했던 자가 칠종의 한 명인 나보다 위라니. 아무리 강시공을 터득한 자라곤 하지만.'

마종으로선 기가 막힌 일이었다.

第十一章

맹룡분광(猛龍分光)

—소소라는 이름을 함부로 부르지 말아라!

그녀는 나의 여자다

둘의 대결을 보면서 도종 역시 마음이 무거워지는 것을 느꼈다.

칠절마도 왕죽은 노인이 마종보다 우세하게 대결을 벌이는 것을 보자 저절로 힘이 났다.

'이번에야말로 반드시 불패도의 신화를 깨겠다.'

왕죽은 자신감을 불태우며 도종을 바라보았다.

도종 역시 왕죽을 보던 참이었다.

"이제 우리도 어울려 볼까, 귀원?"

"나는 벌써부터 기다리고 있었다."

"흐흐, 그랬던가? 그럼 가지."

왕죽의 신형이 무서운 속도로 다가오면서 허리에 찬 도를 뽑아 들었다. 도종 역시 동시에 도를 뽑아 들면서 십절광한도법의 삼대살수 중 하나인 광한명강(擴悍鳴罡)을 뽑어냈다.

속전속결을 생각한 것이다.

서걱.

소리가 들리면서 칠절마도 왕죽이 뒤로 두어 걸음 물러섰다. 한 번의 충돌로 인해 왕죽의 옷이 너덜너덜해져 있었지만 도종 역시 가슴 부분의 옷자락이 베어져 있었다.

도종의 안색이 굳어졌다.

"제법이다. 그럼 이것도 막아봐라."

도종의 도에서 무려 열 가닥의 실낱같은 도기가 뿜어지면서 왕죽의 몸을 난도질해 갔다. 왕죽의 눈에 광기가 어렸다.

도종 귀원의 도초.

너무 잘 아는 초식이었다.

"흐흐, 광한도법의 최고 살초인 십기단도구나. 기다리고 있었다!"

왕죽이 손에 든 마도를 휘두르며 마종 귀원에게 달려들었다.

방어가 전혀 없는 초식.

마치 공격해 오는 귀원의 도기 속으로 몸을 던지는 것 같았다.

파르르릉.

하는 기음이 들리면서 도종 귀원의 신형이 부르르 떨렸다.

도종 귀원의 몸에 세 가닥의 큰 상처가 나 있었는데, 그 상처 사이로 피가 흘러나오고 있었다. 반면에 왕죽의 몸에는 무려 다섯 군데나 큰 상처가 나서 뼈가 다 드러나 보였다. 그런데 그 상처가 무서운 속도로 아물고 있었다.

그것을 본 도종 귀원의 표정이 굳어졌다.

"오랑캐에게 자존심을 판 대가가 그것인가?"

왕죽이 히죽거리며 웃었다.

"이것은 그중 하나에 불과하지."

왕죽의 신형이 무서운 속도로 전진하며 다시 한 번 도를 휘둘러왔다. 칠절마도의 여섯 번째 초식인 귀음연희(鬼陰演戲)였다. 이미 세 번이나 겨루었던 귀원이었기에 그 초식에 대해서는 잘 알고 있었지만, 지금의 귀음연희는 이전의 그것과는 완전히 달랐다.

'이건 뭔가? 분명히 보이는 도기의 뒤쪽에 음험한 기운이 도사리고 있다. 자칫하면 낭패를 당하겠다.'

귀원은 가슴이 서늘해지는 것을 느꼈다.

처음으로 질지도 모른다는 생각이 들었던 것이다.

"차앗!"

하는 기합과 함께 귀원의 도에서 무시무시한 기운이 흘러나왔다. 쌍절사라사한도법의 제일초가 펼쳐진 것이다. 수십 가닥의 도기가 엉켜들었다. 그리고 그 사이로 사이한 몇 가닥의 도기가 스며들면서 귀원의 사혈을 노리고 달려든다.

귀원은 그 기운을 느끼곤 도법의 초식을 방어와 공격에 있어서 칠 대 삼 비율로 나누어 펼쳐 냈다.

도기와 도기가 엉켜들었다.

'서걱' 하는 소리가 들리면서 귀원의 신형이 뒤로 주르륵 밀려났다. 그의 몸에 다섯 가닥의 상처가 다시 났고, 왕죽의 배는 쩍 갈라져서 내장이 다 보일 정도였다. 그런데 그 상태에서도 왕죽은 히죽거리며 웃고 있었다.

왕죽을 노려보던 귀원은 그의 몸이 순식간에 아물어가는 것을 보고 혀를 찼다.

"허, 정말 대단하군. 하지만 이번에도 그럴 수 있나 보자."

귀원의 도에서 무시무시한 한광이 뿜어지면서 왕죽의 몸을 둘로 갈라갔다. 그 매서운 공격에도 불구하고 왕죽은 입가에 비웃음을 머금고 마주 공격을 감행하였다.

귀음도라 불리는 그의 마도가 칠절마도의 마지막 초식을 펼치고 있었다. 동시에 상황을 주시하고 있던 묵뢰의 뒤쪽에서 한 가닥의 섬광이 뿜어져 나와 공격하는 도종 귀원을 향해 날아갔다.

'촤앙', '서걱' 하는 소리가 동시에 들리면서 도종 귀원의 신형이 다섯 걸음이나 뒤로 물러서고 있었다. 그의 몸은 온통 피투성이였다. 도종은 묵뢰의 뒤쪽을 보면서 말했다.

"으윽, 비겁한 놈. 대체 누구냐? 숨어 있지 말고 당당하게 나서라!"

다시 한 번 가슴이 갈라지면서 뒤로 몇 걸음 물러난 왕죽이 별거 아니란 표정으로 말했다.

"아, 그는 나와 달리 자존심이 있는 땡중이라 할 수 없이 지능을 없애고 환령으로 만들었지. 흐흐."

왕죽이 이죽거릴 때 묵뢰의 뒤에서 한 명의 노승이 걸어나왔다. 표정은 없지만 인자한 모습인 노승은 손에 비발 하나를 들고 있었다. 노승을 본 도종 귀원의 표정이 굳어졌다.

"고불… 공동파의 고불이라니. 허허……."

도종은 한눈에 그 노승이 공동파의 전대 장로로 일수비발(一手飛鈸)이라 불리던 고불임을 알아보았다.

둘은 이전에 안면이 있었던 것이다.

'그 불심 깊다던 고불마저도 환령이 되다니……. 상황이 좋지 않다.'

도종은 암담한 표정을 지었다.

칠절마도 한 명만 해도 쉽지 않은데 고불까지 협공을 한다면 아무리 생각해도 삼 할 이상의 승산을 점치지 못할 것 같았다.

'이제 관 아우와 제수씨가 일을 빨리 끝내고 나오길 기다리며 시간을 끌 수밖에 없다.'

생각을 굳히면서 옆에서 싸우는 마종을 보았다. 마종은 노인과 일진일퇴를 벌이고 있었는데, 시간이 갈수록 노인에게 밀리고 있었다. 실력의 문제가 아니었다.

아무리 상처를 주어도 바로 바로 나아버리는 신체 앞에서 지쳐 간다고 보는 것이 옳았다.

도종과 마종이 악전고투하는 동안 그들을 지켜보는 묵뢰 역시 초조하긴 마찬가지였다. 지금 마종과 도종이 전각 앞을 막고 있는 이유를 이미 눈치 채고 있었기 때문이다.

사방에서 습격해 온 무림맹의 연합군은 두렵지 않았다. 이미 준비를 하고 있었고, 자신이 없어도 그들을 이길 수 있다고 믿었기 때문이다.

요는 전각 안으로 들어간 자들이 문제였다.

'지금까지 들키지 않고 저 안으로 들어간 자들이라면 분명히 십이대초인들일 것이다.'

짐작이 아니라 확신이었다.

그들이 아니라면 세 명의 환령이 지키는 전각 안으로 몰래 숨어들기란 불가능할 것이기 때문이다.

'백호들이 전부 환령으로 변하기 전에 먼저 천문을 공격하는 것이 아닌데. 조금 성급했나? 그래도 이제 변하는 것은 없을 것이다. 우리는 충분히 강하다.'

스스로를 위안한 묵뢰는 지금 시급한 것을 생각해 보았다.

'우선 전각 안으로 들어간 자들을 먼저 죽여야 한다. 자칫하면 환령이 되가는 백호들을 모두 잃을 수 있다.'

물론 백호가 있는 곳을 찾기는 쉽지 않겠지만 그래도 만에 하나라는 것이 있었다.

묵뢰는 먼저 상황을 살펴 보았다.

한 명의 환령과 두 명의 천령이 우세하게 도종과 마종을 공격하는 것을 확인하고 약간 안심이 되었다. 그때 뒤에서 세 명의 인물이 나타났다.

"아버님, 어찌 된 일입니까?"

묵뢰는 나타난 청년을 바라보았다.

그는 자신의 맞아들인 뇌정권 묵호였다. 그리고 그의 뒤에는 백리장전과 묘선이 따르고 있었으며, 한 명의 환령이 함께하고 있었다.

"마침 잘 왔다. 너는 나와 함께 전각 안으로 들어가서 침입자들을 처리해야 한다. 따라오너라!"

"네, 아버님. 모두 따라오시오."

묵뢰와 묵호가 앞장을 서자 백리장전과 묘선, 그리고 한 명의 환령이 그 뒤를 따랐다.

도종과 마종은 상대하고 있는 강적들 때문에 묵뢰를 저지할 수가 없었다.

관표는 조금 초조했다.

이미 지상에서는 결전이 벌어지고 있을 것이다. 그러나 백호들을 치료하고 있는 소혜령과 백리소소는 아직도 시간이 더 필요하다고 말하는 중이었다.

한쪽에 서서 백호들을 부지런히 치료하고 있는 소혜령과 백리소소를 바라보던 관표가 부서진 벽을 통해 천천히 밖으로 나가려 하였다. 무엇인가를 느낀 듯 백리소소가 그의 뒤를 따르려 하자 관표가 고개를 돌리고 말했다.

"나에게 맡겨두시오."

"강자들입니다."

"내가 알아서 하리다."

"가가."

"걱정 마시오. 그렇지 않아도 요즘 내 무공에 대해서 정리하고 있던 중이라 강자들과의 대결은 나에게 보약이 될 것이오."

백리소소는 관표의 의지가 굳건한 것을 느끼자 어쩔 수 없다는 표정을 지었다.

"조심하세요."

"걱정 마시오."

대답을 한 후 관표는 한월을 자신의 허리에 차고 밖으로 나갔다.

백리소소는 관표의 등을 걱정스럽게 바라보았다.

소혜령이 백리소소의 어깨를 다독거리면서 말했다.

"너무 걱정하지 말거라. 내가 보기에 표아의 무공은 근래 들어서 또 다른 발전을 이루고 있는 것 같았다."

"무공이 그렇게 쉽게 발전하는 것은 아니라 알고 있습니다."

소혜령이 미소를 지으며 말했다.

"표아는 지닌 내공도 대단하지만 배운 무공도 상당히 복잡하다고 들었다. 그것을 제대로 활용하지 못하고 있다가 근래 들어서 그 무공들을 하나로 꿰어내고 있는 것 같다. 실제 무공이 늘었다기보다는 자신이 지닌 실력에 걸맞은 무공의 깊이를 알았다고 보는 것이 옳겠구나. 그러니 믿어보자. 그보다는 우리도 빨리 서둘러야 한다. 우리가 늦으면 밖에서 싸우는 무림맹 사람들이 더 죽어갈 것이다."

"하지만 사부님."

백리소소는 몹시 불안해하고 있었다.

소혜령은 가만히 그녀의 얼굴을 보고 미소를 짓다가 말했다.

"이미 귀중한 혈육을 둘이나 잃었으니 네가 초조해하는 것도 무리는 아니다. 그리고 표아는 이제 생겨난 아이의 아버지라 더욱 걱정스럽겠지."

백리소소의 얼굴이 붉게 물든다.

"사, 사부님, 그걸 어떻게……."

"내가 신의란 말을 괜히 듣는 줄 아느냐?"

백리소소가 고개를 숙이자 소혜령이 웃으면서 말했다.

"자, 우리는 빨리 우리 일을 하자꾸나. 밖의 일은 표아에게 맡기면 된다. 정 걱정스러우면 틈틈이 밖을 내다보면 될 것이야."

"알았습니다, 사부님."

소혜령이 다시 백호들의 맥을 보며 침을 놓자 그녀는 그 뒤를 따르며 백호들의 혈을 눌러 입을 벌리게 한 후 알약 하나를 입 안에 넣어주었다. 그리고 다시 혈을 눌러 강제로 약을 먹게 한다. 그러면서도 바깥쪽을 살피는 것을 게을리 하지 않는다.

여차하면 도울 생각을 하면서.

관표가 부서진 벽을 통해 밖으로 나왔다. 그곳은 실험용 혈강시들이 있는 곳이었다.

관표는 그 방의 중간쯤에 서서 문 쪽을 바라보았다.

잠시 후 묵뢰와 묵호를 비롯하여 두 명의 천령, 그리고 한 명의 환령이 차례대로 들어왔다. 묵뢰는 관표를 보고 그가 누구인지 한눈에 알 수 있었다. 비록 만나지는 못했지만, 귀가 아프게 들은 이름이 바로 투왕 관표 아닌가.

담담한 묵뢰와는 달리 그의 아들 묵호는 관표를 알아보고 몹시 격앙된 표정이었다. 침착하려 애쓰지만 그의 얼굴은 이미 딱딱하게 굳어 있었다. 그를 보자 백리소소가 생각났던 것이다.

묵뢰는 관표를 잠시 살펴보다가 관표 뒤로 부서진 벽을 보고 안색이 일변하였다.

"네놈이 바로 투왕 관표란 애송이냐?"

묵뢰의 물음에 관표가 한월을 뽑아 들면서 말했다.

"애송이는 모르겠고, 내 이름이 관표인 것은 맞지. 그런데 그렇게 묻는 당신은 누구지?"

"말버릇이 없군. 나는 여기 주인이다."

"묵치는 아닌 것 같고, 묵뢰인가?"

"그렇다."

관표의 표정이 굳어졌다.

"잘 왔다. 너를 꼭 보고 싶었다."

"너라고? 어린놈이……."

"산 사람을 강시로 만들어서 생체 실험을 하다니, 네놈이나 백호궁은 살아 있을 자격이 없다. 그리고 존중받을 가치도 없지."

"네놈이 죽을려고……."

묵뢰는 말을 멈추었다.

관표가 도끼를 들고 공격해 오고 있었던 것이다. 그런데 이때 묵호가 손을 들며 고함을 질렀다.

"잠깐 멈춰라! 너에게 물을 것이 있다!"

관표가 공격을 멈추고 묵호를 바라보았다.

"네가 관표라면 소소 낭자도 함께 왔느냐?"

관표의 표정이 냉랭하게 굳어졌다. 이미 묵호와 백리소소의 관계는 들어서 알고 있던 참이었다.

"소소라는 이름을 함부로 부르지 마라! 그녀는 나의 여자다!"

묵호의 얼굴이 창백해졌다. 그러나 그 표정은 금세 분노와 질투로 가득해졌다. 오랫동안 수련을 하고 나왔지만 소소에 대한 애증은 조금도 식지 않았던 것이다.

잊었다고 생각했는데 오히려 집착이 더 강해진 것 같다.

"네놈 따위가 가질 여자가 아니다! 너 같은 녹림의 좀 도둑 때문에 내 여자가……."

관표의 얼굴에 살기가 어렸다.

"참으로 어리석은 놈이군. 집에서 교육을 잘못 받았구나."

그 말에 묵뢰의 표정마저 일그러졌다.

"어서 저놈을 죽여라!"

묵뢰의 고함과 함께 기다리던 백리장전이 앞으로 튀어 나갔다.

이미 관표가 백리장천의 손녀사위란 사실을 알고 살심을 품고 있던 백리장전이었다. 명령이 떨어지기가 무섭게 들고 있던 검을 휘두르며 단숨에 관표의 목을 베려 하였다.

관표의 도끼가 섬광을 뿌리면서 백리장전의 검세를 막았다.

백리장전의 검과 관표의 도끼가 충돌하며 '차앙' 하는 소리를 냈다.

백리장전은 도끼의 힘을 이기지 못하고 뒤로 세 걸음이나 물러서서 안색을 굳혔다. 투왕이란 명성은 들었지만, 설마 관표의 무공이 이 정도일 거라고는 생각하지 못했던 것이다.

백리장전이 놀랐듯 관표 역시 놀라고 있었다. 물론 관표가 놀란 것은 백리장전의 그것과는 전혀 다른 이유 때문이었다.

관표는 백리장전을 노려보며 말했다.

"네놈의 검법은 분명히 백리세가의 검법. 네가 바로 백리장전이구나! 그렇지 않아도 꼭 보고 싶었다."

관표의 살기에 백리장전은 가슴이 쿵 하고 내려앉는 것 같아 몸을 부르르 떨었다. 스스로 천령이 된 이후는 물론이고 이전에도 느껴보지 못했던 두려움에 백리장전은 당황하였다.

"네, 네놈이 감……."

더 말을 할 수가 없었다.

관표의 손에서 날아간 도끼가 직선으로 날아오고 있었다.

특별히 위력 있어 보이지 않았지만 무척 빠른 속도였다.

'푸르르' 하며 날아오는 소리로 보아 도끼는 무거움보다는 가벼운 쾌속함과 날카로움을 겸비한 채 날아오는 것 같았다. 백리장전은 검을 대각선으로 휘둘러 날아오는 도끼를 쳐냈다.

'땅' 하는 소리가 들리면서 검으로 도끼를 쳐내는 순간 백리장전은 뭐가 잘못되었다는 것을 알았지만 그땐 이미 늦은 다음이었다.

도끼를 친 검은 부러지고 도끼는 오히려 더욱 빠른 속도로 날아와 백리장전의 머리에 틀어박혔던 것이다.

묵뢰와 묵호, 그리고 묘선은 멍한 표정으로 백리장전의 부러진 검과 머리에 박혀 있는 손도끼를 바라보았다. 그리 강해 보이지 않는 도끼가 어떻게 천령의 머리에 틀어박힐 수 있단 말인가? 그러나 그들이 놀라는 것 이상으로 관표 또한 놀라는 중이었다.

한월은 단순하게 날아간 것이 아니라 운룡천중기의 무거움과 대력철마신공의 신기결이 겹쳐 있어서 제아무리 단단한 만년묵철이라도 잘라낼 수 있는 위력을 지니고 있었다. 그런데 그 도끼가 겨우 인간의 머리 하나 쪼개지 못하고 박힌 채 멈춘 것이다.

"저건 쇠대가리군."

관표는 조금 어이가 없어서 중얼거렸다.

백리장전의 머리에서 피가 조금 흐르다 멈춘다.

"흐흐."

백리장전은 웃고 있었다.

그는 머리에 박힌 한월을 힘껏 뽑아냈다. 그러자 갈라졌던 머리가 다시 붙으면서 정상으로 돌아가는 것이 아닌가.

그것을 본 관표는 할 말을 잃고 말았다.

"혈강시군. 아니, 혈강시 이상이군. 그렇다면 천령이군."

묵뢰가 냉랭한 목소리로 말했다.

"흐흐, 어떤 놈이 말한 모양이군. 맞다. 백리장전은 천령이다. 그리고 천령은 반불사신이다."

"반불사라니, 그럼 불사는 아니군."

관표는 냉랭하게 대꾸하면서 잠룡어기환의 신법으로 막 머리가 아물어가는 백리장전에게 달려들었다. 백리장전이 기겁해서 뒤로 물러섰고, 묵뢰와 묘선이 그 앞을 가로막으면서 관표를 향해 달려들었다.

얼떨결에 이 대 일의 대결을 벌여야 하는 상황이었지만 관표의 표정은 변함이 없었다.

묵뢰의 손에서 펼쳐진 것은 뢰운대정권이라는 권공이었다.

대뢰음사의 뇌음신공과 소뢰음사의 대정무적권이 합해져서 만들어진 권공으로 백호궁의 이대권공 중 하나였다.

백호궁 최고의 무공으로 묵치의 권공인 묵정뢰권이 있었지만, 그 무공이 자신과 맞지 않는다고 생각해서 뢰운대정권을 만들어 터득한 묵뢰였다.

우르릉.

은은한 뇌성이 들리면서 한 가닥의 권풍이 관표를 향해 몰려갔다. 반면에 묘선의 무공인 음마공은 극유극음의 무공으로 뢰운대정권과는 정반대의 무공이었기에 의도하지 않았지만 둘의 협공은 궁합이 아주 잘 맞았다.

앞으로 달려들던 관표의 신형이 갑자기 멈추는가 싶더니 팽이처럼 돌아갔다.

동시에 관표는 양손으로 맹룡분광수의 광룡을 펼쳐 냈다.

관표가 삼절황 중 하나인 맹룡분광수를 처음부터 펼친 것은 상황을 속전속결로 끝내기 위해서였다. 한 마리의 용이 미친 듯이 용틀임을 하면서 묵뢰와 묘선을 덮쳐 갔다.

도저히 항거할 수 없는 힘에 묵뢰의 안색은 창백하게 질렸고, 천령인 묘선조차 겁을 먹고 급히 자신의 전 내공을 끌어올렸다.

'꽝' 하는 소리와 함께 묵뢰의 신형이 삼 장이나 날아가 바닥에 처박혔고, 묘선은 뒤로 날아가 지하 동굴 벽에 들어가 박혀 버렸다. 그 어마어마한 광경에 묵호는 감히 달려들 생각도 못하고 넋을 잃은 채 관표를 바라보았다. 설마 자신보다 나이가 어린 관표의 무공이 이렇게 강할 줄은 생각도 못한 것이다.

"크아악!"

막 머리가 아문 백리장전이 관표를 향해 달려들었다. 관표가 다시 한 번 맹룡분광수를 펼치려 할 때였다.

'슈욱' 하는 소리에 이어 '퍽' 하는 소리가 연이어 들리면서 차가운 얼음화살 하나가 날아와서 백리장전의 머리에 틀어박혔다. 안쪽에서 백호들을 치료하던 백리소소가 관표가 백리장전에게 하는 소리를 듣고 요궁을 든 채 기회를 보다가 한 발을 날린 것이다.

조부를 죽인 원수가 나타났다고 하자 그녀의 스승인 소혜령도 백리소소가 나서는 것을 말리지 않았다.

백리장전이 자신의 머리에 박힌 화살을 손으로 뽑아내자 화살이 박혔던 자리가 다시 아물어갔다. 그러나 그가 화살을 뽑아 들 때 관표가 다시 달려들고 있었다.

백리장전은 한 손에 든 검으로 달려드는 관표의 얼굴을 향해 휘둘렀다. 관표는 달리는 속도에 더해서 잠룡둔형보법을 밟았다. 그러자 그의 몸이 갑자기 왼쪽으로 틀어지더니 넋을 놓고 구경하는 묵호를 향해 달려들었다.

갑자기 관표가 자신에게 달려들자 묵호는 기겁해서 뒤로 피하려 했다. 정면으로 마주 싸울 생각은 애초부터 하지도 못하는 묵호였다. 그러나 그것은 묵호의 너무 큰 실수였다.

묵호가 뒤로 피하려 하자 관표의 신법이 잠룡어기환으로 바뀌면서 갑자기 빨라졌다. 그 모습을 본 묵뢰와 백리장전이 부상을 무릅쓰고 고함을 지르면서 관표에게 달려들려 했지만, 백리장전은 다시 날아오는 화살을 막아야 했고, 묵뢰는 거리가 너무 멀었다.

'퍽' 하는 소리가 들리면서 관표의 오호룡 중 하나인 광룡살수가 묵호의 가슴을 가격하였고, '컥' 하는 비명과 함께 묵호의 신형이 뒤로 삼 장이나 날아가 구인촌의 혈강시들이 있던 방의 문살을 부수고 들어가 고꾸라졌다.

몸을 덜덜 떠는 것으로 보아 살아남기는 힘들 것 같았다.

묵뢰는 몸을 부들부들 떨었다.

그는 죽어가는 자신의 장남을 보았다가 다시 관표를 바라보고 말했다.

"네놈을 반드시 죽이고 말겠다!"

관표는 대꾸하지 않았다.

일일이 대꾸하기가 귀찮은 것이다.

대신 그의 신형이 무섭게 회전하면서 백리장전을 향해 달려들었다. 백리장전은 막 백리소소의 화살을 피하자마자 갑자기 관표가 달려들자 화가 났다.

강해지자고 살아 있는 강시가 되었다.

그래서 강해졌고, 강해진 대가로 음식 맛을 잃었으며 아픈 느낌도 잊어버렸다. 먹지 않아도 살아가는 데 전혀 지장이 없는 몸이 되었지만, 사실 죽은 시체나 다름없는 몸이 된 것이다.

그렇게 많은 회생을 하고 강해졌음에도 이렇게 쩔쩔매고 있는 자신이 한심하고 화가 났던 것이다. 생각해 보니 그까짓 화살 안 피해도 된다. 비록 그 위력이 매서워 자신의 몸을 뚫긴 했지만 아픔을 느끼는 것도 아니고 죽는 것도 아니었다.

그 정도의 상처라면 바로 회복되는 신체가 바로 천령의 신체 아닌가? 생각해 보니 자신이 겁먹을 이유가 없었다.

"그래, 오너라! 내가 네놈을 반드시 죽이고 말겠다!"

갑자기 용기백배한 백리장전이 관표를 향해 검을 휘둘렀다.

그의 검에 맑은 광채가 어린다.

검강이 발현된 것이다.

그 순간 백리소소의 화살이 날아오고 있었지만 백리장전은 전혀 개의치 않았다. 관표는 백리장전의 검에 실린 맑은 광채를 보자 상대가 검강을 시전했다는 것을 알았다. 그리고 이때 벽에서 빠져나온 묘선이 관표의 등을 노리고 습격해 왔다.

협공.

그러나 관표는 당황하지 않고 맹룡분광수의 광룡을 다시 한 번 펼쳤다.

그의 양손에서 각각 한 가닥씩의 섬광이 용으로 변해 하나는 백리장전에게, 또 하나는 뒤에서 달려들던 묘선을 향해 날아갔다.

'퍽' 하는 소리와 함께 달려들던 묘선의 신형이 뒤로 다시 튕겨져 나갔다. 그리고 또 하나의 용은 백리장전의 검강과 정면으로 충돌하였다.

'퍽' 하는 소리가 다시 한 번 들리면서 백리장전의 부러진 검이 다시 반 토막이 나면서 백리장전은 뒤로 주르륵 밀려 나갔다. 그리고 그 순간 한 대의 빙전이 날아와 백리장전의 머리에 다시 한 번 박혀들었다.

빙전은 머리에 박혔다 싶은 순간 '꽝' 하는 소리와 함께 터져 버렸다. 백리장전의 머리에 박힌 것은 빙살폭뢰전이었던 것이다.

제아무리 천령이라도 머리가 터지면 방법이 없게 마련이다.

관표의 신형이 다시 꿈틀거리며 일어서서 다가오는 묘선을 향했다.

묘선은 관표에게 다가서다가 백리장전이 죽자 몸을 부르르 떨었다.

그 모습을 본 묵뢰가 이를 악물었다.

"뭐 하는가? 빨리 저놈을 죽여라!"

그러나 묘선은 머뭇거리면서 감히 관표에게 달려들지 못했다.

묵뢰의 표정이 차갑게 굳어졌다.

"이것이 내 명령을 거부해."

묵뢰는 입으로 무엇인가를 중얼거리더니 묘선을 보고 고함을 질렀다.

"묘선, 저자를 죽여라!"

묵뢰의 명령에 묘선의 눈동자가 갑자기 돌아가더니 그녀의 몸에서 무시무시한 광기가 뿜어져 나오기 시작했다. 그것을 본 묵뢰가 다시 한 번 명령을 내렸다.

"공격하라!"

묘선의 신형이 고양이처럼 빠르게 관표를 향해 달려들었다.

죽음을 도외시한 채 달려드는 묘선을 본 관표는 인성을 가진 혈강시라 불리는 천령의 비밀을 알 수 있을 것 같았다.

어차피 어떤 식으로든 안전장치는 했을 것이라고 생각했지만 이렇게 지독한 방법을 쓰리라곤 생각하지 못했다. 어느 순간 명령을 내리면 인성이 사라지고 완전히 강시가 되어 명령한 일만을 수행하게 되는 혈강시가 바로 지금 백리장전이나 묘선과 같은 최상위 혈강시인 천령인 것이다.

관표는 갑자기 분노가 이는 것을 느꼈다.

조금 전에 본 구인촌 사람들의 처참한 모습이 떠올랐다.

"묵뢰, 절대로 네놈을 살려놓지 않겠다!"

고함과 함께 관표의 손에서 무시무시한 거력의 힘이 뿜어져 나와 한 마리의 찬란한 금룡으로 변해 묘선을 덮쳐 갔다.

맹룡분광수의 마지막 초식인 진룡이 펼쳐진 것이다.

대력철마신공의 진자결과 맹룡십팔투가 합쳐져서 만들어진 진룡은 삼절황을 터득한 후 제대로 펼쳐 본 것은 이번이 처음이라 할 수 있었다.

'슈욱' 하는 소리가 들리면서 용이 묘선의 품으로 사라졌다. 그녀가 펼친 극음극유의 마공은 흔적도 없이 사라지고 난 다음이었다.

진룡의 파괴력 앞에서 흩어져 버린 것이다.

털썩, 묘선이 그 자리에 쓰러지더니 모래처럼 부서져 버렸다.

묵뢰는 놀라서 입이 굳어지는 것을 느꼈다.

천하에 저런 무공이 있다는 것을 들어본 적이 없었다.

관표의 신형이 묵뢰를 향했다.

묵뢰는 자신도 모르게 마른침을 꿀꺽 삼켰다.

이때 백리소소가 부서진 벽 속에서 나오며 말했다.

"잠시만 기다리세요."

"무슨 일이오."

"이자를 그냥 쉽게 죽여선 안 돼요."

묵뢰는 백리소소를 보고 주춤거리며 물었다.

"네… 네년은 뭘 어쩌겠단 말이냐?"

"당신은 남에게 한 만큼 벌을 받고 죽을 것입니다. 그래야 당신으로 인해 죄없이 죽은 사람들이 저승에서라도 억울하지 않을 것이기 때문입니다."

"잔인한 년, 지금 무슨 말을 하는 것이냐? 그리고 네년 따위가 나를 어쩔 수 있다고 생각하는 것이냐?"

백리소소가 냉랭하게 비웃으며 말했다.

"나와 관 대가가 당신을 사로잡는 것은 아주 쉬운 일이지요."

묵뢰는 대답을 하지 못했다.

"나… 나를 어쩔 셈이냐?"

"당신을 사로잡아서 지금까지 지은 죄의 대가를 치르게 할 생각이에요."

묵뢰는 몸을 부르르 떨었다.

차갑게 가라앉은 백리소소의 눈동자를 보면서 그는 자신의 운명이 다했다는 것을 깨우쳤다.

第十二章

무림혈전(武林血戰)

—그래도 용서하기로 했다,

오늘 같은 날엔

백호궁을 공격한 무림맹과 천문의 고수들은 모두 사백오십여 명이었다. 그들은 무림맹 소속의 고수들 중에서도 가장 강한 자들만 추려서 뽑은 이들이었다. 물론 여기엔 청룡단을 비롯한 천문의 수하들도 포함되어 있었다.

무림맹이나 천문이나 이번의 결전이 얼마나 중요한지 잘 알고 있었기에 추려서 정예화시킨 것이다. 이번 결전에서 지고 나면 무림은 백호궁을 앞세운 전륜살가림의 것이 되고 말 것이다.

그리고 이번 결전에서 지고 나면 강호무림은 급격하게 쇠퇴기를 맞이할 것이란 사실도 잘 알고 있었기에 모두들 필사적이었다.

무림맹을 이끄는 것은 두 사람이었다.

맹주인 송학 도장과 이번 결전을 계기로 군사 직에 새롭게 오른 호치백이 그들이었다. 항상 송학 도장의 곁에 있던 원화 대사는 무림맹

무사들의 중앙에서 그들을 지휘하고 있었다.

송학 도장과 호치백의 뒤에는 세 명의 승려가 서 있었는데, 송학 도장이나 호치백은 작은 명령 하나도 그 세 명의 노승 중 가운데 있는 노승과 협의를 하고 있었다.

폭죽이 올라감과 동시에 일제히 무림맹은 백호궁의 정면을 치고 들어갔다. 백호궁이 아무리 강하다지만 무림맹의 정예 고수들이 공격해 오자 정문을 쉽게 내주고 말았다.

무림맹 고수들은 정문을 통과한 후 빠른 속도로 백호궁을 점령해 갔다. 백호궁의 수하들이 여기저기서 몰려왔지만 원화 대사와 팽대현을 비롯한 무림맹 정예군의 적수는 아니었다.

쾌속하게 앞으로 전진하던 무림맹의 고수들은 갑자기 시야가 탁 트이면서 약 삼천 평 정도의 거대한 광장이 있는 곳에 도착하자 일단 걸음을 멈추었다.

광장 맞은편으로 또 하나의 거대한 성문이 있었는데 그것을 본 호치백이 말했다.

"저 성문을 지나면 백호궁의 중심부에 들어서는 것입니다."

호치백의 말을 들은 송학 도장이 다시 돌격 명령을 내리려 할 때였다.

"모두 멈춰라!"

고함과 함께 거대한 성문이 열리면서 수많은 백호궁의 무사들이 쏟아져 나왔다. 그들의 맨 앞에는 한 명의 청년과 두 명의 중년인, 그리고 복면을 한 두 명의 남자가 있었으며 그 뒤로는 백호궁과 사망혈교의 원로 급 고수들이 늘어서 있었다.

그들의 맨 뒤쪽으로는 약 오백여 명의 백호궁 무사들이 도열해 있었다. 호치백은 두 명의 중년 남자 중 한 명이 천문을 공격했다가 살아서 도망친 적의 수괴라는 것을 알았다.

'저자가 천존의 제자 중 한 명인 탄이라고 했지.'

이미 탄에 대해 조사해 놓은 호치백은 그의 무공이 이전의 오제에 비해서 떨어지지 않는다는 것을 잘 알고 있었다.

위치로 보아 지금 여기 나타난 무리들 중에서 그가 수장인 듯했다. 호치백의 예상을 알기라도 한 듯 탄은 앞으로 나서며 입가에 비웃음을 머금고 말했다.

"흐흐, 무림맹의 떨거지들이 제 발로 걸어 들어왔구나. 그러나 오늘 이곳에 온 것이 얼마나 큰 실수인지 알게 될 것이다."

그 말을 듣고 제일 먼저 광분한 것은 청룡단의 단주인 장칠고였다. 그동안 입도 근질근질한 데다 상대가 바로 천문을 공격했던 자라는 말을 수하로부터 들은 다음이라 울화가 머리까지 치밀어 있던 참이었다. 그때 당시 청룡단은 무림맹에 남아 있었기에 그 결전을 보고로만 들을 수밖에 없었다. 더군다나 장칠고는 이미 관표와 송학 도장 등 무림맹의 원로들에게 무림맹의 대변인으로 밀명을 받아놓고 있었다.

전쟁이란 꼭 검만 가지고 싸우는 것이 아니었다.

"이, 개 후레자식아! 네가 탄인지 똥인지 하는 놈이냐? 우리가 너처럼 멍청해서 멋모르고 하늘 문으로 들어갔다가 수하들만 버리고 도망이나 치는 멍청이로 보이냐? 그렇게 세상 물정 모르니까 매일 도망이나 다니는 것이다! 에이, 개 먹이로 줘도 모자랄 놈 같으니."

정파인이라면 도저히 입에 담지도 못할 욕이지만, 그 말을 들은 무림맹 소속의 정파인들은 속이 후련해지는 것을 느꼈다.

반대로 탄의 얼굴은 볼 만했다.

"저… 저 개자식! 내 반드시 네놈은 죽이고 말겠다! 네놈, 입만 나불대지 말고 당장 이리 나와라! 빨리 나와!"

탄이 입에 거품을 물고 고함을 치자 장칠고는 코를 풀어 제치며 말했다.

"에고, 멍청한 새끼. 너 같으면 나갔다가 죽을 걸 뻔히 알면서 가겠냐? 하긴 너처럼 어린놈은 앞뒤 안 가리고 덤비겠지. 하지만 난 싫다."

장칠고의 말에 무림맹의 수하들이 박장대소하였다. 너무 솔직한 것도 사람을 약올릴 수 있다는 것을 무림맹의 무사들은 처음 알았다. 말 한마디로 무림맹의 사기를 하늘로 올린 장칠고를 보면서 호치백도 은근히 미소를 지었다.

확실히 심리적으로 상대를 이기고 있는 장칠고가 참으로 신통해 보였던 것이다.

호치백과 송학 도장의 뒤에서 장칠고를 보고 있던 세 명의 노승 중 가운데 서 있던 노승이 말했다.

"허허, 아미타불. 저 시주의 입심은 능히 신의 경지에 이른 듯하외다. 천문에는 참으로 인재가 많구려."

노승의 말에 호치백이 웃으면서 말했다.

"저 친구는 말뿐이 아니라 용맹무쌍하고 문주를 위해서라면 정말 끓는 물속이라도 바로 뛰어들 수 있을 만큼 충성심도 강한 자입니다. 관 아우가 그래서 가장 가까이 두고 있죠."

모두들 수긍하는 표정이었다.

사실 아무리 떨어져 있다고 해도 탄과 같은 강자에게 저렇게 대드는 것은 어지간한 배짱이 아니고는 흉내도 못 낼 일이었다. 그리고 그들은 장칠고의 욕설에서 먼저 죽은 천문의 수하들에 대한 애정이 진하게 배어 있는 것을 느끼고 있었다.

그런 성격이라면 안 봐도 그 충성심을 알 수 있을 것 같았다.

탄은 정말 분했다.

싸우면 한 주먹 거리도 안 되는 것이 자신을 개 취급하니 어찌 화가 안 나겠는가? 함께 있던 또 다른 중년인, 마호중검 철중생이 탄을 보면서 말했다.

"총사님, 진정하십시오. 저런 자를 상대로 싸워봐자 총사님만 손해를 볼 뿐입니다."

그 말을 들은 탄은 겨우 마음을 진정시킬 수 있었다. 그러나 한 번 먹은 앙심이 어디로 가는 것은 아니었다.

'개자식, 조금 있다 두고 보자!'

이를 갈면서 일단 표정 관리를 한 탄은 송학 도장을 보면서 말했다.

"어차피 이미 서로 알 거 다 알고 있는 사이니 길게 말할 거 없고, 어디, 엉켜서 무고한 싸움으로 괜한 수하들 잃지 말고 고수끼리 먼저 겨루어보는 것은 어떻겠습니까?"

제법 점잖은 말이었다.

무림맹에서는 그 말을 마다할 리가 없었다.

마침 묵치가 없었고, 무림맹에는 믿을 만한 고수가 있었던 것이다.

"무량수불. 그 말에 찬성을 하는 바입니다."

송학 도장의 말이 끝나기가 무섭게 제일 먼저 뛰쳐나간 것은 자신의 무공을 가장 확인하고 싶어했던 종남의 유광이었다.

번개처럼 앞으로 뛰어나간 유광은 포권지례를 한 후 말했다.

"종남의 유광이라고 한다. 누가 내게 한 수 가르침을 주겠는가?"

유광의 호기에 백호궁에서 한 명의 노인이 멋진 신법으로 뛰쳐나왔다. 노인 역시 한 자루의 검을 들고 있었다.

"나는 사망혈교의 망자귀검(罔刺鬼劍)이다. 단검에 네놈의 목을 분질러 놓겠다."

망자귀검이라면 사망혈교에서도 열 손가락 안에 드는 고수로 그의 흉명은 강호에서 모르는 자가 없을 정도였다.

유광의 눈에 기광이 어렸다.

관표의 가르침으로 인해 얻은 깨우침 이후 무공에 많은 발전을 이루었지만 그 경지가 어느 정도인지 아직까지 자신도 헤아리지 못하고 있던 참이었다.

망자귀검 정도라면 자신의 경지를 충분히 알아낼 수 있을 것이라 생각한 것이다.

"기다리던 바다!"

유광이 호기롭게 외치며 검을 들이대자 망자귀검은 오히려 어리둥절한 표정이었다. 강호의 명성으로 따진다면 유광은 절대 자신의 적수가 아니었다. 그런데 유광은 전혀 겁먹은 표정이 아닌 것이다.

"간다!"

고함과 함께 유광의 검이 섬전처럼 허공을 가르고 망자귀검의 목을 쳐갔다. 유광은 처음부터 종남의 최고 검공이라는 분광검법 중에서도 가장 무섭다는 오호광을 펼쳐 내었다.

그 모습을 본 종남의 제자들은 자신도 모르게 환호를 하였다.

강호에서 이미 잊혀진 무공이라고 볼 수 있던 오호광이 백오십 년 만에 세상에 나온 것이다.

원래 분광검법은 십절인, 구분쾌, 오호광의 세 부분으로 나뉘어져 있었다. 일반적으로 종남에서 백오십 년간 구분쾌 이상을 터득한 고수가 나오지 않았다. 그러나 관표의 도움으로 구분쾌를 완전히 터득한 유광이 드디어 오호광을 터득한 것이다.

종남파 장문인인 주청군의 눈가엔 물기가 어리고 있었다.

'장하십니다, 사형.'

망자귀검은 기겁하였다.

갑자기 한줄기 섬광을 보았고, 그것이 검기라는 것을 깨우치자 망설이지 않고 땅바닥을 굴러 겨우 오호광의 일초를 피해낼 수 있었다. 그러나 오호광의 무서운 점은 초식과 초식이 하나의 검초처럼 연결되어 있다는 점이었다.

무사가 가장 수치스러워한다는 뇌려타곤을 펼치고서야 겨우 일초를 피했다 싶은 순간, 오호광의 두 번째 초식인 일관통으로 찔러오는 유광의 검은 망자귀검의 코앞에 와 있었다.

망자귀검은 식은땀이 흐르는 것을 느꼈다.

설마 강호 구파일방, 오대세가 중에서도 가장 약하다는 종남의 검법이 이렇게 무서울 줄은 생각도 못한 것이다. 망자귀검은 자신의 성명절기인 귀환검법의 최고 절초를 펼치면서 몸을 비틀어 유광의 검초를 피하려고 하였다. 그러나 유광의 검은 교묘하게 망자귀검의 검영을 피해서 여전히 찔러오고 있었다.

'슈욱' 하는 기음과 함께 검에서 뿜어지는 검기가 당장이라도 자신의 심장을 쪼개어놓을 것 같자 망자귀검은 할 수 없이 두 걸음을 다시 물러섰다. 그리고 그 순간 한줄기 섬광이 번쩍 하는 것을 보았다.

그것은 망자귀검이 세상에서 마지막으로 본 섬광이었다.

오호광의 마지막 초식인 분광심연(分光深淵)은 아직 유광도 완전히 터득한 것은 아니었다. 그러나 유광은 망설이지 않고 분광심연을 펼쳤다. 이 검초를 펼치다 주화입마를 당해서 당장 죽는 한이 있더라도 괜찮을 것 같은 기분이었던 것이다.

'툭' 하는 소리와 함께 망자귀검의 목이 땅에 떨어졌다.

"와아!"

함성이 무림맹 안에서 터져 나왔다.

망자귀검이 단 삼 초 만에 죽은 것이다.

백호궁 입장에서 보자면 정말 어이없는 일이었다.

가장 신이 난 것은 종남파의 장로인 종남의검 오당이었다.

그는 자신의 옆에 서 있는 개방의 노가구를 보면서 연신 입에 침을 튀기고 있었다. 평소 점잖고 말이 많지 않은 그의 성격에서 보면 파격이라 할 만한 일이었다.

"하하하! 선배님, 보셨습니까? 우리 유광 사형의 검법, 참으로 멋지지 않습니까? 저 망자귀검이 겨우 삼 초 만에 죽었습니다, 삼 초 만에! 아하하. 저게 그러니까 분광검법 이십사초 중에 오호광으로……. 망자귀검이 누구입니까? 바로 사망혈교의 장로로 무공으로 치자면 능히 사망혈교에서 열 손가락, 아니지, 다섯 손가락 안에 들어가는 절대고수 아닙니까? 그런 마두를 우리 유 사형이 단 삼 초 만에……."

노가구는 귀를 막고 싶었지만 오당은 아랑곳하지 않았다.

'제길, 망자귀검이길 다행이지 만약 담대소라도 죽였으면…….'

생각만 해도 끔찍했다.

그래도 용서해 주기로 했다, 오늘 같은 날엔.

탄은 처음부터 상황이 이상하게 변해가자 당황했다.

설마 망자귀검 같은 고수가 종남 따위의 장로에게 단 삼 초도 견디지 못할 줄은 생각도 못했던 것이다.

탄이 마호중검 철중생을 돌아보자, 철중생이 자신의 생각을 말했다.

"아무래도 저들의 사기를 꺾으려면 확실한 실력을 보여주어야 할 것 같습니다."

탄 역시 같은 생각이었다.

탄은 두 명의 복면인 중에 풍채가 당당한 복면인을 보면서 말했다.

"부탁드립니다."

"알았소. 맡겨두시오."

복면인의 신형이 그 자리에서 허공으로 날아오르더니 천천히 내려섰다. 내려선 복면인을 본 호치백 뒤의 노승이 가볍게 염불을 외면서 말했다.

"유 시주를 들어오라고 하는 게 좋겠네. 아무래도 내가 나가 봐야 할 것 같으니."

노승의 말을 들은 호치백은 깜짝 놀랐다.

노승의 정체를 아는 그로선 지금 나타난 자가 얼마나 강한 자인지 그 말 한마디로 알았기 때문이다. 호치백이 내공을 실어 유광에게 말했다.

"유 대협께서는 이만 들어오시고, 다른 분에게도 기회를 주는 게 좋을 것 같습니다."

무림맹의 고수들은 이미 사전에 약속한 것이 있었기에 유광은 지금 호치백의 외침이 자신에게 급히 돌아오라는 말인 것을 알았다. 유광은 지체없이 신형을 날려서 돌아가며 말했다.

"이번엔 제가 다른 분에게 양보하려 합니다. 그럼."

유광이 돌아가자 무림맹은 다시 한 번 환호를 하였고, 유광이 있던 자리로 한 명의 노승이 천천히 다가섰다. 그런데 노승은 천천히 걷고 있는 것 같은데 어느새 복면인의 앞에 서 있었다.

복면인은 돌아서는 유광을 단숨에 죽이고 싶었다. 그러나 다가오는 노승의 기세 때문에 함부로 유광을 죽이지 못하고 들여보낼 수밖에 없었다.

'누굴까?'

복면인은 능히 자신과 겨룰 수 있을 정도의 기세를 지닌 노승의 정체가 궁금했다.

"아미타불, 노승은 원각이라 하오."

노승의 말을 들은 무림맹은 환호를 하였고, 복면인과 백호궁의 수하들은 몸이 경직되는 것을 느꼈다. 왜 여기서 십이대초인 중 한 명인 원각 대사의 이름이 튀어나온단 말인가? 십이대초인 중 가장 강한 것은 천군삼성이라고 하지만 그것은 칠종 중 원각 대사를 빼고 난 다음의 말이었다. 실제 칠종의 하나인 원각 대사의 무공이 어느 정도인지 아는 무림인은 거의 없었다.

그는 몇 번이나 절정고수들과 겨루었지만 그때마다 무승부를 이루었다. 그러나 당시 결전을 본 모든 무인들은 원각 대사가 자신의 힘을 다 쓰지 않았다는 것을 느끼고 있었다. 그렇기 때문에 십이대초인 중 원각 대사의 무공 수위는 아무도 함부로 말하지 못했다.

많은 사람들은 원각 대사의 무공이 결코 천군삼성의 아래가 아니라고 믿고 있었다. 그런 원각이 나타나자 모두들 놀라는 건 당연한 일이었다.

복면인은 쓰고 있던 복면을 벗어버렸다.

놀랍게도 복면인은 위엄있게 생긴 라마승이었다.

"아미타불. 소승은 광승이라 불리는 요범이외다."

요범이란 말에 무림맹의 고수들은 모두 대경실색하였다.

요범은 천축국 제일고수로 이름이 높았던 자로 대뢰음사의 전대 대법사였다. 그런데 삼십 년 전 사라졌던 그가 갑자기 백호궁에서 나타났다고 하니 놀랄 수밖에 없었다.

원각은 잠시 동안 요범을 살펴본 후에 말했다.

"아미타불. 참으로 기묘한 무공을 익히고 계신 듯합니다."

"흐흐, 내 팔자가 기구해서 혼을 팔아 좀 무식한 무공을 익혔습니다. 대사님도 조심하시는 게 좋을 겁니다."

요범의 말에 원각의 얼굴엔 담담한 미소가 흐른다.

"아미타불, 시주는 자신의 절기를 마음껏 펼쳐서 이 늙은 중의 눈을 호강시켜 주시길 바랍니다. 내 승려지만 무인이니 그것으로 충분히 만족할 수 있을 것입니다."

"흐흐, 좋은 말이오. 그럼 이 후배가 먼저 가리다."

요범은 유창한 한어로 말하면서 양손을 흔들었다. 그러자 그의 손이 갑자기 두 배로 커졌다.

"밀종 대라조인."

호치백이 중얼거리는 소리를 들은 송학이 물었다.

"대수인이 아니라 대라조인이었습니까?"

"그렇습니다. 저자가 익힌 것은 대수인보다 훨씬 더 무서운 대라조인인 것 같습니다."

"그걸 어떻게?"

"지금 저자의 손바닥을 보면 손바닥 가운데 반월 형태의 금광이 떠 있는 것이 보일 겁니다."

호치백의 말을 듣고 바라보니 정말 요범의 손바닥에는 금광의 반월이 떠올라 있었다.

"그런데 대라조인은 어떤 무공입니까?"

"나도 듣기만 한 것인데 대뢰음사의 최고 무공 중 하나라고만 알려져 있습니다. 몇백 년 동안 그 무공을 익힌 사람이 없어서 세상에 알려지지 않은 몇 가지 무공 중 하나입니다."

송학 도장은 새삼스럽게 호치백을 보면서 말했다.

"무량수불, 그런 무공이 있었구려."

"우연히 알았을 뿐입니다. 이제 시작하려는 모양입니다."

송학 도장이 얼른 결전의 장소로 시선을 돌렸다.

원각은 상대가 밀종 대라조인을 십성 이상으로 터득했다는 사실을 알자 내심 놀라고 있었다.

상대가 최선을 다하면 이쪽도 최선을 다해야 한다.

원각의 손에 은은한 기광이 어리기 시작하자 그것을 본 요범의 얼굴이 꿈틀거렸다. 대뢰음사와 소림사는 각각 천축과 중원을 대표하는 무공의 성지였고, 두 곳 다 사찰이란 점으로 서로 은근히 경쟁을 하던 상대였다.

그래서 양측은 각각 상대의 무공에 대해서 잘 아는 사이기도 했다. 요범은 원각의 손에 어린 기광을 보고 그 무공이 무엇인지 단숨에 알아볼 수 있었다.

"과연 원각 대사요. 소천십이공 중에서도 상위에 있는 반야산수를 극성으로 터득하다니. 그러나 조심하시오."

요범의 신형이 누가 민 것처럼 갑자기 원각을 향해 돌진해 들어갔다. 그의 네 손가락에는 마치 대리국의 육맥신검처럼 날카로운 강기의 손톱이 다섯 치나 솟아 있었다.

'쉬익' 하는 소리가 들리면서 요범의 손톱이 허공을 가르고 원각의 몸을 그어가려 하였다. 그러나 원각의 손이 허공에 원을 그리자 그의 손에서 뿜어진 경기가 날카로운 조공을 한 번에 막아냈다.

강기와 강기가 부딪치면서 찌지직 하는 괴이한 소리가 들려 나왔다. 요범은 비록 첫 공격이 실패했지만 전혀 실망하지 않았다. 원각 같은 고수를 한 수에 이길 순 없는 것이다.

그의 양손에서 뿜어진 조강이 더욱 짙은 금색을 띠더니 반야산수의 그물을 헤치고 안으로 들어가려 하였다. 이는 대라조인의 살수 가운데 하나인 금환응조라는 초식이었다. 마치 칼날처럼 예리하게 강기의 폭을 찢어가던 조강이 중간에서 꺾어지면서 매의 부리처럼 변하였다.

베기에서 찍기로 변했다고 해야 할까?

원각은 한 손으로 반야산수를 펼치면서 요범의 공격을 막고 왼손으로 반격을 하기 시작했다.

그의 손가락이 연이어 다섯 번을 튕겼고, 다섯 가닥의 경기가 막 반야산수의 강기를 뚫고 들어오려는 요범의 손바닥과 얼굴을 향해 나뉘어 날아갔다.

"탄지통!"

원각의 무공을 한 번에 알아본 요범은 그 자리에서 몸을 회전하며 대라조인의 살초들을 펼쳐 내었다.

'타다당' 하는 소리가 연이어 들리면서 요범이 뒤로 세 발자국이나 물러섰다. 그의 옷자락이 찢어져 있었다. 그러나 원각 대사의 공격은 그것으로 끝난 게 아니었다.

손가락에서 튕겨진 일곱 가닥의 지풍으로 다시 한 번 급소를 노리는가 싶더니 이내 대라금강수의 웅후한 장력으로 요범을 밀어붙였다.

일지일수가 전부 위력적이다.

요범은 몸을 서너 번 회전하면서 겨우 원각의 공격을 피하고 대라조인을 이용해서 다시 반격해 갔다.

원각은 반야산수와 십이금룡수를 이용해서 요범의 공격을 차단하였고 요범은 아무리 기를 써도 그 방어막을 뚫고 들어갈 수가 없었다. 십여 초가 지났을 때 요범은 오히려 다섯 발자국을 더 물러서야 했고, 몸에 네 군데나 큰 상처를 입어야 했다.

다행이라면 천령답게 다친 곳이 바로 아물었고 지치질 않는다는 것 정도였다.

두 사람의 공방전을 보고 있던 탄이 옆에 있는 또 다른 복면인을 보고 말했다.

"이제 혼전이 벌어지면 요범을 도와 원각 대사를 처리해 주십시오. 그를 처리하면 승리는 우리 것입니다."

"알았소, 총사."

탄이 철중생을 보고 눈짓을 하자 철중생이 뒤를 돌아보고 말했다.

"침입자들을 한 명도 살려놓지 마라!"

갑작스런 그의 명령이 떨어지자 와아, 하는 함성과 함께 백호궁의 무사들이 일제히 무림맹을 향해 몰려갔다. 요범과 원각이 싸우는 곳을 빙 돌아서 달려가는 백호궁의 무사들 앞에는 두 명의 환령이 앞장서고 있었다.

전면 공격을 감행해 오는 백호궁을 보면서 호치백은 자신의 등 뒤에 있는 두 명의 삼원승을 보면서 말했다.

"지금 전면 공격을 한 것은 우리를 혼란스럽게 하고 원각 대사님을 협공하려는 의도인 것 같습니다. 두 분은 혼전에 끼지 말고 원각 대사님에게 가주십시오."

두 명의 승려 중 사형인 혜인 대사가 말했다.

"아미타불, 그렇게 하리다."

혜인 대사의 다짐을 받은 호치백이 송학 도장을 보고 고개를 끄덕였다. 송학 도장 역시 고개를 끄덕인다. 그러자 호치백이 장칠고에게 전음을 주었고, 기다리고 있던 장칠고가 고함을 질렀다.

"맹주님의 전갈이다! 무림맹의 전사들은 천축의 오랑캐들을 물리쳐라!"

"와아!"

고함 소리와 함께 무림맹의 무사들이 일제히 달려나갔다.

제일 먼저 달려나간 것은 장칠고와 청룡단의 무사들, 그리고 유광을 비롯해서 성질 급한 고수들이었다.

이날 장칠고를 비롯한 청룡단 무사들의 용맹함은 강호에서 하나의 전설이 되었다.

장칠고가 뛰쳐나가면서 제일 먼저 만난 것은 백호궁의 당주 급 인물인 당랑철검 여순이었다. 그의 당랑검법은 이미 강호에서도 능히 일절이라 알려진 검법이었으며, 그는 오대천 중에서도 제일 강하다는 백호궁의 당주로서 부족함이 없는 자였다.

구대문파의 고수들과 비교한다면 능히 장로 급의 신분이라고 할 수 있었다. 그 정도의 고수가 장칠고를 만났다.

이미 겁을 상실한 장칠고는 상대가 누구라도 전혀 상관하지 않았다.

장칠고가 자신을 향해 달려오자 여순은 기가 막혔다.

그라고 장칠고를 모르겠는가? 불과 얼마 전까지만 해도 녹림의 삼류 산적이었던 놈이 겁없이 자신에게 달려들고 있었으니 세상만사 새옹지마란 말이 실감나는 순간이었다.

"네놈이 투왕의 수하가 되더니 겁을 상실했구나!"

여순의 고함에 장칠고는 흉측한 표정으로 히죽 웃으며 말했다.

"원래 주인이 투왕쯤 되면 그 수하는 저절로 투괴쯤 되는 것이 상식이다, 이 멍청한 새끼야!"

욕이 끝났을 때 이미 장칠고의 장검이 섬광삼절검의 은광사혼으로 찔러가고 있었다.

대꾸를 하려 했던 여순은 기겁하고 말았다.

'뭐… 뭐가 이렇게 빨라!'

장칠고의 섬광영신법이나 검법은 여순이 놀라기에 충분할 정도로 빨랐다. 특히 상대를 얕보고 있었기에 그 당혹감은 더했다. 다급한 마음에 뒤로 몸을 굴려 겨우 은광사혼의 검기를 피할 수 있었지만 뒤이어 펼쳐지는 섬광마영은 도저히 피할 길이 없었다.

처음부터 제대로 싸웠으면 좋은 대결이 되었을 것이다. 그러나 상대를 우습게보고 방심하다가 단 이 초 만에 목이 잘리고 만 것이다. 눈이 감기지 않은 것은 당연하리라.

장칠고가 그 눈을 보고 말했다.

"내가 만만해 보였냐, 멍청한 새끼야!"

죽은 자가 대답할 리는 없었다.

결전이 시작되자마자 백호궁의 당주가 장칠고에게 죽어버리자 무림맹의 사기는 더욱 높아졌다.

장칠고를 비롯한 청룡단의 무공은 그동안 관표에 의해 꾸준히 발전해 왔고, 드디어 그 빛을 보기 시작한 것이다.

당주를 죽인 장칠고는 신이 났다.

"으하하! 묵치인지 날치인지 그 멍청한 새끼 당장 나와라! 장칠고가 입을 찢어서 대형님의 자리 뒤에 박제를 해놓고 말겠다!"

장칠고의 광오한 말을 들은 백호궁의 무사들은 기가 막혔지만 여긴 전쟁터다. 전쟁터에서 적장에게 무슨 말인들 못하겠는가? 같이 말싸움을 하자니 장칠고의 무지막지함에 당해낼 재간이 없었다. 그렇게 되자 반대로 무림맹의 무사들은 가슴이 다 후련했다.

정파랍시고 입을 닦고 좋은 말만 해야 하는 그들에게 장칠고는 이미 암중으로 영웅이 되어 있었다.

자신들이 하고 싶은 말을 다 해주니까.

第十三章

초인혈투(超人血鬪)

—관표, 사기꾼 도사를 다시 만나다

원각 대사와 요범이 결전을 벌이고 있는 곳으로 한 명의 복면인이 천천히 다가가자 혜인과 혜청 대사도 그들에게 천천히 다가갔다.

대사들도 그렇고 복면인도 그렇고 이미 자신들의 정체를 드러낸 다음이었다.

복면인의 검은 무복 안에 입은 금색 장포를 본 혜청 대사가 사형인 혜인 대사를 보면서 말했다.

"아미타불. 사형, 저자는 아무래도 금사혈검(金絲血劍) 교구의 같습니다."

혜인 대사의 안색이 굳어졌다.

금사혈검 교구의라면 혈강시가 되지 않았을 때도 결코 만만한 상대가 아니었다. 그런데 지금은 혈강시가 되어 있으니 그 무공이 얼마나 더 강해졌을지 아무도 모르는 일이었다.

"아무래도 협공을 해야 할 것 같네."

혜인 대사의 말에 혜청 역시 고개를 끄덕였다.

지금은 이것저것 따질 때가 아닌 것이다. 자칫하면 돌이킬 수 없는 상황으로 발전할 수 있는 곳이 바로 지금과 같은 전쟁터였다.

둘은 서로 약속이 되자 교구의를 향해 다가서려 하였다. 그때 함께 왔던 십팔나한승 중의 한 명인 정선이 급히 달려온다.

혜청이 다가온 정선을 바라볼 때 정선은 오자마자 다급하게 말했다.

"사숙님, 지금……."

말을 하던 정선이 갑자기 혜청 대사를 향해 손을 뻗었다.

"비켜라!"

고함과 함께 어느새 다가온 호치백이 검으로 정선을 공격하고 있었고, 혜청이 비틀거리면서 뒤로 물러서고 있었다. 혜청은 갑작스런 정선의 공격에 일격을 맞고 내상을 입고 만 것이다.

다행히 호치백이 달려와 저지하는 바람에 큰 중상은 모면할 수 있었다.

정선은 아쉬운 표정으로 혜청을 보면서 말했다.

"죽일 수 있었는데."

혜인은 빠르게 상황을 이해하고 정선을 노려보면서 말했다.

"비겁한 놈. 네놈이 환제냐?"

"중, 말은 바로 해라! 어차피 너도 지금 둘이서 한 명을 협공하려고 하지 않았느냐? 그리고 여긴 전쟁터다. 비겁이란 말은 통하지 않는다."

옆에 있던 호치백이 코웃음을 치면서 말했다.

"그래, 네 말이 맞겠지. 하지만 오늘 네놈은 여기서 살아 돌아가지 못할 것이다!"

그 말을 들은 환제가 피식 웃으면서 말했다.

"사방을 제대로 살피고 말해라! 오늘 살아 돌아가지 못하는 것은 우리가 아니라 너희들일 것이다."

호치백의 안색이 굳어졌다.

확실히 지금 상황은 좋지 않았다.

고수의 수는 무림맹이 훨씬 많았지만, 결정적으로 절대고수의 숫자가 부족했다. 특히 두 명의 환령과 탄의 무공에 대항할 수 있는 고수가 없었다. 지금 집단전으로 셋을 상대하고 있었지만, 상황이 그리 좋은 것은 아니었다.

더군다나 지금 눈앞에 환제마저 나타났다.

혜청과 혜인, 그리고 자신이 힘을 합한다고 해도 환제와 또 한 명의 살아 있는 강시라 할 수 있는 교구의를 이기긴 힘들 것 같았다. 더군다나 혜청 대사의 경우 결코 가볍지 않은 내상을 입고 있었기 때문이다.

'방법은 관 아우가 돌아오길 기다리면서 시간을 끄는 것뿐이다. 그리고 원각 대사님이 빨리 요범을 이기고 도와주길 기다리자.'

결심이 서자 호치백은 망설이지 않고 혜청과 혜인에게 전음을 보내면서 천천히 환제를 포위해 갔다. 교구의가 망설이며 환제를 도우려 하자 환제가 그것을 거부하였다.

"교 형은 먼저 원각부터 처리해 주시오. 여긴 나 혼자만으로도 충분하오."

교구의의 시선이 요범과 원각에게로 향했다.

요범은 겨우겨우 원각의 공격을 막아내고 있는 중이었다.

만약 혈강시의 몸이 아니라면 벌써 중상을 면치 못했을 것이다.

창!

검을 뽑아 든 교구의가 원각 대사를 향해 달려갔다.

도종과 마종은 마음이 조금 초조해졌다.

벌써 이각 이상을 싸웠다. 그러나 좀처럼 승부가 나지 않았던 것이다.

마종은 노인과 싸우면서 노인의 검법이 도가의 검법과 비슷하다는 것을 알았다. 특히 간간이 보이는 초식이 무당의 검법과 비슷했다. 마종은 고개를 흔들면서 말했다.

"네놈은 혹시 무당의 제자가 아니냐?"

마종의 물음에 노인의 입가에 미소가 어렸다.

"흐흐, 과거는 이미 잊었다. 지금 나는 검귀라 불리는 한 명의 무인일 뿐이다."

노인이 검을 수직으로 들어올리자 마종은 검을 수평으로 들어올렸다. 칠극천마공공검법 중 귀혼살의 기수식이었다.

'선공!'

마종은 상대가 혈강시라는 것과 쾌검의 달인이라는 점을 감안하고 선공을 생각하자마자 바로 실행에 옮겼다. 그의 검에서 뿜어진 검기가 수십 가닥으로 갈라지면서 무명노인의 전신을 공격해 갔다.

노인의 검이 움직였다. 그러자 노인의 검에서 밝은 광채가 어리면서 귀혼살의 검기를 모두 자르면서 밀려들어 왔다.

그것을 본 마종의 안색이 창백하게 변했다.

"태극혜검이라니."

기가 막히지만 노인의 검법은 분명히 무당의 테극혜검이었다.

"무당의 도사가 중원을 배신했단 말인가?"

"흐흐, 과거는 과거일 뿐이다."

"놈! 용서할 수 없는 종자로다."

고함과 함께 마종의 검에서 갑자기 거대한 아수라상이 떠올랐다.

칠극천마공공검법의 최후 정화라 할 수 있는 칠극공공수라현이 펼쳐진 것이다. 묵빛으로 뚜렷하게 떠오른 아수라상을 보면 지금 마종의 검공 수위가 십성 이상이라는 것을 알 수 있었다.

노인의 안색이 대변하였다.

완전하게 상대를 제압하기 위해 숨겨놓았던 절기를 펼쳤음에도 마종을 이기기는커녕 목숨이 위험하게 된 것이다. 노인의 검초가 변하였다. 태극혜검의 최후 초식이라는 태극현황의 초식이 펼쳐지면서 사방 십 장 안이 검강의 회오리 속에 갇혀 버렸다.

'위잉' 하는 소리와 '퍽' 하는 소리가 연이어 들리더니 마종과 무명노인의 신형이 각각 일 장씩이나 뒤로 물러섰다. 옆에서 악전고투를 벌이던 도종과 칠절마도, 그리고 고불도 잠시 결전을 멈추고 두 사람의 상태를 살펴보았다.

두 사람 다 일 장씩 물러서서 털썩 주저앉아 있었는데, 둘 다 가슴과 배에 엄중한 중상을 입고 있었다.

"양패구상!"

어느 누구도 우세하지 못하고 비슷하게 큰 상처를 입은 상황이었지만, 결정적으로 다른 것이 있었다. 마종의 경우는 당장 운기를 하지 않으면 안 될 정도지만, 무명노인의 경우는 비슷하게 당했어도 빠르게 상처가 아물어간다는 점이었다.

도종 귀원은 상황이 더 안 좋아졌다는 사실을 알았다.

속전속결로 끝내고 싶지만 그게 쉽지 않았다.

칠절마도 한 명이라면 어떻게 할 수 있을 것 같은데, 결정적일 때마다 날아오는 고불의 비발은 도종의 행동을 크게 제한하고 있었던 것이다.

도종 귀원의 입가에 독한 표정이 떠올랐다.

그 표정을 본 칠절마도의 안색이 조금 변했다. 그러나 곧 냉정한 표정으로 변했다.

"그래, 해보자!"

귀원이 고함을 지르면서 칠절마도에게 달려들었다.

쌍절사라사한도법의 두 초식이 연이어 펼쳐졌다.

무시무시한 도강이 단번에 칠절마도의 몸을 난도질할 것 같은 모습이었다. 칠절마도는 지금 도종 귀원의 도강을 맞으면 제아무리 혈강시의 몸이라도 두 동강 나고 말 것이란 사실을 알 수 있었다.

"흐흐, 좋아. 해보자."

칠절마도 역시 독하게 마음먹고 최고 절기들을 잇달아 펼치면서 도종 귀원에게 정면으로 달려들었다. 그리고 그 순간 고불의 비발이 허공을 선회하며 도종을 향해 날아왔다.

도종 귀원의 도가 날아오는 비발을 쳐내면서 칠절마도 왕죽의 도를 휘감아갔다.

따다당!

하는 소리가 연이어 들리면서 칠절마도의 신형이 뒤로 일 장이나 밀려 나갔다.

여기저기 큰 상처를 입고 있었지만 치명상은 없어 보였다.

도종 귀원 역시 큰 상처는 없었지만 팔에 비발이 스치면서 다시 피가 배어 나오고 있었다. 그리고 그런 도종을 향해 다시 한 번 비발이 날아들었다. 그런데 바로 그 순간이었다.

'슈웅' 하는 소리가 들리면서 전각 안쪽에서부터 화살 한 대가 고불의 얼굴을 향해 날아갔다. 고불이 고개를 젖혀 피하는 순간, 이번엔 하나의 도끼가 날아가 고불의 목을 깨끗하게 잘라 버렸다.

눈 깜짝할 사이에 벌어진 일이었다.

모두들 놀라서 전각을 바라볼 때 전각 안에서 수십여 명의 사람들이 꾸역꾸역 몰려나오고 있었다. 그리고 그들 앞에는 관표와 백리소소, 그리고 의종 소혜령이 함께하고 있었다.

도종 귀원의 입가에 미소가 어렸다.

마종 여불휘 역시 안도의 표정을 지으면서 말했다.

"아우, 왔군. 난 속이 타서 재가 되는 줄 알았네."

"하하. 형님도 엄살이 심해지셨습니다. 다행히 일은 잘 처리되었습니다."

말을 하면서 뒤를 가리켰다.

나타난 사십여 명의 무인은 도종과 마종을 향해 일제히 포권을 하면서 말했다.

"두 분에게 감사드립니다."

그들은 혈강시의 저주에서 벗어나 있었다.

이전에 있던 내공이 사라진 것은 아니었기에 무공도 그대로 지니고 있었다. 그리고 그들의 백호궁에 대한 한은 상상 이상이었다.

관표는 백리소소에게 말했다.

"여기는 내게 맡기고 소소는 의종 소 선배님과 함께 무림맹을 도와주시오."

"알았습니다."

대답을 한 백리소소가 사십여 명의 백호들을 돌아보고 말했다.

"지금 무림맹이 백호궁과 싸우고 있습니다. 여러모로 어려운 줄 알지만 저와 함께 그들을 도왔으면 합니다."

천기상인이 대표로 말했다.

"걱정 마시오. 그렇지 않아도 우린 백호궁에 대한 원한이 골수까지 침투해 있는 상황이오. 그리고 그동안 혈강시공을 계속 운기했기 때문에 몸 상태도 그리 나쁘지 않소. 단, 우선 물 좀 마셨으면 하오. 몇 년간 아무것도 먹지 못하고 물 한 모금 마시지 못했던지라 갈증이 좀 심하오."

"당연히 그렇게 하셔야죠. 제 기억이 확실하다면 이 전각 뒤쪽에 우물이 있을 것입니다."

사십여 명의 고수가 우물을 향해 우르르 몰려가자 백리소소와 소혜령도 그 뒤를 따라갔다.

칠절마도 왕죽은 멍하니 사십여 명의 백호를 바라보고 있었다.

이전의 동료들은 자신을 비롯해서 마종과 싸우고 있는 검선을 철저히 무시하고 있었다.

차라리 화라도 내거나 욕이라도 했으면 싶었지만, 그들은 완전히 무시하는 것으로 복수를 대신한 것이다. 검선 역시 저절로 아물어가는 상처로 인해 어느 정도 몸이 회복되자, 사라지는 동료들의 모습을 보았다가 관표를 보고 그의 모습이 어디선가 본 모습이라는 것을 눈치 챘다.

좀 더 자세히 관표를 보고 있을 때 관표가 검선을 보고 웃으면서 말했다.

"그동안 잘 있었소, 사기꾼 도사."

그 말을 듣는 순간 검선은 내기가 거꾸로 돌아서 최초로 주화입마에 걸린 강시가 될 뻔하였다.

기억이 났다.

아니, 어찌 잊을 수 있겠는가?

"너… 너 이 개 후레자식! 사기꾼 날강도 같은 놈!"

갑자기 검선이 흥분해서 날뛰자 도종과 마종은 물론이고 왕죽조차도 멍하니 검선을 바라본다.

"자네, 아는 사이였나?"

도종 귀원의 말에 관표가 고개를 끄덕이며 말했다.

"저자가 검선이라 불리는 무당의 송명 도장입니다."

마종은 그제야 노인이 태극혜검을 펼칠 수 있었던 이유를 알았다.

"허, 검선이라니, 기가 막히군. 무당이 알면 통분을 금치 못할 텐데."

마종의 말에 검선이 코웃음을 치며 말했다.

"내가 비록 잠시 무당에 몸을 담았었지만, 내 스스로 무당인이 아니라 생각했으니 나하고는 별로 상관없는 일이다."

검선의 말을 들은 도종 귀원과 마종 여불휘가 고개를 흔들었다.

관표는 검선을 잠시 동안 바라보다가 도종을 보고 왕죽을 가리키며 말했다.

"형님, 잠시만 저자를 막아주십시오. 우선 검선의 썩은 머리를 도려내야 할 것입니다."

"그렇게 하게. 나도 두고 보기가 역겹군."

도종은 손에 들고 있던 도를 고쳐 잡았다.

칠절마군 왕죽은 상황이 어렵게 되자 이를 악물고 도종 귀원을 노려보았다.

관표가 천천히 검선에게 다가서자, 검선도 검을 고쳐 잡고 관표에게 다가온다. 벌써 몸에 난 상처들이 거의 다 아물고 있었다. 그러나 그것을 보는 관표의 얼굴은 무표정했다.

아무리 혈강시라 해도 몸을 가루로 부숴놓거나 몸을 두 쪽으로 갈라놓으면 죽는다는 것을 잘 알기 때문이었다.

관표를 바라보는 검선의 시선은 복잡했다.

그의 일생은 관표를 만나면서 무너지기 시작해서 지금은 도저히 돌이킬 수 없는 상황까지 오게 되었는데, 자신의 잘못은 생각하지 않고 그 모든 것을 관표 탓으로 돌리는 검선이었다.

"네놈을 드디어 만나게 되었구나. 흐흐. 투왕이 네놈이었구나. 내 것을 훔쳐서 잘 해 처먹고 있었구나."

생각할수록 열이 났다.

관표가 지닌 명성은 자신이 지녔어야 하는 것이라고 생각하는 검선이었다. 하긴 생각해 보면 화가 날 만도 했다.

관표가 피식 웃으며 말했다.

"보물에 눈이 멀어 친구를 죽인 놈이 말이 많군. 네가 혜원 대사를 암습해서 죽인 것을 내가 이미 알고 있다. 네놈도 그게 들킬 것 같으니까 백호궁으로 숨어든 것 아니냐?"

"이… 이 개 같은 놈!"

"그래도 네 덕을 봤으니 고통없이 죽여주마."

"누가 누굴……."

검선의 몸이 경직되었다.

관표의 신형이 엄청난 속도로 달려오고 있었던 것이다. 그리고 그곳에 있던 사람들은 보았다. 관표의 손에서 거대한 도끼가 마치 유령처럼 나타나더니 금룡 한 마리가 꿈틀거리는 것을.

서걱.

야릇한 비음이 들리면서 검선의 몸이 가로로 천천히 갈라진다.

삼절황의 무공 중에서도 가장 무서운 광룡삼절부법의 마지막 초식인 광룡파천황의 위력 앞에선 천령도 소용없었다.

칠절마도는 몸을 부들부들 떨고 있었다.

설마 자신보다 한 수 이상 강한 검선이 대항 한 번 못해보고 죽을 줄은 생각지도 못한 것이다.

도종과 마종 역시 고개를 절레절레 흔들었다.

"정말 대단하군. 앞으로가 아니라 어쩌면 현재 천하제일인은 관 아우가 아닌가 하는 생각이 드네."

도종의 말에 마종 역시 고개를 끄덕이며 말했다.

"형님, 그래도 다행 아닙니까? 사실 묵치의 무공은 우리보다 한두 수 위일진대 이제 유일하게 그를 상대할 수 있는 사람이 생겼으니 말입니다."

"나도 그렇게 생각하네. 만약 관 아우가 아니었으면 묵치나 전륜살가림의 천존을 이길 수 있는 자가 과연 무림에 있을까?"

마종이 고개를 흔들었다.

"후훅."

관표가 숨을 내쉬었다.

'역시 아직은 전력으로 광룡파천황을 펼치는 건 무리가 있구나. 한 번 펼치고 나면 내공 소모가 너무 극심하다. 그러나 광룡파천황이나 맹룡분광수의 진룡이 아니면 묵치나 천존을 상대할 방법이 없다. 진룡

은 내공 소모가 적지만 광룡파천황처럼 한 번에 모든 것을 결정지을 만한 힘이 부족하다.'

관표는 검선을 상대로 광룡파천황을 시험해 본 셈이었다.

"아우, 정말 대단하이."

"하하. 형님, 이거 질투 나서 이제 관 아우와 말도 못하겠습니다."

도종과 마종이 웃으면서 관표를 치하하자, 관표가 웃으면서 두 의형을 보고 말한다.

"사실 이 무공은 아직 완전하지 않습니다. 그보다도 여 형님은 심하게 다치신 것 같은데, 괜찮으시겠습니까?"

"나는 괜찮네. 그보다도 여긴 나와 형님에게 맡기고 이제 무림맹이 결전을 치르는 곳으로 가보게. 설마 저자 하나야 우리가 어떻게 못하겠는가? 우린 둘인데."

마종이 씨익 웃으며 말하자, 관표는 칠절마도 왕죽을 힐끔 본 다음 고개를 끄덕이고 말했다.

"알았습니다. 형님들, 그럼 아우는 먼저 물러가겠습니다."

관표의 신형이 전각의 지붕을 타고 결전이 벌어지는 곳으로 사라지자 도종과 마종이 칠절마도를 바라보았다.

칠절마도 외에 백호궁의 수하들은 모두 떨떠름한 자세로 보고만 있는 실정이었다. 사실 고수가 없는 그들이 어떻게 돕고 싶어도 도울 능력이 없었던 것이다.

칠절마도 왕죽이 화가 난 표정으로 말했다.

"서, 설마 너희는 둘이서 협공할 생각이냐? 칠종이나 되는 자들이?"

도종이 차갑게 대답했다.

"쉬운 싸움을 어렵게 할 필요가 없겠지. 더군다나 우리는 관 아우가 묵치와 겨루는 장면을 꼭 보고 싶거든. 그러니 자꾸 개소리 말아라!"

"이 비겁한 놈."

마종 여불휘가 고개를 흔들었다.

"내가 마종이다. 그러니 정도인이나 하는 짓거리를 바라지 말아라!"

고함이 끝나기도 전에 마종의 신형이 무섭게 칠절마도를 향해 쏘아갔다. 꽤 큰 상처를 입고 있는 마종 여불휘였지만, 그의 검에 실린 위력은 별로 저하되지 않은 것 같았다.

마종이 튀어 나가자 도종 귀원은 바로 그 뒤를 따르며 쌍절사라사한 도법을 펼쳐 내었다.

검과 도의 도화가 어울려 들어오는데 도저히 피할 곳이 없었다.

이미 사기가 죽어 있던 칠절마도 왕죽은 정신이 아득해지는 기분을 느꼈다. 그래도 끝까지 대항한다고 자신의 도를 힘껏 휘둘렀다.

그것이 그의 마지막 반항이었다.

제아무리 혈강시가 아니라 그 이상이라도 십이대초인 두 사람을 상대로 이길 순 없는 것이고, 아무리 몸뚱이가 단단해도 절대고수 두 명이 휘두르는 검강과 도강에 난도질당하고도 살아남을 순 없는 것이다.

무림의 혈투에서 초절정고수 한 명의 힘은 절대적이라 할 수 있었다. 그것은 무림이 생긴 이래로 변하지 않는 진리였고, 지금 무림맹과 백호궁의 결전에서도 여실히 보여주고 있었다.

환제와 탄을 비롯해서 두 명의 천령과 두 명의 환령까지 포함하면 백호궁의 절대고수는 무려 여섯이었다.

무림맹에서는 이들을 상대할 수 있는 고수라고 해봐야 원각 대사와 원화 대사 정도에 불과했다. 비록 소림삼원승 중 두 명인 혜인과 혜청,

그리고 노가구와 호치백, 종남의 유광 등 각 문파의 최고 고수들이 있었지만, 실상 그들의 실력으로는 위에 언급한 절대고수들과 겨룰 수 없었다.

원각 대사는 요범과 교구의의 협공에 의해 벌써 십여 군데나 상처를 입고 있었다. 그리고 시간이 갈수록 밀리는 상황이었다.

호치백과 혜인 대사, 그리고 혜청 대사는 셋이서 환제를 공격하고 있었지만 환제에게 오히려 밀리고 있었다.

삼 대 일의 대결이 치열하게 전개되는 가운데, 환령과 탄은 거의 무방비 상태인 무림맹을 유린하고 있었다. 구의 중 한 명인 노가구와 종남의 유광, 그리고 송학 도장과 천문의 좌호법인 자운이 힘을 합해 두 명의 환령을 상대하고 있었지만 그들조차도 연신 밀리고 있는 중이었다.

문제는 탄을 막아설 수 있는 고수가 절대 부족하다는 점이었다.

벌써 이십여 명이나 되는 무림맹 고수들이 탄의 살수에 쓰러졌다. 소림십팔나한의 다섯 명과 무당칠검의 셋이 그에게 죽은 상황이었다. 그 외에 여기저기서 치열하게 싸우는 두 무리는 천문의 청룡단과 천문수호대의 맹활약에도 불구하고 계속 밀리는 중이었다.

특히나 절대고수들 숫자에서 밀리는 것이 가장 큰 치명타였다.

백호궁의 장로 급 고수들이나 사망혈교의 장로 급 고수들은 각파의 고수들이 상대하고 있었지만, 정작 가장 강한 고수들이 여섯 명의 절대고수에게 손발이 묶이면서 그들이 막아줘야 할 강자들이 자유롭게 살수를 쓰게 만들어준 것이다.

그들 한 명을 상대하기 위해서는 두세 명의 고수가 협공을 해야 하니 고수들의 숫자에서 밀릴 수밖에 없었다.

호치백은 시간이 지날수록 초조한 기색을 감추지 못했다. 특히 환제의 무공에 대해서는 다시 한 번 놀라지 않을 수 없었다. 이미 천문의 혈투 당시 환제의 무공 정도를 짐작하곤 있었지만, 당진진의 복수를 하고자 기회를 보다가 협공에 끼어들었다. 그의 모자라는 무공으로는 일대 일의 대결로 복수는 불가능하기 때문이었다.

그런데 막상 상대를 해보니 그의 무공이 얼마나 강한지 다시 한 번 실감할 수 있었던 것이다.

"이제 슬슬 끝날 때가 되었군."

환제가 입가에 매서운 미소를 머금더니 갑자기 태양륜을 쏘아 보냈다. 혜인과 혜청이 그 태양륜을 막는 순간 호치백이 검을 휘두르며 환제의 목을 치려 하였다. 한데 그 순간 갑자기 태양륜이 붉은색으로 변하면서 그 위력이 배가되었다.

혜청과 혜인이 놀라서 전력을 다해 반야산수를 펼쳐 태양륜을 쳐내었다. 소림칠십이절기 중에서도 방어력으로 일, 이위를 다투는 장력이었지만, 두 대사의 공부는 원각 대사에 비해서 아직 많이 모자라는 부분이 있었다.

혈강시공이 보완된 태양륜을 상대하기엔 역부족인 것이다.

'퀵' 하는 소리와 '퍽' 하는 소리가 연이어 들리면서 살이 타는 냄새와 함께 혜청 대사가 뒤로 튕겨져 나갔다. 그리고 혜인 대사 역시 뒤로 비척거리며 물러서고 있었는데, 얼핏 보아도 큰 부상을 입었음을 알 수 있을 정도로 휘청거리고 있었다. 그리고 호치백이 휘두른 검은 환제의 목을 사분의 일쯤 뚫고 들어가 박혀 있었다.

호치백은 검을 회수하려 했지만 환제의 목에 꽉 낀 검은 빠질 생각을 하지 않았다.

환제가 검을 뽑으려는 호치백을 보고 차갑게 웃었다.

위험을 느낀 호치백은 검을 놓고 빠르게 뒤로 물러섰지만, 환제가 휘두른 장력에 가슴을 스치고 일 장이나 날아가 땅바닥을 굴러야 했다. 심한 내상으로 인해 입에서 검붉은 피가 흘러나왔다.

이를 악물고 바닥에서 일어선 호치백은 혜청 대사가 즉사했다는 것을 알았고 혜인 역시 자신 못지않은 중상을 입었다는 사실을 알았다.

호치백은 등에서 식은땀이 흐르는 것을 느꼈다.

'만약 여기서 환제를 막지 못하면 자칫 무림맹은 회복하기 힘든 타격을 입을 수 있다.'

호치백은 지금 무림맹이 겨우겨우 버티고 있다는 것을 알고 있었다. 거의 절반 이상의 고수들이 죽어나간 상황이었다. 그런데 거기에 더해서 환제가 자유로워지면 오늘 무림맹은 그 대가를 톡톡히 치러야 할 것이다.

혜인 역시 그것을 알기에 사제의 죽음을 슬퍼할 사이도 없이 반야산수를 끌어올린 후 천천히 환제에게 다가갔다.

환제가 빙긋이 웃더니 자신의 목을 베고 들어온 호치백의 검을 손으로 잡아 뽑았다. 그러자 조금씩 피가 흐르던 목이 금방 아물어 버린다.

호치백은 그 모습을 보고 암담한 표정을 지었다.

환제가 비웃으며 말했다.

"이제 죽을 때가 되었다는 것을……."

말을 하던 환제가 갑자기 옆으로 비켜섰다. 그러자 환제를 지나친 얼음화살 하나가 마침 청성파의 제자를 죽이려고 하던 백호궁 무사의 뒤통수를 뚫고 들어갔다.

환제의 얼굴이 파르르 떨린다.

상대는 화살을 쏘면서 자신이 피할 것을 알았다. 실제 그 화살이 노린 것은 지금 죽은 백호궁의 무사였을 것이다.

문제는 죽은 백호궁의 무사가 아니었다. 화살을 쏜 자가 누구인지 한눈에 알아볼 수 있었기에 환제가 당황한 것이다.

얼음화살을 본 호치백의 입가에 미소가 어렸다.

그는 환제를 보면서 말했다.

"안됐군. 아무래도 관 아우 부부가 온 모양인데. 특히 제수씨가 좀 사나운 편이지. 후후."

호치백의 놀리는 소리에도 환제는 화를 낼 시간적인 여유가 없었다.

'와아' 하는 함성과 함께 약 사십여 명의 누더기를 걸친 무사가 싸움터에 끼어들었던 것이다. 그들은 백호궁 무사들에게 조금도 사정을 두지 않고 살수를 펼쳐 갔다.

"이 개자식들, 절대로 용서하지 않는다!"

"묵치, 아니지, 환제, 그 새끼 나오라고 해!"

왁자지껄 고함을 지르는 무사들의 눈엔 반쯤 광기가 어려 있었다. 그들을 본 백호궁의 상급 무사들은 모두 기겁을 하였다. 나타난 누더기 무사들이 누구인지 알아차린 것이다. 특히 환제는 누구보다도 그들을 잘 알고 있었다. 혈강시를 비롯해 환령이나 천령의 제조 기술 책임자가 바로 자신 아닌가.

"배… 백호들이라니……."

환제가 기가 막혀서 중얼거릴 때 환제의 앞에 한 명의 여자가 내려섰다.

그녀를 본 환제의 안색이 변했다.

"무후."

"저를 기억해 주시니 고맙군요."

환제는 상황이 이상하게 변한다는 것을 알았지만 처음과는 달리 침착하게 백리소소를 보았다가 원각과 싸우고 있는 요범과 교구의를 바라보았다.

그들 사이엔 어느새 의종 소혜령이 끼어들어 교구의를 상대하기 시작했다. 그렇게 되자 이 대 이의 결전은 원각과 소혜령의 우세로 돌아가고 있었다.

"이익!"

환제가 악에 받쳐서 이를 악물 때였다.

"환제, 그놈이 여기 있다!"

천기상인이 환제를 보고 고함을 지르자 살아남은 백호들이 우르르 몰려들더니 일제히 환제에게 달려들었다. 그들은 목숨을 걸고 환제에게 달려드는데, 제아무리 환제라 해도 사십여 명의 고수가 한꺼번에 달려들자 허둥거리고 말았다.

백리소소는 요궁을 들고 기회를 보다가 시위를 놓았다.

'퍽' 하는 소리가 들리며 막 천기상인의 검을 막던 환제의 눈에 얼음화살이 들어가 박혔다.

"으아아, 죽어라!"

눈에 화살이 박힌 그 순간 천기상인이 다시 한 번 검을 휘둘렀고, 검은 그대로 환제의 손을 찍어버렸다.

'깡' 하는 소리와 함께 검이 손에 들어가다 멈춘다. 그러나 이미 전의를 상실한 환제를 향해 사십 명이 돌아가며 난도질을 하기 시작하자 제아무리 환제가 천령이라고 해도 이겨낼 재간이 없었다.

백리소소는 환제가 쓰러지는 것을 보자 바로 스승을 돕기 위해 교구의에게 달려들었다. 그리고 혜인과 호치백은 요범에게 달려든다. 상황은 순식간에 역전이 되었다.

백리소소의 사혼마겸이 교구의의 목을 그어가고, 원각의 반선수가 요범의 머리를 가격하려 할 때였다.

"모두 멈춰라!"

갑자기 거대한 고함 소리가 들려오자 결전이 거짓말처럼 멈추었다. 모두들 고함 소리가 들린 곳을 쳐다보다가 안색이 일변하였다.

특히 무림맹의 무사들은 모두 안색이 흙빛으로 변했다.

반면에 백호궁 무사들은 함성을 지르며 환호를 했다.

백호궁 정문 쪽에서 백이십여 명의 인물이 새롭게 나타났는데, 그들의 앞에는 한 명의 청년과 한 명의 바싹 마른 노인이 서 있었다.

第十四章

투왕신화(鬪王神話)

—끝까지 방심하지 말라!

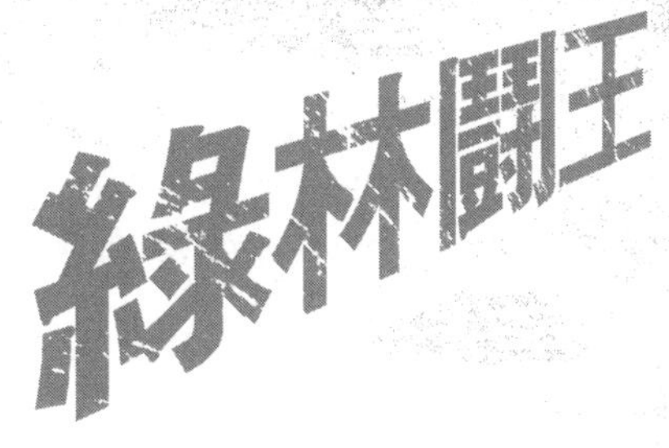

"묵치가 왔군."

지칠 대로 지친 노가구가 나타난 사람들 중 앞에 노인을 보고 한 말이 아니라도 수많은 무림맹 고수들이 그의 얼굴을 알아보고 결전을 멈추었다.

묵치가 다시 한 번 고함을 질렀다.

"백호궁의 제자들은 이쪽으로 물러서라!"

노인의 외침에 백호궁 무사들이 일제히 물러섰고, 무림맹의 무사들은 반대편 쪽으로 모여들었다. 바로 그때 '크아악' 하는 소리와 함께 요범의 신형이 바닥에 풀썩 쓰러졌다. 그의 심장 부분이 뻥 뚫려 있었고 머리에 구멍이 세 개나 나 있었다. 그리고 교구의 역시 백리소소의 사혼마겸에 의해 목이 잘리고 말았다.

새로 나타난 노인의 고함 소리를 들으며 누가 왔는지 눈치 채자 백리소소와 원각 대사 등은 전력을 다해 그들을 처리한 것이다. 조금이라도 백호궁의 힘을 줄이기 위해서였다.

제아무리 천령들이지만 절대고수 몇 명이 한꺼번에 협공을 하니 당해내지 못하고 죽은 것이다.

나타난 노인, 묵치의 안색이 굳어졌다.

"중이 너무 독하군, 원각."

노인의 말에 원각 대사가 합장을 하면서 말했다.

"아미타불, 독하기로 따지면 생강시를 만들어낸 묵 시주보다는 못하지요."

묵치의 입가에 냉랭한 미소가 떠올랐다.

"부인하지 않겠다. 그러나 대업을 위해선 독해야 하지. 그렇지 않으면 내가 그들처럼 누군가에게 먹힐 테니."

"아미타불, 너무 극단적인 말이외다."

"원각, 너는 한인이기 때문에 그렇게 말할 수 있는 것이다. 그러나 우린 그만큼 절박했다. 이곳에 우리의 뿌리를 내리기 위해서는 강호무림에 강자가 적을수록 좋고, 반대로 그들을 우리 편으로 만든다면 그만큼 우리가 강해진다. 나는 그 상식대로 행동했을 뿐이다."

"인륜이란 것이 있소."

"멍청한 중이군. 어차피 전쟁이다. 전쟁에 무슨 인륜이 있는가? 그런 거 따질 거면 그냥 집 안에서 잠이나 자는 게 좋다. 내가 이기면 전부 덮어질 행동이고 진다면 흉마가 되겠지. 다 각오한 일이다. 그러니 그런 개소린 하지 말고 어떻게 하면 우리를 이길 수 있을까만 생각해라! 어차피 너희가 이기긴 불가능한 일이지만."

백리소소가 앞으로 나서서 원각 대사 대신 말을 받았다.

"다 인정해요. 어차피 전쟁이니 가리면서 싸울 상황은 아니죠. 그러니 그렇다고 해두죠. 단, 우리는 침입자를 용서할 수 없어요."

묵치는 냉랭한 시선으로 백리소소를 바라보았다.

마치 얼음을 조각해 놓은 듯한 그녀의 모습은 어디서도 빛이 나는 아름다움을 간직하고 있었다.

"예쁜 계집이군. 네가 바로 무후더냐?"

"무례하군요. 당신이 나이가 있다 해서 말을 함부로 할 수 있는 신분이 아닙니다."

"크크, 가시가 있는 계집이라… 좋군. 넌 사로잡아서 사형의 애첩으로 주겠다. 그리고 미리 말하지만, 우린 이긴다. 설마 강시 몇 죽였다고 우리가 질 거란 생각은 아니겠지."

마침 그곳에 도착한 관표가 화가 나서 나서려 할 때 먼저 그 자리에 장칠고가 불쑥 끼어들었다.

"후안무치한 새끼. 오랑캐 아니랄까 봐 동족의 무식함은 다 보여주는군. 예의는 오줌에 말아서 똥구멍으로 처먹었냐? 너 같은 새끼 때문에 전륜살가림의 무사가 전부 무식하다는 소리를 듣는 것이다. 자고로 남자라면 여자에게 예의를 지켜야 하는 것이다!"

그 말을 들은 무림맹의 무사들은 자신도 모르게 웃음을 짓고 말았다.

묵치의 표정이 굳어졌다. 그는 장칠고를 노려보며 물었다.

"넌 어떤……."

말을 채 시작하기도 전에 장칠고는 묵치의 말을 끊어버렸다.

"난 주군의 수하고 내 주군은 바로 무후님의 지아비 되신다. 그리고 노려보지 마라, 늙은이! 꼭 썩은 개 눈깔 같아서 기분 더럽다."

"이이, 이런……."

"막말하니까 기분 더럽지? 대접받고 싶으면 사람답게 행동하라고, 늙은이. 내 이렇게 친절하게 교육까지 하고 교육비는 안 받기로 하지. 험."

묵치는 너무 화가 나서 몸을 부르르 떨었다.

"네놈, 당장 이리 나오너라!"

"내가 왜? 미쳤냐, 너 같은 무식한 늙은이를 상대하게? 난 내 자신을 잘 안다. 싸우고 싶으면 나 같은 피라미랑 싸우지 말고 우리 주군 같은 분이랑 싸워라, 늙은이!"

빈정거리며 손가락으로 콧구멍을 쑤시는 장칠고를 보면서 무림맹의 무사들이 와아, 하고 웃음을 터뜨리자 묵치가 살기를 뿌리며 앞으로 나오기 시작했다.

"사형, 아무래도 내가 먼저 애새끼의 입을 뭉개놔야 할 것 같습니다."

그 옆의 청년이 담담한 표정으로 고개를 끄덕였다.

마치 소풍을 나온 것처럼 여유가 있어 보이는 모습이었다.

무림맹은 그제야 이 한가해 보이는 청년이 바로 천존임을 알 수 있었다. 천존과 묵치가 동시에 나타난 것이다.

묵치가 앞으로 나서자 백리소소는 빠르고 냉정하게 상황을 살피기 시작했다. 먼저 묵치와 천존의 뒤로 서 있는 백여 명의 장정을 바라보았다. 모두 무표정하게 서 있는 모습이 마치 조각해 놓은 무사들을 세워놓은 것 같았다.

모두 혈강시들인 것이다.

'저들은 지금 혈강시들을 믿고 승리를 자신하고 있다. 다행히 저 혈강시들은 환령이 아니라 기존의 혈강시들인 것 같다. 상황을 눈치 채고 급하게 왔으니, 일단 가장 빨리 움직일 수 있는 혈강시들만을 대동했을 것이다. 하긴 백여 구의 혈강시는 절대무적이라 할 만하지.'

백리소소의 판단대로 혈강시 백여 구면 무림맹의 힘으로는 절대로 이길 수 없는 전력이었다.

백리소소는 가볍게 한숨을 내쉬며 한쪽에 서 있는 백호들을 바라보았다. 묵치가 나타났을 때부터 분노를 감추지 못하고 묵치를 노려보고 있었지만 어느 누구도 감히 그에게 달려들지 못하고 있었다.

그것은 그들이 묵치에게 암중적으로 겁먹고 있을 뿐만 아니라 정신적으로 제압되어 있다는 뜻이기도 하였다.

'만약 저들이 환령으로 다시 태어났다면 무림은 그대로 끝났을 것이다.'

백리소소는 조금 안심하며 앞으로 나서고 있는 묵치를 바라보았다. 이때 관표가 서서히 앞으로 나서고 있었다.

무림맹과 백호궁의 무사들은 모두 두 사람을 주시하며 침묵을 지켰다. 이 한 번의 결전이 얼마나 중요한지 모두들 잘 알고 있기 때문이리라. 그리고 그때 도종과 마종도 도착하였다. 그들은 상황을 살피며 조용히 한쪽에 내려섰다.

묵치는 도종과 마종을 힐끔 쳐다본 후 관표를 향해 물었다.

"네놈이 투왕이라 불리는 관표냐?"

"노인장, 말버릇이 그러니 어른 대접을 받지 못하는 것이오. 내가 투왕 맞소. 그리고 당신이 무례하게 군 무후의 남편이오. 무인이기 이전에 한 여자의 지아비로서 나는 당신을 용서할 수 없소이다. 아마도 당신은 각오하는 것이 좋을 것이오."

그 말을 들은 백리소소의 입가에 달콤한 미소가 떠올랐다.

"가가, 조심하세요."

묵치의 입가가 실룩거렸다.

"네가……."

관표가 움직였다.

더 이상 말싸움하기가 싫었던 것이다.

잠룡둔형보법의 잠룡어기환으로 돌격해 가는 관표의 모습은 마치 섬전 하나가 날아가는 것처럼 빨랐다.

묵치는 입을 다물었다. 아니, 다물 수밖에 없었다.

마치 거대한 산 하나가 밀려오는 것처럼 위압감이 느껴졌던 것이다. 그리고 그 위압감에 빠르기까지.

'투왕이라 믿지 않았는데, 이놈 정말 대단하다.'

묵치뿐이 아니라 무료한 듯한 표정으로 지켜보던 천존의 표정도 조금 진지해졌다.

관표는 돌진하는 자신의 몸에 대력철마신공과 운룡천중기를 운용하였다. 그리고 그 상태로 십절기 중 하나인 용형삼십육타로 묵치의 어깨와 머리, 가슴을 연이어 공격하였다.

용형삼십육타는 동작이 간결하고 빠를 뿐만 아니라 연환 공격에 그 장점이 있었기 때문에 한 번 공세를 취하면 한 호흡에 서른여섯 번을 연이어 공격할 수 있었다. 약점이라면 위력이 조금 약하다는 것인데, 그건 대력철마신공의 힘과 탄기결, 그리고 운룡천중기의 무거움이 보완하고 있었다. 간단하게 가벼운 몸무게의 사람이 치는 주먹과 무거운 사람이 치는 주먹의 힘은 엄연히 다르다는 것이다. 주먹에 무게가 실리기 때문이다.

지금 관표가 용형삼십육타를 펼치는 원리가 그와 같았다.

천중기의 무게에다 대력철마신공의 힘이 실린 그의 공격은 묵치에게 굉장한 위협이었다.

주먹과 팔꿈치, 그리고 수도와 손가락을 이용한 공격에 묵치는 자신의 절기인 백호금강타를 이용하여 막고 피한다. 그러나 힘에 밀리면서 뒤로 계속 물러설 수밖에 없었다.

묵치로서는 자신의 장기인 격투술에서 관표에게 밀리는 것이 수치였지만, 상대의 공격이 너무 빠르고 위력적이라서 반격할 틈도 없이 뒤로 밀릴 수밖에 없었다.

기와 기가 충돌하고 사방 일 장 안의 공기가 두 사람의 기세에 굴곡되어 파편처럼 부서져 나갔다.

다섯 치나 뚫고 들어간 발자국이 묵치의 뒤로 십여 개나 생겼지만 묵치의 눈은 한 점도 흔들리지 않았다.

'이놈, 지금 한 호흡으로 공격을 하고 있다. 그렇다면 그 호흡이 끊길 때가 있을 것이다. 그때가 반격할 수 있는 기회다.'

묵치는 냉정하게 상황을 판단하고 있었다.

서른여섯 번의 공격을 하는 데 걸리는 시간이 불과 물 두어 모금 마실 정도의 시간밖에 걸리지 않았다.

그 공격으로 묵치의 가슴 쪽 옷이 걸레처럼 찢기고 얼굴에 작은 상처가 났지만, 한 호흡이 끝났을 때 관표는 숨을 돌릴 수밖에 없었다. 그리고 그 순간 기회를 노리던 묵치의 반격이 시작되었다.

"이노옴!"

고함과 함께 묵치의 손에서 은은한 뇌성이 울리며 한 가닥의 섬광이 관표의 가슴으로 파고들었다.

묵치의 최고 절기 중 하나인 묵정뢰권이 펼쳐진 것이다.

무림맹의 무사들은 자신도 모르게 손을 불끈 쥐었다.

묵정뢰권은 강호에서 최고의 권공으로 알려진 무공이었고, 이 권공이 얼마나 무서운지는 누구나 다 알고 있었기 때문이다.

관표는 이미 호흡을 돌리는 순간 묵치의 공격을 예상하고 있었기에 침착하였다. 섬광이 보이는 그 찰나 관표의 양손이 앞으로 쭉 뻗어갔다. 그의 손에서 뿜어진 것은 맹룡분광수의 섬룡이었다.

'퍽' 하는 소리가 들리면서 둘은 서로 뒤로 서너 걸음씩 물러섰다.

그리고 둘을 가운데 두고 하나의 기파가 동심원을 그리면서 사방으로 번져 나갔고, 땅이 한 자나 파이면서 먼지바람이 회오리를 만들었으며 그 먼지 사이를 뚫고 묵치의 신형이 매섭게 돌진을 하였다. 묵치는 공격을 하면서도 믿을 수가 없었다.

어떻게 이제 약관을 넘은 관표가 자신과 비슷하게 싸울 수 있단 말인가?

'절대 살려둬선 안 된다. 이놈이 살아 있으면 전륜살가림이 중원을 차지한다고 해도 항상 불안할 것이다.'

결심을 굳힌 묵치는 백호금강타를 백호사상신법 안에서 펼치며 맹공을 퍼부었다. 주먹과 발, 팔꿈치, 무릎이 틈을 주지 않고 관표를 공격하였다. 관표는 맹룡단혼권과 칠기맹룡격에 광룡살수를 곁들여 묵치의 공격에 피하지 않고 마주 공격하였다.

타다다닥!

하는 기음이 연이어 들리면서 둘은 한 치도 양보하지 않고 충돌하였다.

보는 사람들은 모두 손에 땀을 쥐고 눈 하나 깜박이지 못했다. 언제 또 이런 결전을 볼 수 있으랴. 그러나 두 사람이 어떻게 움직이고, 어떻게 초식을 펼치는지 볼 수 있는 고수는 그렇게 많지 않았다.

'틈!'

둘은 지금 틈을 보고 있었다.

결정적으로 자신의 진짜 살기를 감춘 채 서로 틈을 노리고 있었지만, 두 사람 중 어느 누구도 상대에게 그 틈을 주지 않고 있었다.

오십여 합의 대결이 한순간에 흘러갔다.

세상엔 오로지 관표와 묵치 단둘만이 존재하는 것 같았다.

그렇게 얼마나 시간이 흘렀을까? 관표의 신형이 돌연 그 자리에서 맴을 돌기 시작했다. 그것을 본 사람들은 드디어 관표가 승부를 걸었다는 것을 알았다.

지켜보는 천존의 표정이 점점 더 진지해지고 있었다.

관표는 쌍수에서 한 가닥의 광채가 어리더니 한 마리의 금룡으로 변하여 묵치를 공격해 갔다. 묵치는 기다렸다는 듯이 묵정뢰권의 절초인 철군섬와(鐵涒儉渦)를 펼쳤다.

묵치의 주먹에서 가느다란 섬광이 무리 지어 뿜어지더니, 거대한 소용돌이를 일으키며 와선풍으로 변하여 관표의 금룡을 향해 날아갔다.

파르릉!

하는 기음이 들리면서 두 사람의 신형이 엇갈려 들어갔다. 그리고 관표의 손에서 다시 한 번 거대한 금룡이 튀어나왔고, 묵치의 주먹에서 섬광 하나가 직선으로 뿜어져 나왔다.

맹룡분광수의 진룡과 묵정뢰권의 최후 절초인 일광추(日光錐)가 동시에 펼쳐진 것이다.

'퍽' 하는 소리가 들리면서 거대한 기의 소용돌이가 펼쳐졌다.

관표는 두 개의 무공이 충돌하는 그 순간 이미 서로의 위력이 어느 한쪽으로 기울지 않고 비슷하다는 것을 깨우쳤다.

그것은 건곤태극신공의 기감(초자결)신기가 그에게 알려준 감각이었다. 그것을 안 관표는 우직하게 기파의 충돌로 일어난 기의 소용돌이 속으로 몸을 날렸다. 잠룡둔형보법의 잠룡신강보는 몸에 강기를 씌우며 관표를 보호하였고, 그 상태로 묵치에게 접근한 관표는 놀라서 공격하려는 묵치의 손을 잡아버렸다.

묵치로서는 전혀 예상하지 못한 관표의 무식한 공격에 반격하려고 손을 들었다가 그대로 손을 잡히고 만 셈이었다. 그러나 당황할 상황은 아니었기에 손에 내공을 주입하며 관표의 손을 뿌리치려고 하였다. 그러나 일단 서로 전력을 다해 최후의 절기를 펼친 후라 두 사람 다 쓸 수 있는 내공이 많지 않은 상황이었다.

관표는 일단 묵치의 손을 잡자마자 건곤태극신공의 흡자결을 펼쳤고, 손에는 대력철마신공의 금자결을, 그리고 손 안쪽으로는 건곤태극신공의 신기결을 펼쳐 보호하였다.

아울러 묵치가 손을 떨치기 위해 쏘아낸 내공은 해자결로 흡수하여 흩어내 버렸다. 그리고 동시에 관표는 손에 대력철마신공의 대력신기를 펼쳐 묵치의 손을 잡은 자신의 손에 힘을 주었다.

우두득, 묵치의 손목이 부러져 버렸다.

입신의 내공을 지닌 묵치였지만 마도제일신공이라는 대력철마신공의 대력신기는 그것을 간단히 무시하고 단순히 힘만으로 묵치의 내공이 실린 손목을 분지른 것이다.

묵치는 아픔 이전에 믿을 수가 없다는 표정으로 관표를 바라보았다. 그러나 그 순간 관표는 이미 부러진 묵치의 손을 잡아당기면서 다른 한 손으로 다시 한 번 맹룡분광수의 섬룡을 펼치고 있었다.

한 손이 부러진 충격이 채 가시기도 전에 관표의 공격을 받은 묵치가 다급하게 관표의 공격을 막으려고 묵정뢰권을 펼쳤다.

바로 코앞에서 두 개의 권경이 충돌하였고, 그것을 보던 천존은 무엇인가 이상함을 눈치 채고 신형을 날렸다. 그러나 무림맹 측에서도 천존을 그냥 보고 있지만은 않았다.

"누구 마음대로!"

차가운 음성과 함께 백리소소가 들고 있던 사혼마겸을 날렸다.

이기어겸술로 날아오는 사혼마겸이다.

제아무리 천존이라도 무시할 순 없었다. 그가 사혼마겸을 피하였을 때 관표와 묵치의 대결은 끝이 나고 있었다.

충돌의 여파로 두 사람은 뒤로 물러나야 했지만 관표가 꽉 잡고 있는 묵치의 손으로 인해 둘은 물러설 수가 없었다. 특히 관표는 충돌의 압력으로 뒤로 밀리는 순간 운룡천중기를 이용해서 버티었고, 다시 한 번 대력신기로 묵치를 잡아당겼다.

항거할 수 없는 힘에 의해 당겨진 묵치는 충돌의 기파로 인해 뒤로 밀어내는 힘까지 더해진 충격을 고스란히 받아내야만 했다.

"크윽!"

신음 소리가 입 밖으로 새어 나왔다. 그러나 자신의 상황을 잘 아는 묵치는 당겨지면서도 다시 한 번 묵정뢰권을 펼치려고 하였다. 그때 관표가 묵치의 품 안으로 파고들었고, 둘은 초식을 펼칠 수 없을 만큼 가까워지고 말았다.

묵치가 기겁해서 뒤로 물러서려는 순간 관표의 다른 한 손은 이미 묵치의 허리를 감고 있었다.

묵치를 끌어안은 관표가 대력신기와 운룡천중기를 전력으로 펼쳤다. 뚜두둑 하는 기음이 들리면서 묵치의 허리가 부러져 버렸다.

다급하게 내공으로 버티려 했지만 소용없는 일이었다.

"커억!"

입으로 피를 토하는 묵치의 머리를 관표의 머리가 들이받았다. 키가 작은 묵치의 뒤통수가 금자결로 단단해진 관표의 머리를 고스란히 받아내었다.

물론 운룡천중기도 그 안에 가세를 하고 있었다.

'퍽' 하는 소리가 들리면서 묵치의 눈이 돌아갔다.

허리가 부러진 채 뒤로 넘어지는 묵치를 관표가 발로 차버리자 묵치가 통나무처럼 날아가 백호궁 무사들의 발아래 떨어졌다.

설명은 길지만 묵치가 손을 잡히면서 죽기까지 걸린 시간은 눈 깜짝할 사이라 누가 돕고 어쩌고 할 사이도 없었다.

모두 멍하니 관표와 죽은 묵치를 바라본다.

제일 먼저 정신을 차린 것은 장칠고였다.

"크하하! 역시 주군이십니다. 전왕 묵치가 투왕이신 주군에게 죽었으니 이제 누가 주군의 상대가 되겠습니까? 천존, 너도 이제 죽었다! 으하하!"

장칠고의 고함 소리에 모두들 정신이 들었다.

'와아' 하는 함성이 무림맹 사이에서 퍼져 나갔고, 특히 사십여 명의 백호들은 그 자리에서 펄쩍펄쩍 뛰며 좋아하였다.

천존의 표정이 딱딱하게 굳어졌다.

"이놈, 이제 나와 겨루어보자!"

천존은 자신이 가장 믿고 있던 사제의 죽음에 치가 떨렸다.

중원에서 천축으로 들어왔을 때, 자신이 가장 먼저 사귄 의동생이었다. 사실상 천축에서 만난 같은 한인이라는 정서적인 면도 통해서 그 누구보다도 믿고 의지하던 사이였다.

한인이었기에 중원에서 힘을 얻어도 의심받지 않을 수 있었던 것이다. 그런 묵치가 죽었다.

천존이 나서자 백리소소와 원각, 그리고 도종과 마종이 앞으로 나섰다. 관표가 한 손을 들고 말했다.

"내게 맡겨주시오. 아무래도 저자는 내가 상대하는 것이 옳을 거란 생각이 드는구려."

관표의 말에 백리소소와 원각 대사 등은 다시 제자리로 돌아갔다.

이미 그들도 현재 무림을 대표해서 천존과 겨룰 수 있는 사람은 관표뿐임을 알고 있었던 것이다. 이는 공식적으로 관표가 무림제일인임을 모두가 인정한 것이나 마찬가지였다.

장칠고는 눈물이 흐르는 것을 겨우겨우 참아내면서 옆에 있는 소림의 계율원주인 정호 대사에게 말했다.

"저분이 바로 나의 주군이오! 허허, 멋지지 않소. 천존은 이제 죽은 목숨이오."

장칠고는 이미 관표의 승리를 무조건 믿고 있는 표정이었다.

정호 대사는 장칠고를 바라보았다.

참으로 험하게 생긴 사람이었다. 그리고 말도 걸고 험하다. 그러나 과연 누가 있어서 천존과 전왕 묵치에게 훈계를 할 수 있을 것이며, 뉘라서 그와 같은 충심을 가질 수 있겠는가? 정호 대사는 장칠고가 참으로 대단한 장부라고 생각하였다.

"아미타불, 장 형이 참으로 부럽습니다."

"하하, 뭐, 부럽기까지야. 엥, 뭐…… 뭐라고 하셨소? 장 형이라고 했소?"

"허허, 제가 장 형과 친구가 되면 안 됩니까?"

장칠고는 멀뚱거리며 정호를 보다가 말했다.

"흠흠… 뭐, 내가 조금 손해지만 친구가 되고 싶다고 하니… 그런데 친구, 아무리 봐도 내가 주군 하나는 잘 둔 것 같지 않은가?"

정호는 그만 웃고 말았다.

참 적응력도 빠른 장칠고 앞에서 할 말이 없었던 것이다.

그렇게 장칠고와 정 자 돌림의 소림승 중 최고 고수라는 정호는 친구가 되었다.

천존은 분노를 속으로 억누르며 관표를 바라보았다.

"정말 대단한 실력이었다. 네가 감히 나를 이길 수 있는지 보겠다."

"오만하군."

"오만인지 아닌지는 두고 보면 알겠지."

천존이 움직였다.

"훅."

관표의 입에서 저절로 신음이 새어 나왔다. 천존의 움직임이 눈에 잡히지 않았던 것이다. 그러나 그에게는 건곤태극신공의 초자결이 있었다.

관표가 몸을 왼쪽으로 돌면서 맹룡분광수를 펼쳤다.

'퍽' 하는 소리가 들리면서 관표의 몸이 한쪽으로 쏠린다.

"이익!"

관표는 자신의 몸이 쏠리는 쪽으로 다시 천존의 공격이 이어지고 있다는 것을 알았다. 제대로 보지 못했지만 그의 초자결이 전해준 감각이 그렇게 말하고 있었다.

다급하게 몸을 틀어 피한 다음 몸을 회전하며 맹룡분광수의 섬룡에 이어 광룡까지 펼쳤다.

용이 꿈틀거리면서 휘몰아쳤지만 '퍽' 하는 소리가 들리면서 힘차게 용틀임을 하던 용이 그대로 소멸되어 버렸다. 관표는 가슴에 충격을 받고 뒤로 휘청거리면서 물러서고 말았다.

그것을 본 원각 대사가 앞으로 나서려 하자 백리소소가 손을 들어 막았다. 그녀는 전음으로 원각 대사에게 말했다.

"낭군께서는 아직 힘이 있습니다. 그리고 어차피 다른 사람이 끼어들면 결과는 더욱 참혹해집니다. 지금 천존은 아직 전력을 다하지 않고 있습니다. 만약 누가 끼어들려 하면 단 일격에 관 대가를 중상 이상으로 만들 것입니다. 조금만 기다려 주십시오."

원각 대사는 백리소소를 바라보았다.

얼굴에 식은땀이 흐르고 있었으며 두 주먹을 꽉 쥐고 있었는데, 몸이 뻣뻣하게 굳어 있었다. 원각 대사는 고개를 끄덕였다.

사실 지금 누구보다도 초조한 사람은 그녀일 것이다.

그녀가 움직이지 않으면 누구도 움직여선 안 된다.

그것을 알기에 도종이나 마종, 그리고 의종 소혜령이 움직이지 않고 있는 것이다.

'그녀가 움직이지 않는 것은 투왕에게 아직 남은 무엇인가가 있다는 것이리라. 믿어보자.'

원각은 투왕과 무후에게 정말 많이 놀라고 감탄하는 중이었기에 끝까지 믿어보기로 하였다. 사실 자신이 나선다고 해도 천존을 이기지 못한다는 것을 알고 있었기 때문이기도 했다.

이십여 초가 흐르는 동안 관표는 벌써 다섯 군데나 상처를 입었다. 맹룡분광수의 최후 절초인 진룡을 세 번이나 펼치면서 겨우겨우 위기를 모면하고는 있었지만 확실히 천존은 힘에 겨운 자였다.

"이게 다인가? 과연 대단하다. 하지만 어디, 이것도 좀 받아봐라!"

천존의 손에서 한기가 흘러나와 관표를 공격하였다.

관표는 다시 한 번 진룡을 펼쳤다.

'퍽' 하는 소리가 들리면서 뒤로 몇 걸음 물러나고 말았다.

관표는 입으로 피가 치밀어 오르는 것을 느꼈다. 얼른 손으로 입을 막았지만 피가 흘러 돌바닥에 떨어진다. 적지 않은 양이었다.

"대단하군, 그것을 막다니. 한데 자네의 최고 절기는 이 정도인가? 그럼 이제 죽을 때가 되었군. 앞으로 딱 삼 초 안에 자네를 죽여주지. 그 삼 초만 견디면 자네는 살 수도 있을지 모르네."

"흥, 자만하지 마라. 네 오십 초도 아직은 견딜 수 있다."

천존의 입가에 비웃음이 어렸다.

"지금까지도 대단한 것이다. 그럼 지금부터는 내가 이곳에 오기 전에 겨우 터득한 무공들을 보여줄 테니 죽기 전에 잘 견식하게. 이 무공들은 오늘 처음 사용하는 것들이니 영광으로 여기게. 자, 제일초로 광홍무량(光鴻無量)이란 무공일세."

천존의 손에서 기이한 음향이 들이더니 섬광 하나가 뿜어져 나왔다. 그리고 그 섬광은 한 마리의 기러기처럼 변해서 관표를 향해 날아왔다. 보지도 듣지도 못했던 무공이다.

관표는 다시 진룡을 펼쳤고, '퍽' 하는 소리가 들리면서 관표는 뒤로 다시 서너 발자국을 물러섰다. 그나마 운룡천중기와 대력철마신공덕으로 그 정도에서 버틸 수 있었으리라.

천존이 앞으로 걸어와 관표와의 거리를 유지하였다.

관표의 몸에서 나온 피가 천존의 발에 짓밟힌다.

"대단하군, 대단해. 그럼 이번엔 제이초……."

"이번엔 내가 먼저다!"

관표가 고함을 지르며 달려들었다.

마지막으로 자신의 모든 힘을 전부 모아 달려드는 관표를 보고 천존은 웃었다. 굉장히 빠른 속도로 달려들고 있지만 자신의 손엔 이미 제이초의 무공인 단장홍(斷掌紅)이 운기되어 있었던 것이다. 저렇게 달려들 때 펼치면 상대가 받는 충격도 커질 수밖에 없었다.

단장홍이 펼쳐졌다.

은은히 붉은색 강기가 펼쳐지는 순간 관표의 손이 수평으로 그어졌다. 천존의 얼굴이 굳어졌다.

뭔가 이상하다.

금색의 섬광이 번쩍 하는 순간 천존은 재빨리 보법을 펼쳤다.

'퍽' 하는 소리와 함께 '서걱' 하는 소리가 들렸다.

크흑, 하는 신음성을 터뜨리며 관표의 몸이 뒤로 삼 장이나 날아가 땅바닥에 처박혔다. 백리소소가 다급하게 관표에게로 신형을 날렸다.

그 뒤를 장칠고와 의종 소혜령, 그리고 도종과 호치백, 마종 등이 따른다.

그런 그들의 모습을 천존은 멍하니 바라보고 있었으며, 천존이 이겼을 것이라 생각하는 백호궁의 무사들도 느긋하게 지켜본다.

천존은 단장홍을 펼치던 바로 그 자리에 서 있었다.

천존의 눈이 흔들렸다.

'허허, 오만했다. 내 마지막 무공은 쓰지도 못했구나. 나에게 펼친 무공, 강기로 뭉친 도끼 같았는데 완전히 터득하면 내 마지막 무공인 천단수(天斷手)와 능히 견줄 만했는데.'

하늘도 끊을 수 있는 손이라니 그 무공의 이름만으로도 능히 짐작할 수 있는 무공이었다. 그리고 완전히 터득하면 비슷할 거란 말은 지금 관표가 터득한 수준으로는 자신의 무공을 이길 수 없다는 말일 것이다.

털썩.

하는 소리와 함께 천존의 몸이 땅바닥에 고꾸라졌다. 그런데 그의 하체는 여전히 땅을 딛고 서 있었다. 그의 몸이 허리에서 양단된 것이다.

관표의 광룡삼절부법의 최후 절초인 광룡파천황에 의해서.

그리고 그의 두 발은 관표가 자신의 피와 함께 흘려놓은 음양접에 붙어 있었던 것이다. 그래서 피할 수가 없었다.

백호궁 무사들의 안색이 굳어졌다.

백리소소는 관표의 맥을 짚어보고 겨우 안심을 하였다.

중상이긴 하지만 살아 있었던 것이다.

살아만 있다면 그녀와 의종은 완벽하게 고쳐 놓을 자신이 있었다.

"관 대가는 살아 계세요. 그러니 걱정하지 마시고 백호궁과 전륜살가림을 처리하세요!"

백리소소의 말이 떨어지자, 바로 곁에 서 있던 장칠고의 얼굴이 펴졌다. 그는 맹주인 송학 도장을 바라보았다.

송학 도장이 고개를 끄덕이자 장칠고는 무림맹의 무사들을 보고 고함을 질렀다.

"투왕 관표님이 천존을 이겼다! 투왕은 무사하니 무림맹의 무사들은 천축의 오랑캐들을 처리하라!"

그의 고함과 함께 무림맹의 무사들이 일제히 백호궁을 향해 밀려갔다. 천존의 죽음에 당황하던 탄이 혈강시들에게 공격 명령을 내리려 할 때였다.

의종과 마종, 그리고 도종의 손에서 몇 개의 쇠 구슬이 날아갔다. 쇠 구슬들은 혈강시가 있는 곳에서 '펑' 소리를 내며 터지더니 붉은색 연기를 피워냈다. 그리고 그 연기를 맡은 혈강시들이 그 자리에서 픽픽 쓰러진다.

그것을 본 탄은 망연자실하고 말았다.

그는 설마 의종 소혜령과 백리소소가 구인촌에서 얻은 약재와 정보를 가지고 혈강시를 깰 수 있는 약을 만들었으리란 생각은 전혀 못했던 것이다.

단지 그 약이 혈강시에서 진화된 환령 이상에겐 통하지 않았지만, 이제 남은 환령이나 천령은 거의 없었기에 그것만으로 이미 승패는 기울고 말았다.

탄은 얼른 도망치려고 몸을 돌렸다.

"네 마음대로 되겠느냐?"

갑작스런 소리와 함께 마종과 도종이 그의 앞에 내려섰고, 그 외에도 백호들이 그를 겹겹으로 둘러싸고 있었다.

탄은 맥이 빠지고 말았다.

빠져나갈 수 있는 방법이 없었던 것이다.

혈강시가 전부 맥없이 쓰러지고 나자 사실상 승부는 쉽게 결정나고 말았다. 이제 백호궁에선 십이대초인들을 상대할 수 있는 고수들이 거의 없었던 것이다.

결국 탄도 화가 날 대로 난 백호들에게 난도질을 당하고 말았다.

그렇게 전륜살가림의 혈란은 끝을 맺었다. 그러나 이번의 혈전으로 인해 무림맹 소속의 문파들은 너무 큰 피해를 입었다.

공격에 참여했던 사백오십여 명 중 겨우 이백오십여 명만이 살아남았던 것이다.

육 개월이 지났다.

그동안 전륜살가림과 백호궁의 잔당들은 완전히 소탕되었고, 천문은 이미 강호제일문파의 자리를 확고히 하는 중이었다.

관표는 천문에서 얻은 이익을 무림맹 소속 문파들에게 나누어 주면서 그들이 다시 옛 성세를 되찾도록 도와주는 중이었다. 그런데 그런 천문 취의청 안에 관표와 백리소소가 난감한 표정으로 앉아 있었다. 백리소소는 이미 상당히 배가 불러 있었다.

그들 앞에는 백호궁의 살아남은 백호들이 줄줄이 앉아 있었는데, 그들의 표정은 무엇인가 결사적이었다.

관표가 말했다.

"그러니까 나더러 어쩌란 말입니까?"

천기상인이 대표로 말했다.

"간단합니다. 우리를 천문에 가입시켜 주시면 됩니다. 아니면 우리의 도전을 받아주시오."

난감하다.

언제 저들의 도전을 일일이 받아준단 말인가? 그렇다고 천문에 받아들이자니 그들의 나이가 있어서 문주인 그가 어색하다.

"허, 어쩌면 좋겠소?"

관표가 백리소소를 바라보자 그녀도 고개를 흔들었다.

천기상인을 비롯한 백호들은 절대 물러서지 않겠다는 의지가 확고해 보였다. 관표는 할 수 없이 고개를 끄덕이고 말았다.

순간 백호들 사이에서 '와아' 하는 소리가 들려왔다.

백리소소는 미소를 짓고 있었지만 관표는 울상이다. 그리고 그 뒤에서 있는 청룡단 역시 좋은 표정은 아니었다. 졸지에 사십여 명의 상전이 생겼으니 좋을 리가 없었다.

그렇게 천문의 하루는 저물어가고 있었다.

호치백은 한 다발의 꽃잎을 강가에 뿌리고 있었다.

그녀와 추억이 가득한 강은 쉼없이 흐르고 있었다.

'진 낭자, 잘 가시오. 내 가슴엔 영원히 당신의 숨결이 멈추지 않을 것이오. 당가는 내가 잘 도와주리다.'

한동안 강을 내려다보던 호치백이 돌아서서 사천성을 향해 걸음을 옮겼다.

그가 떠난 강가엔 돌비석 하나가 세워져 있었고, 거기엔 호치백이 금강지로 쓴 짧은 글 하나가 남아 그들의 추억을 말해주고 있었다.

그날의 강은 지금도 한결같지만,
그녀와 함께 보았던 물결은 태호에서 흩어졌다.
둘이 섰던 자리에 홀로 서고 보니,
바람이 등 뒤에서 훌쩍거리더라.
세월이 한 자락 낙엽으로 흐르다
발밑에서 맴을 도는데.

사랑도 사람도 떠났지만, 그리움만 홀로 남아
외로운 그림자를 감싸더라.

〈終〉

▣ 녹림투왕에 나오는 무공 설정들

1. 관표의 무공

1. 대력철마신공(大力鐵魔神功):십이성의 단계로 표시하며 총 네 개의 운용결이 있다.

〈운용자결에 대한 설명〉

· 금(金)자결:철갑경(鐵鉀勁)이라고도 한다. 자신의 신체 일부분을 쇠처럼 단단하게 만들 수 있다.

· 신(神)자결:대력신기(大力神氣)라고 불리며 신자결로 엄청난 힘을 불러일으킬 수 있다.

· 탄(彈)자결:무적철강탄기(無敵鐵罡彈氣)라고도 한다. 호신강기의 최고봉 중에 하나다.

· 진(眞)자결:진천무적강기(震天無敵罡氣)라는 다른 이름을 가지고 있으며, 철강기를 응용한 공격법이다. 진이란 벼락을 말하는 것으로, 무적철강기를 벼락처럼 쳐내어 상대를 부수는 방법이다. 하지만 이 진자결은 위력이 천하무쌍인 대신에 내공의 소실도 그만큼 많은 공격 방법이고, 무적철강기가 최소 구성에 이르러야 사용할 수 있다.

2. 건곤태극신공(乾坤太極神功):총 칠단계의 내공심결로, 평범하게 익힌다면 사단공까지 배우는 데 백십오 년이 걸린다. 태극팔운결, 또는 태극팔법진기(太極八法眞氣)라는 여덟 개의 운영 비결이 있다.

· 혜(慧)자결:머리를 맑게 하고 판단력이나 집중력을 높여준다.

· 초(超)자결:육감과 감각을 최고조로 발휘하게 해준다.

· 흡(吸)자결:손에 내가진기를 운용해서 멀리 있는 것을 잡아당기거나 붙여준다.

· 발(發)자결:가볍게 밀어낸다. 여기에는 만과 쾌(快)의 묘리가 함께 공존한다.

· 해(海)자결:모든 것을 하나로 흡수하여 서로 엉키지 않게 만들어준다. 관표는 이 해자결로 인해 서로 다른 무공을 익힐 수 있을 뿐 아니라 여러 가지로 큰 도움을 받는다. 해자결은 사람의 몸을 바다와 같이 만들어준다. 그 안에서 세상의 모든 것을 받아들이고, 그들과 함께 공존하며, 그 기운들을 더욱 정심하고 강하게 정화시켜 준다.

· 이(移)자결:혈을 마음대로 이동시킨다.

· 정(頂)자결:태극개정대법(太極開頂大法)이라고도 한다. 태극신공이 구성 이상의 경지에 달하면 사용할 수 있는 개정대법. 불문의 개정대법보다 훨씬 위에 있는 수준이고, 상대의 신체를 바꾸어놓고 혈을 뚫어준다. 내공 소모가 심하고 한 번 개정대법을 펼친 후엔 다시 본원진기를 되찾는 데 시간이 걸린다.

· 신기(神氣)결:부드러운 강기로 몸을 감싸 상대의 공격에서 충격을 흡수하며 혈을 보호한다.

3. 운룡천중기(雲龍天中氣):사람의 몸이나 신체, 또는 자신의 손에 들린 물건을 산처럼 무겁게 만들 수 있는 기공이다.

4. 운룡부운신공(雲龍浮雲神功):운룡천중기와는 반대로 무엇이든 가

볍게 만들 수 있다.

5. 맹룡십팔투

1) 삼절황(三絶皇)

· 잠룡둔형보법(潛龍遯形步法):일보영(一步影), 잠룡어기환(潛龍魚奇幻), 잠룡신강보(潛龍神罡步)

· 맹룡분광수(猛龍分光手):섬룡(閃龍), 광룡(狂龍), 진룡(震龍)

· 광룡삼절부법(光龍三絶斧法):광룡참(光龍斬), 비룡섬(飛龍閃), 광룡파천황(狂龍破天荒):무형지기로 만든 광룡천부(光龍天斧)로 펼치는 부법. 관표의 최고 무공이다.

2) 오호룡(五虎龍)

· 창룡사자후(唱龍獅子吼)

· 광룡폭풍각(狂龍爆風脚)

· 사혼참룡수(死魂攙龍手):용형신강(龍形神罡), 참룡무한(斬龍無限):참룡수 최강의 초식

· 광룡살수(光龍殺手):광룡철곽(光龍鐵郭) 등의 초식이 있다.

· 맹룡칠기신법(猛龍七氣神法):맹룡출해(猛龍出海) 등의 초식이 있다.

3) 십절기(十絶氣)

· 용형삼십육타(龍形三十六打)

· 칠기맹룡격(七氣猛龍挌)

· 맹룡단혼권(猛龍斷魂拳)

· 정동금강퇴(鼎動金剛腿)

· 세현구절수(細絢九折手)

· 용형십삼장(龍形十三掌)

· 맹룡역기(猛龍易氣)

· 둔룡비(遁龍飛)

· 소심맹룡산수(少心猛龍散手)

· 맹룡철각(猛龍鐵脚)

6. 광월참마부법(光月斬魔斧法) 정팔식

· 일초:명월(明月)

· 이초:단월(端月)

· 삼초:역월(逆月)

· 사초:귀월(鬼月)

· 오초:비월(飛月)—도끼를 날리는 초식

· 육초:신월단참(迅月斷斬)

· 칠초:탈명수월(奪命收月)

· 팔초:사령마왕살(死靈魔王殺)

2. 백리소소의 무공

1. 은하수리보법(銀河水鯉步法)

2. 쾌영십삼타(快影十三打)

3. 용각철두신공의 용각십절두타(龍角十絶頭打)

4. 사혼마겸:사혼비섬류(死魂飛閃流)—어검술보다 발전한 형태의 이기어겸술. 사혼마광(死魂魔光), 추혼십삼사(追魂十三死)

5. 빙혼요궁(氷魂妖弓):빙영섬(氷影閃), 강궁빙살추(强弓氷殺錐), 빙혼이기어시(氷魂異技御矢), 빙살폭뢰전(氷殺爆雷箭), 빙살요비단뢰전(氷殺妖飛刖銇箭)

6. 요안(妖眼):요궁의 법술을 익히기 위해서 반드시 익혀야 하는 무공으로 눈이 진홍색으로 변한다. 최고의 장점은 상대의 기를 읽을 수 있다는 것. 어떻게 보면 백리소소가 익힌 최고의 무공이라고 할 수 있다.

7. 십절수라창법(十絶修羅槍法):수라창을 사용하는 창법. 마겸(魔鎌), 수라창(修羅槍), 사령도(死靈刀), 요궁(妖弓)을 사대마병이라 한다. 이중 백리소소는 삼대마병 보유.

8. 은하탄섬류(銀河彈閃流)

3. 천문 십이절(관표가 천문의 수하들에게 가르친 무공들이다)

1. 유성검법십삼식(流星劍法十三式):전 육식 육절연환유성검법(六節連環流星劍法)이라고도 한다. 연환하여 펼치기 쉽고 비교적 배우기도 쉬운 검법이었지만, 배우면 배울수록 위력이 강해지는 특성을 지녔다(청룡단원들이 이 전 육식을 익혔다).

· 교수첨미(較修尖尾):검끝을 상대에게 겨누고 그의 실력을 견준다.

· 유성역행(流星力行)

· 연환수천(連環水喘):상대를 거칠게 상대할 때 좋은 초식

· 탄검비성(誕劍飛星):탄은 거짓을 뜻함. 교묘한 허초로 상대를 끌어들이는 초식

· 산월미기(散月迷氣)

· 월인괴섬(月刃怪閃)

중사식

· 소운성월(少雲聖月)

· 귀혼낙지(鬼魂落地)

· 유성벽하(流星劈河)

· 일월참형(日月斬刑)

후삼식

· 제두발인(劑頭撥刃)

· 유성천하(流星天下)

· 유성단참(流星斷慘)

2. 대풍산도법(大風山刀法)

3. 무영철궁기(無影鐵弓氣)

4. 섬광삼절검(閃光三絶劍):쾌검으로 살수검이다. 추혼발검(追魂拔劍)—발검술을 겸하고 있음, 은광사혼(摁光死魂), 섬광마영(閃光魔影)

5. 섬광영(閃光影) 신법:청룡단의 비기

6. 단월검법(刑月劍法):십이초 백팔식의 검법. 실전된 지 수백 년이 지난 검치 조산호의 검법. 당시 무당의 최고 검수였던 현무자와 삼백 합을 겨루었지만 무승부를 이루면서 강호에 유명해진 인물.

7. 분광사자도법(分光獅子刀法):삼백여 년 전 강호를 혈풍 속에 잠기게 만들었던 사자천마의 도법.

8. 잠룡팔황보법(潛龍八荒步法):잠룡둔형보법의 기초가 되었던 보법.

9. 비월유성신법(飛越流星身法)

10. 소운장법(小雲掌法)

11. 삼절낙뢰창(三絶落雷槍)
12. 붕산월광부법(崩山月光斧法):팔광월부(八光月斧)라고도 부른다.

4. 천문 수하들의 무공

1. 자운

1) 단혼십삼절(斷魂十三絶), 붕운삼우(鵬運參羽), 단혼청사(斷魂青死), 환영추혼절(幻影追魂絶)—모두 열여섯 개의 환영을 만듦, 빙혼신기연사(氷魂神氣連絲), 추혼빙하탄(追魂氷河彈), 탈명추혼귀견(奪命追魂鬼犬) 등의 초식이 있다.

2) 천음빙하신공(天陰氷河神功):단혼십삼절을 익히기 위한 무공.

2. 대과령

1) 금강혈마공(金剛血魔功)과 금강팔기권(金剛八氣拳), 혈광섬(血光閃), 금강혈붕(金剛血崩), 금강섬(金剛閃) 등의 초식이 있다.

2) 붕산금강혈마봉법(崩山金剛血魔鋒法):금강혈붕(金剛血崩), 봉황수연(鳳凰水聯) 등의 초식이 있음.

3. 과문

· 귀령십절창(鬼靈十絶槍):호령두안(虎令頭眼), 섬광비룡(閃光飛龍) 등의 일반 초식과 삼대살수로 불리는 광참형(光巉形), 섬전사혼추(閃電死魂錐), 비룡추혼(飛龍追魂)의 초식이 있다. 이중 비룡추혼은 창을 던지는 초식.

4. 오대곤

· 벽력철환부법(霹靂鐵幻斧法)

5. 여광

· 대정금강도법(大精金剛刀法), 여씨연삼랑(呂氏連三狼), 금강연혼류(金剛練魂流) 등의 초식이 있다.

5. 십이대초인들의 무공

1. 천검(天劍) 백리장천(百里匠天)

1) 백옥무연신공

2) 무무수천검법(武武修天劍法):최강의 검법

3) 태환장권십이식(太幻掌拳十二式)

4) 연환성권(連環星拳)

2. 전왕 묵치의 무공

1) 백호금강타(白虎金剛打):권, 장, 지, 팔꿈치, 발, 무릎, 머리를 사용하는 무공. 백호궁에서 가장 유명한 무공 중 하나로 묵치가 강호를 종횡할 때 가장 많이 사용한 무공이다. 다른 말로 칠기격타신공(七氣擊打神功)이라고 한다.

2) 백호사상신법(白虎四相神法)

3) 묵정뢰권(墨釘雷拳):백호궁 최고의 무공 중 하나.

3. 사령혈마 담대소의 무공

· 진천사령도법(震天死靈刀法)

광한명강(擴悍鳴罡), 전광혈음(電光血陰), 혈한명강(血漢明罡), 혈광사령마인(血光死靈魔人) 등의 초식이 있다.

4. 독종(毒宗):천독수(天毒手) 당진진

1) 역산단행(逆算短行):도가 비전으로 당진진이 강호를 떠나기 전 얻은 비전

2) 오독묵영살(五毒墨影殺):당가의 비전

3) 절명금강독공(絶命金剛毒功)

4) 절명금강수(絶命金剛手)

5) 절명독인수형(絶命毒人獸形)

6) 사령천독수(死靈天毒手)

5. 검종(劍宗)

· 귀혼수라검법(鬼魂修羅劍法):귀혼검막(鬼魂劍幕), 귀검단혼(鬼劍斷魂) 등의 초식이 유명하다.

6. 불종(佛宗):원각 대사(元閣大師). 소림의 장로

7. 도종(刀宗):십도맹의 맹주. 불패도(不敗刀) 귀원(貴元)

1) 십절광한도법(十絶擴悍刀法), 광한명강(擴悍鳴罡), 마지막 살초인 십기단도(十氣斷刀) 등의 초식이 있다.

2) 쌍절사라사한도법(雙絶死羅死悍刀法)

8. 마종(魔宗):천마제(天魔帝) 여불휘

· 칠극천마공공검법(七極天魔攻功劍法)

비마공공(飛魔攻功), 천마불기살(天魔制技殺), 귀혼살(鬼魂殺), 칠극공공수라현(七極攻功修羅現) 등의 초식이 있음.

9. 의종(醫宗):백봉화타(白鳳華陀) 소혜령(少慧靈)

1) 은하수리보법(銀河水鯉步法)

2) 은하탄섬류(銀河彈閃流)

3) 백봉구화장법(白鳳九華掌法)

10. 패종(霸宗):녹치(醁嗤)

· 패왕신권(霸王神拳)

11. 불괴(佛怪):대비단천(大裨斷天) 연옥심. 불야차라고도 불린다.

· 대비연화구검(大丕蓮花九劍)

12. 투괴(鬪怪):철두룡(鐵頭龍) 하후금(夏候昑)

1) 한음진살(漢音震殺)

2) 건원신권(乾元神拳)

3) 잠마격발신공(潛魔激發神功)

4) 철두신공(鐵頭神功)

▣ 맹룡천문의 조직도

1. 문주와 장로들, 그리고 호법

  1) 문주:녹림왕 관표

  2) 태상장로:반고충

  3) 장로:전 수유촌의 촌장인 이장산

   장로:관표의 아버지인 관복. 조공의 아버지인 조산

   장로:백골노조 이충—전륜살가림에 죽음

   장로:벽력철부(霹靂鐵斧) 오대곤

   장로:철곤(鐵棍) 진천—역시 죽음

   촌장의 의견에 서로 협력하여 반대 의견을 낼 수 있고, 녹림도원의 규율을 관장하며, 새로운 규칙을 상정하여 촌장에게 건의할 수 있는 권한이 있음. 수하들의 녹봉을 지급하고 녹림도원의 곳곳에 필요한 돈을 관리, 지급하는 일을 한다.

  4) 좌호법:자운. 나이 삼십 정도. 무면신마와 원한 관계가 있다. 구인촌의 비밀을 간직한 열쇠를 지니고 있다.

  5) 우호법:금강마인(金剛魔人) 대과령(大㮚嶺). 팔각형의 철방망이를 무기로 사용하는 인물로 팔 척의 키를 지니고 있음. 사부는 철무 진인(鐵武眞人)

   호법의 직책은 장로원과 총당주, 그리고 총대주 다음이고 실제적으로 관표의 직속이라 다른 사람의 명령을 듣지 않아도 됨. 감찰의 권한과 함께 녹림도원의 형법을 집행하는 집행자의 권한도 함께 가졌다.

2. 당주들(실제적으로 녹림도원의 살림과 관리를 맡아서 함)

1) 총당주이자 금룡당 당주 겸 철마상단의 단주:표풍검 장충수

부당주:철장도(鐵杖刀) 오장순

부당주:철수쾌검(鐵手快劍) 도상 외 삼십일 명

두 명의 부당주는 모두 장충수를 쫓아온 금룡표국의 표두들이었다. 금룡당은 철마상단을 지휘하는 곳이라 할 수 있었다.

2) 천기당(天技黨) 당주:조공

부당주 일 명 외 오십칠 명. 한 명의 부당주는 추후 뽑기로 함. 천기당은 특성상 무공을 모르는 인원도 상당수 있었다. 천기당에서 하는 일은 녹림도원의 무기 제조, 의료 행위, 그리고 녹림도원의 내부 관리 등이다.

3) 천기당(天奇黨) 당주:백골노조의 손녀 이호란

부당주:백골서생 조난풍 외 십이 명

천기당의 원래 이름은 강시 지원당이라고 했었다가 백골노조의 손녀인 이호란이 강력하게 반발하는 바람에 천기당으로 바뀜. 백골문의 특기가 강시를 만드는 일만이 아니라 기관매복과 건축에도 일가견이 있다는 것을 알고 천기당으로 바꿈. 원래 천기당의 당주엔 백골서생 조난풍을 앉히려 했으나 사매인 이호란의 능력을 잘 아는 조난풍이 양보함. 이호란은 백골노조의 경지도 넘어선 재녀임.

4) 비룡당(飛龍黨) 당주:황하동경 유대순(수군)

5) 내순찰당 당주:구화기검(九華奇劍) 예소

6) 외순찰당 당주:소천성검(小天聖劍) 시전

3. 천문오대 일단(실질적인 전투를 행하는 곳)

1) 총대주 겸 천문수호대 대주:녹림군자(綠林君子) 여광—분광사자도법(分光獅子刀法)

부대주:천호(天虎) 왕단

부대주:대천귀부(大闡鬼斧) 한산

2) 선풍철기대 대주:귀령단창(鬼靈短槍) 과문(果悉)—이십칠 세. 원래는 철기보의 제이철기대주였다. 신장 육 척에 위맹한 모습의 청년

3) 수호천검대 대주:단혼검(斷魂劍) 막사야—육 척 오 촌에 이르는 큰 키와 호리호리한 몸, 독사 눈을 지닌 인물.

4) 귀영천궁대 대주:귀영철궁(鬼影鐵弓) 연자심—키는 중키에 호리호리한 인물로 미남자다.

약간 사이코적인 성격도 있음.

부대주:소귀궁(小鬼弓) 서성

5) 대산풍운대 대주:대풍산(大風山) 철우—능현철가의 후예로 능현철가는 백 년간 녹림칠십이채에서 십위권 밖으로 밀려난 적이 없던 곳이었다.

6) 청룡단:단주 장칠고—험한 인상의 산적으로 막사야의 수하였다.

부단주:서위검(書衛劍) 장삼

삼위:청면삼랑 왕호

4. 천문의 훈령

· 일(一):문주의 명령을 어기거나 여자를 강제로 범하는 자는 즉형

에 처한다.

· 이(二):배신자는 결코 용서하지 않는다.

· 삼(三):은혜는 배로 갚고 원한은 열 배로 되돌려준다.

· 사(四):가난하고 힘없는 자의 물건을 함부로 탐하거나 천문의 이름에 누가 되는 행동을 하는 자는 반드시 그에 합당한 벌을 받는다.

· 오(五):천문은 옳다고 판단하는 일에 주저하지 않는다.

▣ 정사마 십이대초인

1. 천군삼성(天君三聖)

· 천검(天劍) 백리장천(百里匠天):북궁남가 중 남가인 백리세가의 전대 가주로 감히 천검이란 이름을 사용할 수 있는 절대자. 단혼명고(鴠魂鳴蠱)에 중독된다.

· 전왕(戰王) 묵치(墨治):북궁이라고 불리는 백호궁(白虎宮)의 궁주다. 현 궁주는 철권무정(鐵拳無情) 묵뢰.

· 사령혈마(邪靈血魔) 담대소(澹臺少):사령도(死靈刀)의 주인

2. 칠종(七宗)

· 독종(毒宗):천독수(天毒手) 당진진.

· 검종(劍宗):요보동. 서림이라 불리는 검림(劍林)의 림주. 실제론 전륜살가림의 검제다.

· 불종(佛宗):원각 대사 소림의 장로.

· 도종(刀宗):동맹이라 불리는 산동성 십도맹의 맹주.

불패도(不敗刀) 귀원(貴元)이라고도 불리며. 본명 엽고현.

· 마종(魔宗):천마제(天魔帝) 여불휘 광동성의 존마궁 궁주.

· 의종(醫宗):백봉화타(白鳳化他) 소혜령(少慧靈). 성수곡의 곡주.

· 패종(霸宗):녹치(醁嗤).

3. 쌍괴(雙怪)

· 불괴(佛怪):대비단천(大裨斷天) 연옥심. 따로 불야차(佛野次)라고도 불렀다. 안휘성 고불산(高佛山)의 연화사(蓮花寺)의 전대 지주.

· 투괴(鬪怪):철두룡(鐵頭龍) 하후금(夏候昑)

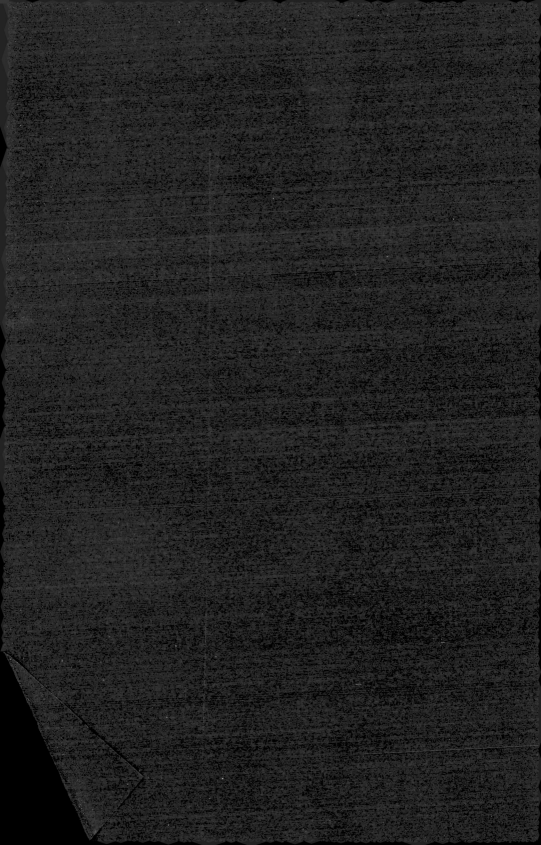